文創風 1267

廢柴么女勞碌命 5 完

雁中亭 著

風 文創 1267

目錄

第一百零一章　步入陷阱

周玥從角落裡冒了出來，把趙景舟嚇了一跳。

現在趙景舟明白了，周玥跟趙瑾早就在同一條賊船上。

趙瑾不再逗他，順便問道：「最近有沒有人找你父親告本宮的狀？」

聽到這句話，趙景舟不禁沈默。怎麼，他如今還得在宸王府當眼線？在他爹的眼皮子底下做間諜？

半晌過後，趙景舟老老實實地回道：「有……」

有是有，可宸王不是什麼沒腦子的冤大頭，他深知自己作為王爺，手上的那點權勢其實不算什麼，覬覦皇位，哪個當皇子的沒覬覦過？

然而覬覦跟動手搶是兩回事，老九還按兵不動呢，他要是動手了，豈不是正中那些人的下懷？宸王不湊這個熱鬧。

比起這個，趙景舟更害怕趙瑾拿他家開刀，讓宸王府成了用來殺雞儆猴的倒楣鬼。

趙瑾笑得相當友善，她說道：「不用怕，本宮不是什麼妖女。」

從小一直深信她是妖女的趙景舟覺得自己實在命苦，要是真的不行，這個世子就讓給他弟弟做吧。

關於聖上與小皇子病重、朝政跟皇宮被趙瑾一人把持的傳聞越演越烈，離譜到趙瑾都想去訂製一件龍袍穿上身來配合他們。

趙瑾暫時不回公主府。既然目標是她，那她乾脆在皇宮住下。公主府那裡，趙瑾吩咐康霖與喬陽守著小郡主跟世孫，若生出變故，還能護住兩個孩子。

到了這個地步，趙瑾不知道便宜大哥是真的病重，還是不願意插手。如今趙瑾有自己的計劃，她也需要瞞著聖上。

八月初時，朝廷收到了前線那邊傳來的消息，說是糧草不足。

趙瑾下令往前線送東西，但戶部先是推託糧食不夠，兵部又告知能運送物資的人手不足，再來是丞相等人指唐家軍與趙瑾勾結，唐家說不定有異心。

這下子趙瑾算是明白了，有人想讓唐韞修死在戰場上。

唐韞修至今都沒有消息，想必情況艱難，然而以他的能力，接管自己兄長的兵權，不過是時間問題。

趙瑾沒懷疑過唐韞修的本事，只是身為妻子，她不希望他冒險。

朝廷這麼久沒送物資過去，唐韞修怕是能猜到點什麼。

打仗時，前線缺物資是致命的，可面對權勢的爭奪，此時此刻為國灑熱血的將士也被算計在其中。

趙瑾在宮裡住了半個月，這半個月內，小皇子依舊沒公開露過面，即便是染上瘟疫，這麼久都沒痊癒也不合理，趙瑾快壓不住那些流言蜚語了。

高祺越來匯報時，趙瑾正抓著小皇子的手教他素描。小傢伙年紀不大，正是培養興趣與愛好的時候，趙瑾和皇后不許他出門，自然要讓他找到能轉移注意力的事情做。

趙詡是有點天賦的，不愧是趙家的孩子。

「稟殿下，丞相他們怕是想將您逼退位了。」

「退什麼位？」趙瑾糾正道：「本宮哪有什麼位能退？」

「丞相與安華公主聯合了。」高祺越面無表情道。

趙瑾早就猜到了。聖上的親生女兒會這麼做，確實合理，只是安華公主已經犯過一次蠢了，沒想到還能這樣一而再、再而三地作死。

相較之下，安悅公主真的是安分守己。至於她的日子過得好不好，只有她自己清楚。

「姑姑，」小皇子趙詡拿著自己的傑作展示給趙瑾看。「您看我畫得好嗎？」

趙瑾看了一眼，立刻誇道：「畫得棒極了！詡兒以後一定能比姑姑畫得更好！」

小皇子格格笑了。

高祺越無語。偶爾他也會懷疑自己是不是上了賊船。

其實高祺越擔心的不僅僅是丞相等人的聲討，而是他們背後可能有軍隊。

趙瑾手上頂多有御林軍的支配權。先不說是不是所有御林軍都會聽從她調遣，若是那些武將跟著湊熱鬧，趙瑾這個公主還能不能做，都是個問題。

就在此時，皇后進來了。皇后這幾日也沒怎麼出門，甚至有人猜測她也被趙瑾給控制住了。

「瑾兒，妳確定此舉真的可行？」光是想起那些傳聞，蘇想容都心驚膽戰。

皇后不明白，趙瑾每日過來就只是陪小皇子玩，明明能做點什麼，她卻放任流言蜚語散播。

趙瑾道：「皇嫂，那些謠言其實很容易攻破，只要您跟詡兒安然無恙即可，至於其他，您不用操心。」

皇后倒不是不信趙瑾的為人，只是她跟太傅的心態相同——不信趙瑾的能力。就是那種沒見過自家孩子大展身手的家長，除了憂慮以外，並無信心。

趙瑾逗著孩子，順便還畫了個餅。「詡兒，過幾日姑姑帶你出去玩。」

小皇子有了期盼，仰著小臉蛋問她。「姑姑，能出宮去嗎？」

皇后臉色一變。

趙瑾只好繼續畫餅。「乖，養好身體就可以。」

沒幾日，趙瑾畫的餅還真的成了。

丞相聯合朝中不少官員以及安華公主打著「清君側」的名號入宮，確實有武將摻和其中，但沒想到竟還包括煬王的軍隊。

煬王怎麼可能摻和進來？

趙瑾就在宮裡的書房，看著從外面湧入的一群人，她瞥見煬王的女婿，也瞧見好幾個戶部的人，算是得來全不費工夫。

說起來，趙瑾並不了解煬王，但有一點能確認，他的軍隊絕不可能交給他人，連兒子都不可能了，何況是女婿？

這兵符，怕是偷來的。

「華爍公主，」為首的丞相蘇永銘開口了。「這段時日您假借聖上之權胡作非為、謀害皇嗣，如今更是干預後宮，連皇后娘娘也控制住了，臣等絕不容忍您如此禍亂朝綱，還請退還手中權力。」

趙瑾沈著看著他們，冷笑一聲道：「丞相，謀害皇嗣、干預後宮？你將這麼大的帽子扣到本宮頭上，又是從何說起啊？」

「殿下，小皇子殿下已將近一個月沒現身了，連講學的老師都沒見過他，如今京城感染瘟疫的病人皆已康復，這當中卻沒有小皇子，殿下不打算給臣等一個解釋？」

烏壓壓的人群當中，幾乎每個人都有所圖。丞相身為領頭羊，這次若是能坐實趙瑾的罪行，他的地位必然會大大往上升。

「小皇子就在坤寧宮養著，諸位今日討伐本宮，是認定本宮謀害皇子。」趙瑾緩緩開口道：「謀害皇子對本宮有什麼好處？本宮又沒兒子，反倒是……」

趙瑾頓了一下，將矛頭對準了安華公主，輕笑道：「安華，妳有一個兒子。」

安華公主趙沁立刻喝斥道：「妳閉嘴！趙瑾，妳謀害皇嗣，還想反咬本宮一口？皇弟生了什麼病能休養這麼久，定是妳權勢熏心，害死本宮的皇弟！」

趙瑾淡笑道：「本宮好奇，到底是什麼讓你們這般篤定小皇子已經沒了？」

「小皇子殿下若是沒事，殿下為何不直接讓他出來?!」蘇永銘問道。

趙瑾看向站在人群最前方的丞相，有些好奇他究竟是希望自己這個外孫活著還是沒了。

丞相眼前有兩條路。

一，小皇子如果還活著，那他就是名正言順的皇子外祖父，可以藉機將小皇子的教育權收進自己手裡，再好好對他洗個腦，小皇子的心自然會向著他。

二，若是小皇子沒了，丞相自然不會放過將趙瑾拉下馬的機會，站在他身邊的安華便是個最合適的傀儡。

如趙瑾所說，安華公主有兒子，世子變儲君，不是不可能。正是因為知道這點，趙瑾才放任事情發展到如今的地步。

她知道聖上的態度，也明白若是自己在此時退縮，那麼正在打仗的將士何以為繼？唐韞修又該怎麼辦？

趙瑾沒想過自己有朝一日會面臨這樣的困境，只是路是人走出來的，她過去雖然不了解御下之術，但她的腦子靈活，設個陷阱還難不倒她。

「趙瑾！」趙沁高聲質問道：「父皇多日閉門不出，是不是妳將他給軟禁了?!」

軟禁聖上等同於篡位，罪名一旦落實，就算趙瑾身分再尊貴也難逃一死，到時她的女兒，還有她在戰場上的夫君，都難逃遭到連坐的命運。

趙瑾沈默了半晌，才對著安華公主道：「趙沁，妳可知道自己在做什麼？」

如果知道，那就更應該清楚自己在做什麼，又會有什麼下場。

趙沁不知有沒有聽懂趙瑾話裡的意思，依舊振振有詞道：「妳還有什麼好狡辯的？謀害皇嗣、軟禁父皇，妳趙瑾說到底不過是個亂臣賊子，枉費父皇待妳這般好！」

對於趙沁這個人，趙瑾其實弄不懂。

身為聖上唯二的女兒之一，安華公主的日子應該過得很滋潤才是，賢妃與德妃家世差不多，兩人在後宮也各有各的能耐。

安華公主想要什麼，只要不過分，聖上肯定會給；可她千不該、萬不該對皇位有想法，即便是儲君本人，若聖上尚在位就要搶皇位，都不一定有什麼好下場。

趙瑾看著這些人說道：「本宮說過了，小皇子無事，之前不過是在養病，皇兄與皇嫂被軟禁一事，更是無稽之談。」

蘇永銘堅持道：「殿下還不明白嗎？如今不是您說什麼便是什麼了，皇后娘娘與小皇子殿下有沒有事，得臣等看了才作數。」

眼前這個局面已經達到趙瑾想要的效果，她往身後瞄了一眼，站了起來。

「皇嫂、詡兒，你們出來吧。」

話音一落，趙瑾後方的屏風裡便走出傳聞中已遭遇不測的小皇子與被軟禁的皇后。

看見他們兩人時，丞相的神情很微妙，而趙瑾知道原因。這些日子以來，丞相府透過各種辦法往坤寧宮塞的信都被趙瑾截走了。

丞相是皇后的親生父親，為了讓計劃順利進行，趙瑾便替自己的嫂子做了些決策。在心懷鬼胎的娘家與自己百般呵護的兒子之間，趙瑾知道皇后會怎麼選。

「本宮與詡兒在此，諸位還有什麼想說的？」皇后蘇想容平靜地說道，一個眼神都不給她父親。

趙瑾自然注意到那些自以為大義的叛徒臉上是什麼表情，尤其是安華公主，她盯著自己那個皇弟，神情近乎癲狂。

雖然他們如今都以清君側的名義站在這裡，然而安華公主所謀與丞相還是有所不同。丞相尚且有兩條路，可安華公主想要的，只有小皇子死了才拿得到。

為了保證她的計劃萬無一失，在設計讓小皇子染上瘟疫之後，安華公主還派人伺機對小皇子下手。那一晚，放了烏頭的藥汁，便是她的主意。

至於皇后，只要她在這世上一日，皇后這個位置都不會換人，為了讓賢妃往上爬，最好將皇后也解決掉。

然而，小皇子跟皇后眼下都安然無恙地出現在他們面前。這說明什麼？說明這一切從一開始就是針對他們設的局。

先不談皇后到底有沒有被軟禁，小皇子既然好好的，謀害皇嗣這個討伐的名義便成了無稽之談。

趙瑾懶得再裝了。「諸位還有什麼要說的？」

「今日臣等是為了皇后娘娘與小皇子殿下的安全才貿然闖入宮中，既是錯怪了公主殿下，臣便替眾人向殿下賠罪。」蘇永銘道。

這話輕飄飄的，似乎想就此揭過這件事。

趙瑾淡淡地道：「既然是為了看皇嫂與小皇子，那這些軍隊是什麼意思？」

蘇永銘深深地看了趙瑾一眼，繼續道：「即便皇后娘娘與小皇子殿下無事，但殿下顯然沒能力勝任攝政一職，還請殿下早日讓賢。」

「讓賢？」趙瑾輕輕笑了一聲道：「本宮此位等同於攝政王，怎麼，你們有誰想當攝政王？」

這話往輕的說，依舊是清君側；往重的說，是謀反。

「殿下言重，只是朝中眾人皆不滿殿下，臣等不過想請殿下當回嫡長公主罷了。」蘇永銘道。

趙瑾笑道：「聖上親自下旨令本宮攝政監國，丞相是打算帶兵逼退本宮？」

「殿下，」此時站在丞相身邊的年輕人忽然說道：「識時務者為俊傑。」

那人長了一張還算清秀乾淨的臉，但神色有種說不出的陰鬱。

趙瑾認得他，他便是煬王的大女婿，如今的戶部侍郎呂灝。在場不見煬王與他幾個兒子，唯獨出現了一個領兵的女婿。

「識時務者為俊傑？以為就你們有兵？」趙瑾扯了一下嘴角道：「謝統領。」

下一刻，不知從哪裡出現了一群身穿盔甲的士兵，手執弩弓，將羽箭對準了那些說要清君側的人。

外頭傳來了兵刃交接的聲音，從書房門口跑進一個身穿官服的男人，他的臉色很難看，對丞相等人低聲道：「被包圍了。」

謝統領朝趙瑾行禮道：「卑職參見公主殿下，殿下所召十萬御林軍皆已到達，請殿下吩咐。」

十萬，只占了御林軍全部人數的一半，聖上給趙瑾的兵權，就只能召這麼多，不過那些想清君側的軍隊並不到這個數字。

以丞相為首的人臉色難看極了，他們沒想到趙瑾有調遣御林軍的權力，而且一下子就來了這麼多，這說明聖上是跟她站在一起的。

御林軍是為了保護聖上安危而設下的軍隊，如今卻聽趙瑾的命令。

煬王的女婿呂灝卻往前站了一步道：「十萬御林軍又如何，煬王爺手中有數十萬士兵，難道還怕十萬御林軍？華爍公主蠱惑聖上，連御林軍的兵權都能哄騙到手，誰知如今聖上是否安全？」

「威脅本宮？」趙瑾看著他，忽然笑了。「呂灝，既然是煬王的軍隊，那他何不親自來見本宮？既然有數十萬的軍隊，為何你帶來的只有幾萬？」

呂灝看著趙瑾，伸手指著她對眾人道：「武朝開國以來，從未有女子監國的先例，華爍公主對禹朝使臣動手，導致禹朝發兵，後又為京城引來瘟疫，這是上天的警告，若她繼續干預朝政，武朝將亡！」

他說得一副深明大義的模樣，激昂的情緒感染了其他官員。

對他們來說，橫豎已經得罪了趙瑾，不如做得徹底些。她若繼續監國下去，以後還有他們好日子過嗎？

一時之間，那些人都喊著要趙瑾主動退位。

趙瑾又喚了一聲謝統領。「本宮讓你去請煬王，可是請來了？」

根據煬王的行程，今日他「恰好」有事離開了京城。

此話一出，趙瑾能清晰瞧見呂灝眼底泛起的笑意，像是篤定她無法在這麼短的時間內叫回煬王。

為了延遲煬王回京的時間，呂灝花了心思。能回來算煬王有本事，回不來，正合他心意。

目前煬王麾下的幾萬名士兵確實在外面，真打起來，定是兩敗俱傷。

然而下一刻，眾人就見煬王在侍衛的保護下黑著臉踏進了門，他手上還有包紮的痕跡，顯然不久前遭遇了刺殺。

第一百零二章　一舉成擒

煬王的目光在眾人臉上一一地掃過，最後定在他女婿身上。

半晌後，煬王看向趙瑾，以及她旁邊的皇后跟小皇子，當眾跪倒在趙瑾面前。

雖然皇后與小皇子就站在趙瑾身旁，但煬王跪的，顯然是他的皇妹。

「臣管束不嚴，導致兵符失竊，請殿下治罪。」這是煬王第一次在趙瑾面前這樣低頭。進一步，亂臣賊子；退一步，俯首稱臣。他選擇後者。

趙瑾滿意地瞧著那些被呂灝以煬王的名義拉上賊船的臣子臉色大變。

她緩緩道：「九皇兄確實該擦亮眼睛了，兵符此等重要之物也能失竊，今日您尚且能站在這裡自證清白，下一次就未必了。」

外面傳來煬王軍隊撤離的聲音，這般鬧劇，已經沒有演下去的必要。

趙瑾高高在上地盯著眾人，開口說道：「來人——安華公主勾結外敵、謀害皇嗣，即刻打入天牢。戶部侍郎呂灝身為細作，潛入我朝多年，為非作歹，不僅煽動朝臣謀反，更引入瘟疫、盜取兵符，即刻打入死牢。」

「至於丞相……」趙瑾一頓，隨即緩緩道來。「識人不清，怕是老眼昏花，該頤養天年了。」

趙瑾不顧他們有什麼反應，又補充道：「其他人，本宮之後再處理。」

此時蘇永銘反應過來了，他幽幽地看著趙瑾道：「臣自追隨先帝以來，至今已有數十年，不說全無錯漏，但自認對朝堂功大於過，聖上尚且不會罷黜臣這個丞相，殿下只是代行聖上之職，您怎麼敢？」

趙瑾不是隨便一番話就能唬得住的小姑娘，丞相在朝中有自己的勢力，這點她自然清楚，只是丞相已經老了。

若趙瑾想在朝堂上立足，要麼他們服她，要麼將人換成服她的；後者想來更加容易，之前御史被貶就是個開端。

丞相是塊硬骨頭，不過趙瑾既然開了這個口，就不會再讓對方有機會翻出浪來。

「丞相為官幾十年，確實為朝廷盡心盡力，正因如此，本宮才不忍心看你晚節不保。」趙瑾說道。

「您——」蘇永銘看著趙瑾，頓時說不出話來。

若今日站在趙瑾這個位置的人是聖上，那這些話興許會令一個老臣寒心，可趙瑾不同。就算丞相在聖上初登基時為他做了不少，但丞相扶持的人又不是趙瑾，她沒有任何心理負擔。

御林軍靠了過來，就要將安華公主與呂灝等人帶走。

此時安華公主趙沁忽然往前走了兩步，表情陰沈地說道：「本宮是聖上的女兒，誰敢動本宮?!」

趙瑾冷眼看著她道：「既然知道自己身為公主，卻豢養私兵，妳是想造反嗎？」

安華公主狠狠地瞪著趙瑾，忽然笑了，笑聲裡是說不出的寒意，她指著小皇子道：「他憑什麼出生？父皇這麼多年都沒皇子，本來就該將機會留給別人，若不是妳趙瑾，這賤種怎麼可能生出來？他本來就該死！就算本宮不動手，他也未必能活多久。本宮就是不服，同樣是公主，本宮還是父皇的女兒，憑什麼是妳趙瑾攝政?!」

安華公主聲嘶力竭地控訴著身為皇女所遭遇的「不公」。

趙瑾卻看得明白。空有皮囊與野心卻沒腦子的公主，就算聖上老糊塗了，將權力交到這個女兒手上，她也守不住。

「趙沁，妳如今還執迷不悟，本宮沒什麼好說的。來人，將她給本宮帶下去！」趙瑾冷聲道。

安華公主看著趙瑾，露出了一個詭異的笑容，隨後在眾目睽睽下往後衝了出去。

趙瑾眼神一變，立刻喊道：「攔住她！」

御林軍的動作稍稍遲了，安華公主從懷裡掏出一個類似兵符的東西，朝外面的人叫道：「聽本宮號令，動手！」

除了煬王的軍隊，其餘被安華收買的武將以及她自己豢養的私兵數量不算少，外頭很快就響起兵刃相交的聲音。

趙瑾對此不是很擔心，安華公主不過是窮途末路，她那點兵力就算再強也激不出什麼水花來，真正讓趙瑾在意的是呂灝。

高祺越在此時出現，他親自控制住呂灝，不過趙瑾還是沒放鬆警戒。

丞相今日倚仗的就是安華公主以及呂灝帶來的軍隊，此時他什麼都沒辦法做，那些隨他前來聲討趙瑾的文臣也只能閉嘴。

最重要的是，趙瑾說安華公主「勾結外敵」，又說呂灝是細作。若他是細作，那與細作勾結的他們，又會有什麼下場？

原本事情到此就該塵埃落定，然而皇宮的城牆上忽然出現了一批蒙面的黑衣人。

黑衣人的目標明確，他們打算闖入趙瑾的書房，奪走她跟小皇子的性命。

這件事在趙瑾的預測範圍內，高祺越想過去保護他們，結果呂灝趁亂掙脫了束縛。高祺越先是一愣，隨後追了上去，無暇顧及趙瑾。

謝統領護在趙瑾等人面前，暗衛也現身。小皇子被皇后護在懷裡，趙瑾則往旁邊走了兩步守住他們，就連煬王也隨手從倒下的御林軍手中抽出長劍備戰。

不用趙瑾下令，圍在四周的御林軍便手持弩弓對準了黑衣人，趙瑾跟皇后與小皇子則在暗衛的保護下撤退。

「他們要跑了！快給本宮殺了他們！」趙沁忽然大喊了一聲，不少人的注意力頓時轉移到準備撤離的趙瑾等人身上。

那些黑衣人不再與御林軍糾纏，迅速往前方衝了過去。他們來了就沒想過要活著出宮，目的就是殺了武朝唯一的皇嗣。

黑衣人拿的武器似乎淬了毒，人一被劃傷，傷口便迅速發黑。

趙瑾看得心驚膽戰，她也拿了一把劍護著自己的皇嫂與姪子一步步往後退。

黑衣人不要命地往前衝，還真有幾個人突破重圍來到謝統領面前，等拖住謝統領的腳步後，再讓其他人直直衝向趙瑾他們。

謝統領高聲喊道：「保護公主殿下、皇后娘娘跟小皇子殿下！」

趙瑾等人身旁的暗衛們不斷與黑衣人廝殺，互不相讓、招招致命。

手持弩弓的御林軍不敢再射箭，怕誤傷趙瑾他們，但在場的文官和武將已經亂成一團，能殺敵的拿起了武器，不能殺敵的都蜷縮在一邊。

安華公主雖然不夠聰明，心卻夠狠，她的私兵約一萬名，幾乎每個都是按照死士的方式培養出來的。一時之間，煬王的軍隊及御林軍被牽制住了，儘管是暫時的，但這點時間對趙瑾等人很可能致命。

鮮血噴濺、哀號聲四起，趙瑾面不改色，皇后雖然內心驚慌，卻鎮定地捂著兒子的眼睛。

趙瑾這間書房有另一道門，然而當他們走到那邊時，便發現早有人守株待兔，為他們開路的暗衛不幸遭一劍斃命。

皇后忙帶著小皇子後退，前有狼豺、後有虎豹，趙瑾一看便覺得不妙，可眼下的情況容不得她想太多，她往前一步，欲將皇后與小皇子兩人往自己身後拉。

就在這一瞬間，門前的黑衣人揮劍相向，皇后踉蹌了一下，整個人往後栽倒，也鬆開了一直緊緊護在懷裡的兒子。

趙瑾的身體比腦子的反應快得多，她彎腰將小皇子拉進懷中，同時拿長劍一刺——幸運的是，趙瑾刺中了對方，不幸的是，她的後背暴露在黑衣人面前，劍刃沒入血肉的聲音裡面，有一道是她的。

椎心的痛楚襲來，趙瑾再抬頭時，那黑衣人已被暗衛割了喉嚨。

「公主殿下！」有人上前扶起趙瑾。

趙瑾這輩子從來沒這般狼狽過，那劍刃劃過了她肩胛處，鮮血直流，皇后看了，不禁倒抽了一口氣。

見懷裡的小皇子安然無恙，趙瑾緊繃的神經稍稍放鬆了些。

外面的御林軍衝了進來，謝統領跟暗衛也解決了圍困趙瑾他們幾個的黑衣人。

此刻趙瑾痛到連說話都覺得是一種折磨，那劍刃上必定抹了東西，那一劍若是落在趙翊身上，以他的身子骨兒，未必捱得過去。

趙瑾被人攙扶著，雖然不想開口，但她還是忍痛道：「能活捉的儘量活捉，不能的就地正法，但安華公主跟呂灝這兩個一定要留下一條命。」

「是，卑職遵命！」謝統領道。

局勢已定，不管安華公主再怎麼不甘心，也無濟於事。

趙瑾低頭看著淚汪汪地扯著自己裙襬的孩子，原本想安慰他一句，結果下一刻整個人脫力，接著眼前一片黑暗，倒地不省人事。

這一暈過去，趙瑾便品嚐到了前所未有的滋味——便是在夢裡，也疼痛難耐。

趙瑾睜開雙眼時，就看見徐太醫正在擦拭一把細長尖刀上的鮮血，肩胛上的傷口傳來陣陣痛楚，她忍不住「嘶」了一聲。

徐硯發現她醒了之後，連忙站起來謝罪。「臣無意冒犯殿下，只是宮中並無女太醫，只能由臣為殿下療傷，望殿下恕罪。」

趙瑾的傷在肩後，為了治療，眼下衣衫不整，一條手臂跟肩膀都露在外面。

本來就疼了，還對她說這麼一句。

「徐老沒教過你醫者不論男女？」趙瑾反問。

「殿下恕罪。」

「本宮傷口如何？」趙瑾懶得再計較了。

徐硯道：「回殿下，傷了殿下的劍上帶著毒，傷口處流出的血發黑，臣刮了些肉，已經包紮好了。殿下性命無虞，只是接下來需要臥床靜養些日子。」

聽完徐太醫說的話，趙瑾才知道自己被刮肉了，怪不得疼成這樣。「小皇子與皇嫂如何？」

「回殿下，小皇子殿下與皇后娘娘無礙，叛亂已經平復，請殿下放心。」

趙瑾沒辦法放心，她忍痛讓人召了高祺越進來。他是聖上安排到趙瑾身邊的人，趙瑾必須重用才行。

結果高祺越進了門，看見趴在枕頭上、一條雪臂暴露在空氣中的趙瑾時，立刻垂下腦袋。「臣參見殿下。」

趙瑾的語氣虛弱，但夠沈穩。「給本宮說一下如今的情況。」

「回殿下，安華公主與呂灝已押入牢中，丞相回府後由臣派人看著。安華公主的士兵活擒一千餘人，刺客沒任何活口，經查證後確認皆是禹朝人，剩下的人如何處置，還要等殿下定奪。」

既然刺客皆是禹朝人，便能坐實安華公主勾結外敵一事，不管那些官員與她或是呂灝勾結，都該倒大楣了。

趙瑾這一養傷就是好幾日才能下床，她本來就是嬌生慣養著長大的公主，哪受過這種苦？這幾天她連抬手都困難，乾脆放棄掙扎，當一個茶來伸手、飯來張口的廢物，不過她可愛的小閨女被帶入宮裡與她見面了。

趙圓圓瞧見自己的娘親受傷，眼淚啪嗒啪嗒地掉了下來，淚眼汪汪地看著趙瑾。

後來小皇子也來了，姊弟倆一起紅著眼眶、淚光閃閃地望著趙瑾。這兩個孩子差不多大，不只血緣關係相近，眼睛也都碰巧遺傳自趙家。

趙瑾沈默了。她這是欠債啊……

小郡主不樂意回公主府了，命人將自己的衣物送進宮，之後便在趙瑾的寢殿住下。對於表姊的到來，小皇子表示熱烈歡迎，如果不是皇后攔著，他差點就抱著自己的小枕頭到仁壽宮睡了。

朝堂內部對於這次的事情抱持一種極其微妙的態度。誰都清楚趙瑾在這件事之後地位就發生了變化，也許她原本只是一個沒什麼城府的攝政公主，現在就未必了。

丞相是什麼人，竟也在她這裡栽了跟頭。

就這樣，趙瑾踩著丞相等人，成功地讓自己更上一層樓。

經此一遭，朝廷好一批人丟了腦袋上的烏紗帽，換言之，又有一批官職空出來了。那些原本保持中立的臣子，不知是忙著彈劾趙瑾這個不循規蹈矩的公主，還是忙著緊盯那些空出來的位置——尤其是丞相一職。

趙瑾耗費精力布了這麼一個局拉下丞相，接下來就看他們怎麼挑合乎心意的人選了。

此刻，趙瑾臉色蒼白，唇上不見半點血色，肩胛上的傷還沒癒合。她身著白衣，全無平日的浮誇，跪在養心殿的地板上。

聖上抱恙已久且閉門謝客，此刻擺在他眼前的，是從安華公主府搜出來的各種罪證，其中不乏與呂灝及外邦人士來往的信件，內容包括謀害皇嗣、豢養私兵跟覬覦皇位等。

安華公主的野心在這些證據下一覽無遺，她為趙瑾羅織了許多罪名，可她本人才是那個真正想挾天子以令諸侯的人。

除掉趙瑾跟小皇子，是她與禹朝人商量好的條件。她要自己的兒子成為皇儲，為此甚至不惜向外邦出賣武朝的各種訊息，最過分的是，她承諾事成之後，割讓兩座邊疆的城池當作酬謝。

若說之前安華公主與反賊私通已讓聖上暴怒，如今這些罪證更是說明她對為了一個男人而忤逆自己的父皇一事毫無反省。

割讓城池，那是只有昏君才會幹的事情，光憑這一點，安華公主就被剔除在這場權力爭奪之外了。

據趙瑾的調查，安華公主與淮陽郡主那位夫婿呂灝的關係也不清白。安華公主是淮陽郡主的堂姊，這人際網絡之複雜，可想而知。

趙瑾查得出來的，煬王那邊想必不久之後也會知曉。

不管呂灝是什麼人，他都難逃一死，然而安華公主的身分擺在那裡，就算她再不像話，也不是趙瑾能隨意處置的人。

所以才有了現在這一幕，趙瑾在等她的皇兄做最後的定奪。

安華公主到底是聖上的女兒，在他子嗣不豐的情況下，她與安悅公主都很受寵，就算是趙瑾出生，也不能取代兩位公主在她們父皇心目中的地位。

趙瑾不知道自己到底跪多久了，耳邊時不時響起翻閱文書的聲音，但她依舊垂著腦袋，沒說一句話。在這樣的沈默氛圍裡面，趙瑾的思緒忍不住放飛。

趙瑾本來就不是聖上，靈魂又來自現代社會，她的想法注定沒辦法與自己這個皇兄共頻，但在他發話之前，她只能保持安靜。

又過了許久，趙瑾終於聽見頭頂傳來一道略顯滄桑的聲音。「沁兒……」

說了這兩個字之後，聖上忽然停下了。

等他再開口時，語氣發生了變化，既冰冷、又無情。「安華公主大逆不道、殘害手足、勾結外敵，枉顧祖宗教訓，屢教不改，賜鴆酒一杯。」

雖然早就猜到會是這種結局，可當她真正聽到的時候，趙瑾還是忍不住心頭一驚。

生在皇室，早該知道自己的所作所為會招致什麼樣的下場，趙瑾不曉得安華公主有沒有想過失敗的後果，可聖上親自下令處死自己的女兒，倒是讓趙瑾再次體會到「皇家親緣薄」這個現實。

趙臻說著又頓了一下，一雙渾濁的眼睛終於聚焦，看向跪在地上的趙瑾，道：「由華爍公主監督。」

第一百零三章　生殺大權

聞言，趙瑾沈默了。她長這麼大，在這個朝代生活多年，為了自衛也殺過叛軍，但從來沒像這樣掌控過一個人的生死。

「皇兄，您要不再考慮考慮？」趙瑾將臺階遞了過去。即便是聖上，也不能保證這輩子沒做過讓自己後悔的決定。

「趙瑾……妳要抗旨嗎？」沒承想，趙臻此時反問了她一句。

話說到這裡，趙瑾已經明白便宜大哥的意思，他真的要捨了這個女兒。

不管是出於什麼想法，趙瑾此時此刻都無法再抬頭反駁聖上的決定。養心殿內不僅只有她與聖上，還有李公公、太傅與少傅在場。

「臣妹不敢。」趙瑾緩緩道。

「那就出去吧。」趙臻看起來像是已經不想跟她說話。

趙瑾從養心殿出來以後，整個人鬆了一口氣，除了膝蓋疼以外，她後背滿是冷汗。

這件事帶來的連鎖反應遠遠不只如此。

除了安華公主被賜死，賢妃與她的娘家也跟著遭殃。在後宮當中唯一能與德妃平起平坐的女人，直接被打入冷宮，賢妃母族高家年輕子弟的仕途，基本上就斷送在這裡——除了高祺越以外。

從呂灝被打入死牢開始，朝中不斷有官員下馬，如果不是這麼一遭，誰都不曉得呂灝在戶部任職的這幾年來，到底籠絡了多少人。

朝中缺人才，但那些空出來的位置誰能坐上，就看聖上的想法了。

在聖旨下來那一刻，賢妃崩潰了，她不顧宮人阻攔跑到養心殿門外，跪著乞求聖上看在幾十年的情分上，留女兒一命。

「聖上，臣妾願意用自己這條命換沁兒不死，求聖上開恩！」

「……聖上，是臣妾沒管教好沁兒，一切都是臣妾的錯，求聖上念在沁兒還有兩個孩子的分上，別讓她的孩子沒了母親啊！」

在目前這種情況下，賢妃說得再多，也是徒勞。

安華公主鬧出這麼大的事情來，賢妃未必全被蒙在鼓裡，她定然知道此事的後果，只是當時聖上閉門休養，朝堂由趙瑾一個公主處理，沒什麼人將她放在眼裡，無形中助長了一些人的野心。

今日這一齣，算是安華公主咎由自取。

賢妃之前能狠心給女兒灌墮胎藥，如今這般苦苦哀求，也是為了保住女兒的命。

她在養心殿門前沒能留太久，聖上不想見她，也不會讓她待在那裡胡鬧。不一會兒，賢妃就被宮裡的太監給拉走了。

趙瑾帶著侍衛跟太監到宗人府時已是傍晚，此時的風帶著幾分涼意，晚霞也格外美麗。

守在門口的侍衛看見趙瑾以及她身後一干人等，很快就讓開了路。

安華公主沒被關入天牢裡。她畢竟是公主，即便被關在宗人府，也沒委屈她，她可以單獨待在一間房裡。

關押安華公主的房間內，桌面上擺著白日送來的飯食，沒有一點動過的痕跡。

侍衛開門時，神情呆滯的安華公主有了反應，她看著走進來的趙瑾，與她身後端著鴆酒的太監，眼神閃爍了一下，似乎猜到了什麼。

趙瑾手裡拿著聖旨，即便不宣讀上面的內容，安華公主大致上也猜得出來。

「趙沁，妳自己看吧。」趙瑾將聖旨放在桌上。

安華公主趙沁緩緩伸手去拿那道聖旨，待看完上面的內容後，她忽然扯了一下嘴角道：「父皇要賜死本宮？」

趙瑾沒說話。

不肯接受這個事實的趙沁，看著趙瑾笑了起來。「父皇只有兩個女兒，他怎麼可能賜死本宮？」

說著，她伸手指著趙瑾，厲聲道：「趙瑾，是不是妳換了聖旨?!」

趙瑾淡淡地道：「假傳聖旨是死罪。」

「如果不是妳，父皇怎麼會忍心這樣對待本宮？」趙沁怒吼道：「定是妳在父皇面前胡說八道，否則父皇絕不可能這麼做！」

胡說八道？趙瑾緩緩道：「與外邦勾結、引進瘟疫謀害百姓與小皇子的人難道不是妳？豢養私兵、意圖逼宮的人難道不是妳？承諾割讓城池的人難道不是妳？本宮什麼時候誣衊妳了？」

她與安華公主兩人無冤無仇，但安華公主所謀之事若是能成，武朝哪裡還有趙瑾的容身之處？

趙沁被趙瑾這番話說得啞口無言，過了一會兒，她憤恨地看著趙瑾道：「若不是妳花言巧語迷惑了父皇，如今監國的人應當是本宮才是！」

沒了趙瑾，就一定會是趙沁嗎？安華公主的邏輯，趙瑾不懂，但實在懶得跟她說更多。

「本宮要見父皇！本宮的母妃呢？她不可能眼睜睜地看著父皇這樣對本宮！」

「賢妃已經被打入冷宮，妳外祖父家的人幾乎全被抄家革職，皆是受妳牽連。」

雖然趙瑾用了「牽連」這個字眼，然而福禍相依，過去賢妃的家族靠著她飛黃騰達，如今安華公主鬧出這麼大的動靜，他們未必無辜。

捧著鴆酒的太監是聖上派來的，他上前一步呈上酒杯道：「還請安華公主安心上路。」

「本宮不喝！回去告訴父皇，就說本宮知錯了，父皇他會原諒本宮的！」

安華公主知道自己受到聖上偏愛，只是說再多都已經遲了。

趙瑾往後退開一步，閉上雙眼後深呼吸了一下，再睜開眼時，眸光堅定且平靜。「動手吧，送安華公主上路。」

這是她第一次開口掌控一個人的生死，即便真正動手的另有其人。

趙瑾的話音才剛落下，旁邊就有好幾個侍衛上前按住不斷掙扎的安華公主，興許是死亡的恐懼占了上風，安華公主的力氣大得出奇。

她大聲喊叫著。「本宮才不喝！我要見父皇，我要見父皇……」

安華公主口中說的話很快就不成句子了，趙瑾看著毒酒從酒杯灌入她口中，酒水順著嘴角淌下。

她是帝女，也是死囚。

趙瑾不知道她手上算不算是沾了親人的血——她站在這裡，是她看著安華被灌下毒酒的。

伴君如伴虎。安華今日之結局，未必不是她的明日。

「哈哈哈哈哈……」喝下鴆酒後的趙沁忽然癲狂地笑了起來，她看著趙瑾道：「趙瑾，本宮詛咒妳，妳的下場不會好到哪裡去！妳等著，等那個小賤種長大了，看妳這個姑姑會不會成為他的眼中釘，哈哈哈哈……」

身邊的太監上前一步道：「殿下，不如先出去，免得這污言穢語髒了您的耳朵。」

趙瑾搖了搖頭。

毒酒的效用已經發作了，安華公主跪倒在地，痛苦地捂住腹部，沒多久鮮血便從喉間湧出，沾染了她的臉頰與衣裙。

她就要死了。堂堂一個尊貴的皇室公主，竟落得如此境地。

趙瑾再走出宗人府時，夜色已經爬上了梢頭，一輪彎月在頭頂上懸掛著。身後是凋零的花，眼前是一條看不見方向的路。

大概就是在此時，趙瑾意識到自己走的，是一座獨木橋。

安華公主的死在朝中掀起軒然大波，旨意是聖上親自下的，安華公主的所作所為放在其他人身上，夠其他人死好幾回了。

由於賢妃已經被打入冷宮，安華公主的身後事，是趙瑾幫忙處理的。

安華公主死了以後，聖上的病更嚴重了。他偶爾會陷入一些混亂的記憶當中，對著前來探望的安悅公主說「沁兒，父皇給妳糖吃」。

誰都看得出來，聖上處死安華公主，心裡不是不掙扎，可他懷念的，似乎是還年幼的女兒。

安悅公主趙潔端過宮女送來的藥，輕聲說道：「父皇，兒臣餵您吃藥。」

相較於從小就鬧騰的安華公主，安悅公主安靜許多，正因如此，在爭奪他人的注意力方面，她遠遠不如安華公主。

所幸德妃生在武將之家，家中只希望這個女兒一生過得平平安安，是以德妃對女兒的教育並不嚴苛，也沒要她去爭些什麼。

趙瑾創辦的報紙刊登了這次的刺殺事件，其中刻意淡化了安華公主的存在。涉及皇室，自然不可能寫得太清楚，然而安華公主死亡這一點本就瞞不住，就算朝廷的人不說，百姓也會偷偷議論。

在訊息的公開與透明化上，按照這個朝代的狀況，暫時辦不到。這份報紙本來就處在剛起步的階段，做得太過會引起反感，趙瑾還做不到隻手遮天，行事得分輕重。

安華公主被賜死，賢妃進了冷宮，呂灝打入死牢，涉事的人一個個倒楣，沒直接參與的人也被牽連——武朝的官員們能吃瓜看戲的還算幸運了，這也多虧他們沒站錯隊。

其他人總算將目光集中在以往一直被他們輕視的華爍公主身上，趙瑾就這麼輕巧地徹底改變了自己的處境。

她以通敵的罪名將京城不少官員都拉了下去。如果是別的事還好說，「通敵」兩個字則是無解。

連安華公主被賜死，聖上都親自下令讓趙瑾監督，這說明什麼？說明聖上默認了她的所作所為，甚至是支持的。

如今朝中誰不人人自危？到了這個地步，華爍公主手中握有的權力已經超乎眾人想像。

「龔尚書，知道本宮今日找你來所為何事嗎？」趙瑾緩緩問道。

戶部尚書正站在趙瑾面前，只是他的神情遠遠沒有過去的鎮定自若。以前龔尚書對照瑾說話時還有恃無恐，眼下卻是不同了。

就算大夥兒再怎麼不滿一個女子當政，可是若不識好歹，下一個被摘烏紗帽的說不定就是自己。

在趙瑾那令人感到壓迫的注視下，龔尚書拱手垂眸道：「一切但憑殿下吩咐。」識時務者為俊傑。如今方知此話的真諦。

趙瑾似乎早就預想到了今日，對龔尚書的俯首稱臣毫不意外。「既如此，那就有勞龔尚書盡快準備好前線需要的物資。」

命令已下，龔尚書卻還杵在原地，過了半晌，趙瑾聽見他說道：「殿下，向邊疆運送物資，還需要兵部配合才是。」

通往邊疆的路不一定都安全，龔尚書這話雖然有禍水東引的嫌疑，但他的話並不是沒有道理，若要往前線運送物資，每個環節都不能放鬆警戒。

「這是本宮要考慮的事，龔尚書將自己的事做好即可。」趙瑾的態度毫不動搖，語氣堅定。

又有了片刻沈默，龔尚書終於開口道：「臣遵命。」

武朝雖然正在跟外邦打仗，但還不到山窮水盡的時候，富庶的地方多得是，京城拿得出物資。

之前戶部用國庫緊缺這個理由來糊弄趙瑾，趙瑾當然不是聽不懂，只是那個時候就算她說破了嘴，也不比如今一句話管用。

國庫有沒有錢、物資能不能湊齊，本就不是趙瑾該擔心的問題，這是戶部要想出辦法並給她回覆的事。一個給前線送點物資都辦不到的戶部，也沒必要留著。

趙瑾最近在朝堂上換血換得驚天動地，成了一個真正擁有實權的公主，臣子們驚恐之餘，不得不用全新的眼光來看她。

戶部這邊的事情解決了，趙瑾還沒來得及思考應該讓誰領著隊伍送物資過去，煬王就找上門來了。

煬王這次的訴求，是想見呂灝。

趙瑾笑了笑，說道：「皇妹還以為九皇兄是知道自己識人不清，想歸還兵符呢。」

煬王一頓。不知道是從什麼時候開始，趙瑾說的每句話都讓他有了進一步揣測的必要。

趙瑾是笑著說出這句話的，卻不代表她心裡只把這話當作玩笑。

「妳想要本王的兵符？」趙鵬問道。

那日煬王在趙瑾面前低聲下氣，今日便找回了自己的理智。他倒是要看看趙瑾想做什麼。

「想要啊。」趙瑾大大方方地承認，還不忘補充一句。「誰不想要？」

趙瑾畢竟不是聖上，煬王在她面前與在聖上面前的表現也不同，在煬王眼裡，趙瑾不管有沒有野心，都不過是個小丫頭片子。

「想得還挺美。」趙鵬冷哼道。

趙瑾象徵性地乾咳了一聲道：「九皇兄，現在是您來求皇妹辦事，麻煩態度好一點。」

煬王不說話了。

趙瑾問道：「見呂灝做什麼？」

煬王從袖子裡拿出一份文書，趙瑾瞥了一眼就明白了。

呂灝難逃一死，在這之前，煬王要撇清淮陽郡主以及她孩子跟呂灝的關係。不管之後是將女兒與外孫女接回煬王府，還是安排她們住在外面的宅子，這段婚姻都必須結束。

在這種時候，趙瑾還不忘損道：「他都是階下囚了，若是皇妹我啊，乾脆寫休書，寫這和離書，也不知您這個當爹的是怎麼想的。」

煬王沈默。在他的觀念裡，男子能休妻，女子只能要求和離，經趙瑾這麼一說，他才意識到，一個賣國的細作，哪裡配得上他女兒的和離書？

「借筆墨一用。」趙鵬乾巴巴地說道。

求人也沒個求人的態度。趙瑾倒是不跟他計較這個，甚至連椅子都讓給他。橫豎她不過是個攝政公主，位置什麼的不重要，也不用講究。

她不講究，有人講究。趙瑾讓出了座位，煬王卻沒坐下去，他站著寫，很快就替女兒擬好了一封休書。

趙瑾一看那文謅謅的開頭就頭疼。如果是她，大大的「休夫」兩個字就搞定了。

煬王去死牢的時候，趙瑾一路跟著他，他們身後還有好些個侍衛。趙瑾的身分原本就尊貴，如今身價更是水漲船高，她出入宮裡各處時，已經到了時刻需要侍衛貼身保護的程度。

顧名思義，死牢裡關押的都是死囚。

「死牢不是什麼好地方，妳確定妳要跟著？」趙鵬終究開口提醒趙瑾。「裡面的死囚興許被折磨得不成人樣，妳一個公主，就沒必要……」

趙鵬還沒說完就被打斷了，趙瑾說：「皇妹知道。」

煬王不再說什麼，但是挺不服氣地冷哼了一聲。

趙瑾也不明白他是怎麼回事，都幾十歲的人了，氣性還是這麼大。

死牢跟趙瑾想像中差不多，這個地方籠罩著陰鬱、罪惡與絕望，光線陰暗得很，空氣中更瀰漫著一股淡淡的霉味與血腥味。

最讓人難以忍受的，是這樣一個地方帶給人的壓抑感。正常人在這種地方待久了，說不定會發瘋。

煬王抽空看了趙瑾的臉色一眼，發現她只是蹙了一下眉，腳步倒是毫不遲疑，態度也游刃有餘。

趙瑾跟煬王都是大人物，他們帶著侍衛出現在此處，獄卒自然是笑臉相迎。趙瑾說要見呂灝，獄卒二話不說地就在前面給他們帶路。

呂灝被單獨關押起來，但他的情況跟安華公主可不同，衣物非但無法保持乾淨，渾身上下也都是傷。

自從進入死牢後，所有審訊的手段在他這裡都沒能發揮作用，大概是清楚自己難逃一死，所以乾脆放棄掙扎，也拒不配合。

審訊的手段來來回回就是那些，對於這種細作，獄卒向來不會心慈臉軟，趙瑾與煬王毫無意外地見到被折磨得半死的呂灝。

關於呂灝此人，自從他被盯上之後，趙瑾就已經將他的生平摸了個清楚。

呂灝，原名呂烈，是越朝人與武朝人結合生下來的孩子。十歲以前一直居住在離越朝不遠的邊城內，因為其母是越朝人，受了不少武朝人的冷眼，在父母死後，就被越朝人找上，當了細作。

於是呂灝透過科舉進入朝堂，迎娶王爺之女，每一步都是往高位而去。順利的話，再過十年，他在朝堂上的地位將難以動搖。

第一百零四章　情勢危急

趙瑾看到呂灝被架了起來，身上血肉模糊，顯然受了不少苦。

獄卒一瓢冷水潑上去，呂灝就醒了過來，但只是動了動眼皮而已。

「呂灝，」趙瑾開門見山地問道：「你想不想知道青玉有什麼下場？」

「青玉」兩個字一落入耳中，呂灝終於有了反應，睜開了雙眼。

趙瑾緩緩道：「本宮有幾個問題想問你，要是回答了，本宮就告訴你青玉的事。」

半晌後，沙啞的男聲響起。「殿下想知道什麼？」

「朝堂上有多少你的黨羽？」趙瑾問道。

一聽到這個問題，呂灝竟然笑了出來，說道：「殿下，我敢說，您敢信嗎？」

「你儘管回答就是。」趙瑾道。

兩人的視線牢牢對著彼此，過了一會兒，呂灝還真的說出了一些人名。

趙瑾不知從哪裡掏出了一本冊子跟筆，一言不發地記錄著。她掏出來的冊子跟筆都是旁人沒見過的類型，煬王不禁側眸看了她好幾眼。

「你是越朝派來的細作？」趙瑾問。

關於這個問題，呂灝就沒正面回答了，他輕嘲道：「是誰派來的，有什麼區別嗎？」

趙瑾點頭道：「看來本宮猜得沒錯，越朝與禹朝確實聯手了。」

她輕飄飄地得出這樣的結論，沒留意到煬王的表情變化。

呂灝似乎被噎了一下，但很快就平靜下來，沒再主動開口。

趙瑾繼續說道：「本宮其實沒什麼想問你的了，只是覺得好奇，你因為在武朝受盡白眼而選擇當越朝的細作，那你知道在越、禹兩朝，他們對待你這樣的人是什麼態度嗎？」

這番話其實很有深意。在這個時代，若因身為混血兒而受到歧視，那這種情況絕對不會只發生在其中一邊而已。

就算不認真打聽，趙瑾也知道像呂灝這種兩國的人結合生下的孩子在哪裡都不受歡迎，倒不是有什麼肉眼可見的缺陷，也不是兩族之間有何仇恨，就是單純的歧視而已。

趙瑾很清楚這一點，所以她想知道，呂灝做這些事究竟是自願的，還是有利可圖。

「還是說，他們承諾你高官厚祿？」趙瑾笑了一聲，似乎覺得這樣的條件也很荒謬。

「若僅是這些，那麼靠你自己在武朝努力個幾年也一定能實現，何必理會這種虛無的諾言？」

趙瑾說話，句句戳人心肺。

煬王在一旁保持沈默。這個他之前不放在眼裡的妹妹，手上定然有自己的消息管道。

趙瑾戳人心肺不假，但是呂灝似乎察覺到了趙瑾的目的，他無聲地笑了笑。

「殿下還有其他問題嗎，沒有的話，該告訴我了。」

他指的是青玉的事。
那個名叫青玉的女子，在替呂灝偷到煬王的兵符後就離開了煬王府，只是她不知道自己的行蹤早就被人盯上了。呂灝被打入死牢當日，青玉也被抓了。
「她有身孕了。」趙瑾語氣平靜地說出這幾個字。
此話一出，呂灝的瞳孔猛然收縮了一下。
「只是本宮不曉得她這個孩子是你的，還是煬王府上某位公子的。」趙瑾說著，眼尾餘光瞥見煬王的臉都黑了。
在煬王看來，不管是呂灝還是那名叫青玉的女子，都將他煬王府的人當傻子一般耍。別說是他，趙瑾也覺得煬王一家堪稱冤大頭。
「她如今如何了？」呂灝往前掙扎了一下，身上的鐵鏈一頓響。
趙瑾沒想到呂灝對那名委身在煬王府當間諜的女子還有幾分真情。
「你不關心自己的妻子與女兒，反而只念著一個婢子。」趙瑾笑了一聲。「既然這般疼惜，又怎捨得糟踐了她？」
「妳閉嘴！」不知道趙瑾說的哪句話戳到了呂灝的痛處，他突然大吼道。
趙瑾沒當一回事，她笑著說：「不是想知道她的情況嗎，怎麼又叫本宮閉嘴？」
呂灝睜著一雙猩紅的眼睛盯著趙瑾不說話，但顯然很想知道青玉的消息。
某種程度上來說，趙瑾也算是個殘忍的人。

「她已經自盡，連同肚子裡的孩子一起死了，就為了不出賣你。」趙瑾緩緩說道。

呂灝被打入死牢的消息傳出去後，青玉便服毒自盡。明知自己懷有身孕卻還這麼做，讓趙瑾懷疑她肚子裡的孩子不是呂灝的。

試想，呂灝都快要死了，她怎麼可能不拚命為他留下血脈？

既然孩子不是呂灝的，那就是煬王的孫子了——趙瑾覺得今夜煬王府怕是無法熄燈了。

越是不堪的現實，就越是讓人痛苦，趙瑾很清楚這一點。肉體上的折磨，比不過精神上的打擊。

「妳胡說！」在趙瑾道出青玉的死訊後，呂灝的情緒崩潰了。「妳騙我！她怎麼可能死？別以為我不知道這是你們的陰謀詭計！」

趙瑾嘆了口氣道：「要是知道你這般在乎她，本宮大可以告訴你，只要你將知道的事情都說出來，本宮就放了她，然而本宮並不愛撒謊。」

呂灝還想說句什麼，趙瑾卻不打算奉陪了，她轉過身，側頭對煬王道：「九皇兄有話便快說吧，本宮不打擾了。」

趙瑾毫無眷戀地往死牢出口的方向走去，呂灝在後面啞著嗓子吼道：「妳回來說清楚，青玉到底如何了！」

沒人理會他。

煬王一臉的晦氣。如果呂灝不是死囚，也沒被趙瑾抓住，他定讓他求生不得、求死不能。

「這是霜兒給你的休書，從今往後，你與本王的女兒跟外孫女再無瓜葛。」

呂灝看著上面寫著的「休書」兩個字，忽然笑了，說道：「父親這般急著與小婿斷絕關係，還真是傷小婿的心。」

趙鵬冷聲道：「煬王府跟霜兒從來沒欠你什麼，今日就算兩清了。當初若不是霜兒說要嫁你，你哪裡配得上本王的女兒？今日這般，皆是你咎由自取！」

當趙瑾跨出死牢時，後方突然傳來滿是癲狂的吶喊聲。「別以為你們這樣就能高枕無憂了，武朝將亡，武朝將亡！哈哈哈哈……」

煬王黑著一張臉走了出來，大概是在反省自己當初怎麼就選了這麼個女婿。

不過這種事想再多也毫無幫助，他問趙瑾。「本王府上的那個婢子，真是妳抓去了？」

趙瑾無語。這算什麼，興師問罪？

煬王畢竟是實打實的皇子，從滿是算計的皇宮裡出來的。他的心思比自己那些兒子複雜了不少，反應也不算慢，只是在意識到應該將青玉抓起來時，她已經離開了他的府邸。

「皇妹的確帶走了她，她也真的死了。」趙瑾說道。

煬王想說點什麼，但什麼都沒能說出口。

趙瑾看著煬王的身影逐漸遠離，有那麼一點替她的九皇兄不值。

當夜，據說煬王將幾個兒子都叫到院子裡用軍法伺候，煬王妃以及幾個妾室在一旁求情也無濟於事。

這點小事用不著趙瑾去打聽，她一覺醒來就有人來跟她報告。

紫韻正在為趙瑾換藥，她的傷口在前兩日化膿了，雖然疼得很，但她沒寫在家書裡告知唐韞修，他在戰場上要操心的事夠多了，沒必要為此分心。

只是趙瑾不說，並不代表唐韞修沒關注京城的動靜。

戰場上，軍營裡面，唐韞修聽著手下匯報京城的狀況，在聽到華爍公主為小皇子擋了一劍後拳頭微微握緊；除此之外，那雙丹鳳眼讓人瞧不出情緒，下頜線則埋在盔甲下，看不出任何表情。

唐韞修的皮相在平時是一種優勢，但有時候反而是一種阻礙，這種情況在軍營當中特別明顯——這樣好看的男人，真能騎馬打仗，為國家手刃敵軍嗎？

當初唐韞錦接管唐家軍時，也受過差不多的質疑。

唐家人的長相看上去都像是該在京城裡享受太平盛世的，只是偏偏一代傳一代下來，都在邊疆戍守。

皇室看重唐家、禮遇唐家人是眾所皆知的事實，這是唐家用忠誠換來的，更別說先帝在世時，唐家男兒盡數在邊疆犧牲。

唐韞錦過去的副將蔣欽道：「駙馬爺，底下人通傳，道是在懸崖底下的一個小地洞裡撿到了世子的腰牌，世子興許還……」

「活著」兩個字，他沒說出口，這其中的意義到底有多大，軍營內包括唐韞修在內的所有人都知道。

若是唐韞錦真的還活著，自然好；若給了希望又落空，對他們而言都是嚴重的打擊。

「無事。」唐韞修緩緩說道，他身上的氣勢有了變化，變得更加凌厲與冷漠了。「送世子妃跟小公子回京的事安排得如何了？」

這是唐韞修來了之後一直在準備的事。唐韞錦生死不明，京城那邊就當他死了，唐韞修選擇將嫂子與姪子送回京城，倒也不難理解。

「都差不多了，只是世子妃一直掛念著世子，想讓卑職只送小公子回去。」

唐韞修的嫂子藍亦璇是英國公之女，出身將門，此刻甚至還想上陣殺敵，但唐韞修不同意。

將這兩個人送回京城，有唐韞修自己的私心。唐家目前子嗣不豐，如今發生戰爭，他得想盡辦法將人保住。

「嫂子那裡我去說，你儘管安排就是。」唐韞修淡淡地道。

「另外，駙馬爺，之前向朝廷催討物資的事，至今仍沒有動靜，您看……」蔣欽頓了一下。

其實他大概能猜到原因，就算華爍公主在朝堂上攝政監國，那些官員也不會將她一介女子放在眼裡。

誰知唐韞修卻忽然笑了一聲，道：「快了。」

蔣欽一臉的不明所以，不明白唐韞修這話是什麼意思。

下一刻，他就聽見面前的男人用一種近乎於炫耀的口吻說道：「我家殿下就是為了拿到物資才鬧了一齣，朝廷那邊會送東西過來的。」

「我家殿下」這幾個字讓蔣欽一時愣住了，隨後才反應了過來。眼前的人雖然是世子的親弟弟，卻尚了公主，連唯一的女兒都隨皇室姓。

從前他還覺得身為世子的弟弟，唐韞修尚公主的行徑辱沒了唐家，現在看來，說不定人家是兩情相悅呢。

唐韞修隨身帶著一條繡著楓葉的手帕，任誰一看都知道是心上人的物品。

「駙馬爺，禹朝那邊已經好幾日沒動靜了，您說他們會不會在謀劃些什麼？」

唐韞修看著眼前的地形圖，眸色不禁又沈了些，他說道：「傳令下去，全營戒備，近日應當會有大戰。」

對於打仗的敏銳度，唐韞修不亞於他的兄長，過了沒幾天，越朝那邊也發兵攻打武朝，像是早就跟禹朝達成了協議一般。

當時，朝廷的物資跟援軍都還沒抵達邊疆。大軍壓境，邊城難保。

越朝發兵的消息傳入京城時，前往邊疆送物資的軍隊才剛出發不到兩日。對許多人來說，越朝這是突然發難，打了武朝一個措手不及；在有點腦子的人眼裡看來，越朝這是蓄謀已久，打定主意聯合禹朝對付武朝。

趙瑾是有腦子的其中一個。她早就猜到事情會這樣發展，只是沒想到在這麼短的時間內，越朝就迫不及待地發兵，彷彿怕禹朝會獨吞下武朝這塊肉一般。

周圍的小國基本上沒能力與禹、越兩朝抗衡，何況他們也沒這個膽子。在這種情況下，武朝變得孤立無援。

趙瑾這幾日返回公主府居住，之前被撤走的御林軍也重新回到這裡駐守。公主府的門檻幾乎要被上門拜訪的人給踏破，除了討論戰事，還有人是為了丞相而來。

華爍公主自作主張罷黜了丞相，丞相那頭一直等著看聖上的反應，每日也會有人到趙瑾面前為他說情。

蘇家除了出了個皇后，朝堂上最得勢的人便是丞相，其他子弟雖有入朝為官者，但遠遠達不到丞相這樣的成就。

先不說「清君側」這種行為到底適不適合如今的武朝，丞相敢這麼做，很大一部分是因為不曾將趙瑾這個公主放在眼裡，但凡攝政的人是煬王或宸王，他都不至於這般輕舉妄動。

或許是年紀大了，他的耐心不如從前，才會讓自己的雙眼被蒙蔽，上了安華公主的賊船；然而不可否認的是，他確實不安分，因而導致自己落到如今這個境地。

關於罷黜丞相這一點，聖上不說話，其實就是贊成趙瑾的決定。雖然丞相明顯是堅定擁護皇儲之人，但他是小皇子的外祖父，而且這些年來給聖上的印象不是很好。

丞相一家喜歡以皇后的名義往後宮塞女人，皇后因此不待見這個父親，既然帝后情分仍在，聖上便也有心將丞相換下，畢竟這幾年來，丞相的手是伸得越發長了。

趙瑾過去不理朝堂之事，但對丞相這個人的做法也有所耳聞，他確實是個狠角色。

不過趙瑾對丞相已經夠客氣了，沒針對他帶人入宮「清君側」一事給予懲罰，只要他下野頤養天年而已，反倒是丞相那些在朝為官的學生頻繁地在趙瑾面前為他說話。

類似「沒有功勞也有苦勞」這種說法，趙瑾已經聽了不下十次，但每當有人用這個觀點試圖說服她時，她都沒有動怒，態度依舊保持溫和——她最懂得怎麼打太極了。

她這哪裡是罷黜丞相，分明是為了他著想。讓年事已高的丞相回家享受兒孫滿堂的生活，不必再為朝堂上的事苦惱，何嘗不是一種「體貼」？

趙瑾此人也是慣會作戲的，只要她想。

丞相的事放在一邊不說，為了填補空出來的那些職位，趙瑾從各地召了一批官員回京，又提拔了好些人。只是趙瑾才剛為朝廷換了血，不少人還在觀望她究竟想做什麼。

這一連串的事情下來，朝臣們都發現了一個重點，那就是趙瑾身邊不見什麼軍師或參謀。她身為公主，在政務上卻有她自己的一套，結結實實地給那些看不慣她干涉政事的男人一記又一記響亮的耳光。

又是上朝時。越朝發難這件事總歸要解決，如今在前線的兵力不足以抵抗兩朝聯軍，增援是板上釘釘的事。問題是，派誰去？

「諸位大人能不能告訴本宮，此番派往邊疆增援的士兵，該由誰領軍？」

趙瑾這話問出去之後，朝堂上安靜了許久。

雖然朝堂上有些位置仍沒人補上，但上早朝的臣子還是不少，不僅沒人提出建議，甚至連武將那邊也沈默了。

唐韞修當初出征時，就帶走了一批武將。書到用時方恨少，事非經過不知難。在這種情況下，平時巧言如簧的文官完全派不上用場，才知武將有多重要。

武朝多年來沒與他國發生過大型戰爭，就連當今聖上，也曾覺得武將的權力應該被削弱。今日這個局面，只能說是自食其果。

在一片靜默中，趙瑾開口道：「怎麼，諸位都覺得自己不能勝任？」

朝堂上死一般的寂靜，令這些臣子們心慌。

半晌後，終於有人試探著說道：「殿下，禹、越兩朝聯手，我朝兵力估計難以抗衡，臣以為……不如求和。」

此話一出，趙瑾就摔了靠近她手邊的名貴瓷器，然而她語氣仍舊平和。「再有這種想不戰而降的，身上的官服也別穿了。」

短短一句話，震懾力卻相當強大。

趙瑾如今不是他們能輕視的公主了，不少臣子立刻低下頭去。

「臣不才，願領兵前往戰場。」就在此時，一道女聲響起。

第一百零五章 死亡陰影

人群中緩緩走出一道倩影，周玥跪在了地上，希望趙瑾允許自己出征。

趙瑾不說話。她知道周玥一直在等待這樣一個機會，但她不能憑著一股衝勁就上，周玥是能上戰場，卻不到可以率兵掛帥的程度。

很快的，有另一道聲音響起。「臣請出征。」

在場的人都愣了一下——是煬王。

他從眾多官員當中走了出來，即便曾在邊疆戍守二十餘年，可他身上除了武將獨有的豪爽氣息，還帶著皇室出身的天成貴氣。

趙瑾跟其他臣子的目光都落在他身上，煬王那些在朝中任職的兒子們也是，他們的眼神都難掩驚訝。

如今這種情況，不傻的都知道聖上確實不行了，大概是之前吃釋空給的藥虧了身體，不然也不會將權力轉給趙瑾。

雖然眼下是趙瑾掌權，然而以煬王的能力，再加上一些朝臣的支持，他未必沒能力與趙瑾一爭；或者說，只要他想，說不定那個位置也能肖想一下。

可是煬王這個時候卻說要去打仗，一旦離開京城，就代表他要放棄可能得到的一切。

那個位置跟權勢，誰不想要？他怎麼就這樣放棄了？

不說別人，連宸王也訝異地看了他這皇弟一眼，虧他還以為他有野心呢。

趙瑾不知在想什麼，最後道：「那就煬王領兵，嘉成侯為副將吧。」

周玥沒意見，反倒是煬王蹙起了眉頭，下朝後立刻跟在趙瑾後頭走，說要將周玥給換下。「女子參軍多有不便，本王要她一介女流跟著做什麼？」

趙瑾緩緩說道：「周玥不同，她之前跟隨唐韞錦參軍，何況九皇兄之前不也是攜家帶眷在邊疆打仗嗎，現在怎就嫌女子麻煩了？」

煬王趙鵬氣結道：「本王當年是舉家搬遷至封地，情況不同，哪能一概而論？」

趙瑾說：「您不必將周玥當成女子看待，帶上她不會給您添麻煩的。」

「妳這是非要在本王身邊安插一個眼線不成？」

趙瑾聽了這句話後，笑了聲道：「九皇兄言重，周玥好歹是個侯爵，我怎麼會讓她幹這種事呢？」

最終，趙鵬沒能爭得過趙瑾，他說道：「本王可不敢保證到時候還能將人完完整整地給妳送回來。」

打仗不是開玩笑的，落得個全屍都不容易，更何況是完好的人，連煬王都不敢保證自己一定能活著回來。

趙瑾笑了笑，道：「那皇妹就等著九皇兄凱旋歸來那一日了。」

煬王深深地看了她一眼，沒有說話。那一眼，像是想看看她到底能走多遠。

趙瑾彎了彎眸子，表情卻不是那麼無害。

她不是那個拿著手術刀的醫生了，身分跟閱歷不同，要承擔的也不同。既然被賦予責任，又確實需要借助權勢帶來的力量，那她便會竭盡所能達到目的。

趙瑾之前沒送唐韞修出征，倒是大張旗鼓地送了煬王。

那日天氣還算好，滿城百姓相送，煬王身披盔甲、騎著駿馬，旁邊是他幾個兒子跟周玥，身後則是煬王府的女眷與孩子們。

趙瑾道：「九皇兄放心，京城有皇妹在，會照顧好九皇嫂他們的。」

煬王明白趙瑾不但能在朝堂上跟人打交道，私底下與幾個王妃的關係也不差。尤其是皇后，趙瑾兒時常宿在坤寧宮，比起跟太后的關係，她說不定與皇后更親近。只要她想，八面玲瓏不是問題。

半晌後，趙鵬只對趙瑾說了句。「保重。」

趙瑾也揮手道：「保重。」

她對去打仗的將士其實很不錯，煬王想要的金瘡藥，她之前送了一批去唐韞修那邊，這幾日又趕了不少出來給煬王的軍隊。

趙瑾確實有錢，也不差這點開銷，整個國庫倒出來，說不定還沒華爍公主這些年來偷偷摸摸賺的錢多。她是個合格的商人，上輩子如果不是生在醫學世家，說不定就當女總裁去了。

大軍出征，朝堂幾乎成了趙瑾一人的舞臺，她偶爾會抱著趙翊上朝，也是存了好好培養這孩子的心思。要不是趙翊還太小，她這個當姑姑的，哪裡用得著在這兒打工？根本吃力不討好。

只是小皇子的身體確實羸弱，趙瑾抱著他上朝的頻率並不高。

趙瑾也擔心聖上的狀況，看著時常無法保持清醒的兄長，看著束手無策的徐太醫、羅太醫以及默默垂淚的皇嫂，她實在不知道該說什麼。

「瑾兒，難道就沒辦法了嗎？」皇后蘇想容握著趙瑾的手，語氣哀戚。「妳有沒有辦法聯繫上那位教授妳醫術的師父？」

趙瑾一頓，兩位御醫的目光也朝她投了過來。

皇后不知道自己這個要求很為難趙瑾。先別說她口中的師父是虛構的，就算是找她在現代的老師來，在醫療器械如此匱乏的情況下，誰都救不了聖上，何況那不過是拖時間罷了。

趙瑾搖了搖頭，沒說什麼，但意思已經很明顯。

半晌後，趙瑾輕聲道：「臣妹這裡倒是有個方子，能讓人清醒一段時日，只是藥性極烈，如今還未到那個時候，還是先不吃為好。」

此話一出，滿室沈默。

趙瑾深知生離死別乃是常態，說什麼都無法逆轉既定的結局。聖上真的要不行了。

趙瑾雖然搬回了公主府，但每日白天幾乎都待在宮裡，如今兩國大軍壓境，邊疆傳回來的，沒幾條好消息。

倒是快馬加鞭送回來的戰報裡夾著一封家書訴相思，說邊疆的東西多難吃、沙塵有多大；說自己日曬雨淋的，若是變醜了，她不許嫌棄，又問起家裡兩個小孩的情況。原本只是尋常的家書，趙瑾看著看著，卻是眼角泛淚。過去從來不知相思苦，如今識得，倒讓人有說不出的心酸。

趙瑾沒忽略信上說的，唐韞錦的世子妃與次子準備返京。世子妃返京本身沒什麼問題，就是按道理說，他們應該安頓在永平侯府，畢竟永平侯這個爵位要由唐韞錦繼承。

趙瑾雖然不了解永平侯府目前的情況，卻曉得永平侯夫人不好相與。想了想，她決定等世子妃回到京城再問她的意見。

戰爭讓百姓人心惶惶，有不少人湧入京城求個安穩。可京城對於外來人的審查嚴格至極，就算進來了也沒辦法輕易安頓下來，等寒冬來臨，不知有多少人會在路邊凍死。

不安與焦慮不斷蔓延，戰爭帶給百姓的陰影已經逐漸顯露出來。

趙瑾就在此時收到了邊疆的捷報，城是守住了，但死了不少人。

禹、越兩朝的軍隊加起來的數量遠超武朝，武朝雖然暫時還沒能力反攻，但至今仍未拋棄一座城，儘管如此，也守不了太久了。

趙瑾下令疏散滿城的百姓，之後再撤退——這意味著棄城。

事實上，如今他們正在守的那座城，按照地理位置來說並不好守，趙瑾選擇放棄並不意外，但更多人擔心有了第一退，便會有第二退、第三退。

不少人在朝堂上跟趙瑾吵架，即便有君臣之別，這會兒也顧不上了。

「將士戍守邊疆，若一退，士氣便會大減，殿下怎能下令讓一座城池？」

「一鼓作氣，再而衰，三而竭，殿下這一下令，前線的將士若是覺得朝廷有退意而怯戰，該如何是好？」

「萬一這一退令士氣散去，到時潰不成軍，又該怎麼辦？」

趙瑾沈默了許久沒開口。換成是聖上清醒時坐在這個位置上，說不定也會下令死守；只是在趙瑾的認知裡，人命更重要，戰爭固然會有犧牲，但不能犧牲得毫無意義。

前線正在守的是柳城，柳城的地勢偏低，有一條河環繞整座城，這條河放在平時是柳城的寶，可在戰亂時，若有人往裡面投毒，整城的人都得死——趙瑾說出自己的顧慮後，朝臣們都閉上了嘴。

「本宮所言所令並非怯敵，也並非因為駙馬身處前線而畏縮，諸位應該明白，若想要將士們賣力打仗，便不能將他們的命視為草芥。」

她停頓了片刻，又道：「此事本宮心意已決，諸位大人莫勸。」

下朝後，太傅跟著趙瑾走，滿面愁容。事實上，自從聖上抱恙、趙瑾攝政以來，太傅就沒睡過一個安穩的覺。

禹、越兩朝狼子野心，這場仗早晚會打起來，早在幾年前就可見端倪。

趙瑾的城府確實超乎太傅等人的想像，到了這個時候，太傅終於明白當初聖上為何對他說，華爍公主之才在眾人之上，唯一之憾，是身為女子。

然而太傅始終不明白聖上的用意，他想讓華爍公主輔佐小皇子上位，可女兒身對她造成太大的阻礙，他看不出這個局要怎麼破。

「殿下，戰事吃緊，如今棄城豈不是先讓他國看笑話，再讓我朝百姓心寒嗎？」

趙瑾並不是很在意這點，她說道：「只要邊疆將士明白朝廷在意他們的生死便足夠，至於百姓這裡，再多言語也不如一場勝仗來得重要，太傅覺得呢？」

太傅一愣，這才意識到自小在皇宮長大的華爍公主在玩弄人心上不輸給任何一個後宮的女人，而且別人是為了爭寵，她這可是玩弄權術了。

話說到這裡，太傅聞世遠忽然幽幽地嘆了口氣道：「殿下若小時候便有這般覺悟，臣當時也不必那般上火了。」

他不提，趙瑾都差點忘了小時候為了不上學幹的混事。只是當初大家認定公主能學好琴棋書畫便不錯了，即便後來她什麼都學得不像樣，也沒人苛責。她是先帝遺腹子，太后生下來的嫡女，即便什麼也不會，一樣能享受榮華富貴。

不提戰事，朝中好些空缺的位置，趙瑾都已經安排了人補上，但丞相、御史與太師等職位仍沒著落。這幾個官位重要，若由趙瑾親自提拔，就算是她的人了，不過這件事，她覺得還是該讓聖上拿主意才是。

某個風和日麗的下午，趙瑾在養心殿守了半天，確認便宜大哥是清醒的，她便問起幾個重要的官位要放什麼人才好。

趙瑾拋出問題之後，久久沒聽到回音，於是悄悄抬起頭，就發現聖上正盯著她看。

「扶什麼人上去，妳自己沒想法嗎？」趙臻反問。

他這語氣，像是在譴責趙瑾連這點小事都拿不定主意。

「皇兄，臣妹是想問您有沒有合適的人選。」趙瑾忍辱負重般問道。

趙臻眨了眨眼睛道：「沒有。」

見狀，趙瑾一臉問號。你一個聖上，跟我裝什麼呢？

沈默再沈默，趙瑾最後也眨了眨眼睛，露出了比聖上還天真的目光道：「那怎麼辦？」

聖上沒由來地察覺到了一股哀怨的氣息，他再仔細一看，發現這股哀怨來自他的胞妹。

「朕令妳監國攝政，有何不滿？」

聽聽，這是人話？趙瑾道：「皇兄能主持大局再好不過，詡兒還需要皇兄教導。」

華爍公主畢竟志不在此，她還想著以後有時間就要出門旅遊，就算如今權力已經遞到了她手上，她也想著給自己留後路。

趙詡這些日子都往養心殿跑，不管怎麼說，他確實是聖上唯一的兒子，哪怕身體孱弱些，那個位置都是屬於他的。

若是聖上子嗣豐厚，體弱就會成為他的一大缺點，但那終究是一種假設。

「詡兒有妳帶著便不錯。」趙臻緩緩道：「至於朝廷的事，朕給了妳權力，妳便有資格安排，若不是解決不了的事，就別來問朕了。」

趙瑾猛然一頓，似乎從這句話裡面聽出了弦外之音，她張口想說句什麼，卻被趙臻早一步開口道：「前線的狀況如何？」

「目前還沒什麼消息傳回來。」趙瑾乾巴巴道。

「朕聽說唐韞錦的世子妃與小兒子在返京的路上了。」

趙瑾並不驚訝，她早知道儘管聖上身體不好，依舊掌握著武朝各種消息。

「是，估計這幾日就會到京城了。」

「唐韞錦也是一身熱血，若之後還是找不到他的人，妳就替朕給世子妃封個誥命。朕從前賜過宅子給他，要是他們母子不想住在永平侯府，妳就幫忙收拾一下。妳養的唐韞錦長子，可繼承爵位。」

聖上是在給趙瑾交代。若是唐韞錦活著，可封爵位；若他沒了，封其子。

永平侯夫人曾盼著唐韞錦出事，如今她是盼到了，只是這爵位絕不會落在宋家人頭上。

「還有妳最近在京城裡面弄了個『報紙』，是做什麼用的？」趙臻問。

說來說去，終於還是問到這上頭了。趙瑾回道：「一個嘗試。」

「妳的鬼點子倒是多。」趙臻淡淡地評價了這麼一句。

在這個朝代，即便早已有「民能載舟，亦能覆舟」的意識，但在皇權高度集中的情況下，輿論的散布停留在口耳相傳的程度，正因如此，蒙蔽百姓成了一件極其容易的事。

消息的壟斷從古至今都是個大學問，訊息傳播在後世甚至能成為一門學科，可見其潛力與可探究性。

趙瑾未細說此事，她換了個話題。「皇兄成日都待在屋裡也不是辦法，若是可以，不如出去走走？」

長期臥床，不利於養病。

聖上給了她一個眼神，意思大概是少來管他。

趙瑾覺得自己的好心被當成了驢肝肺。她是真的為便宜大哥的身體著想，沒事可不會來鬧他。她知道最近朝中不少臣子都會私下面見聖上，不曉得是想從他嘴裡聽到什麼。

身為聖上欽點的攝政公主，趙瑾還在處理爛攤子，卻不知誰會是她的繼任者，然而這件事不能隨便談論，她便未開口。

此時趙臻忽然問起。「那日妳對皇后說有副能讓人清醒的藥方？」

「皇兄，藥不能亂吃，您這麼大的人了，更應該注意才是。」趙瑾心慌了一下，卻沒表現出來，而是用一種妹妹提醒哥哥不能亂吃藥的語氣說話。

「朕知道什麼時候該吃、什麼時候不該吃，寫下藥方吧。」趙臻淡淡地道。

他有種對生死泰然處之的沈穩。趙瑾不知道該說什麼，只覺得時間過得太快了。

接下來幾日趙瑾見的人不少，她跟各種官員來往，從一個被觀察的角色轉變成被討好的角色。

她當然擁有自己的親信。首先就是當初與她一同在上書房待了不短時間的世家子弟，他們對趙瑾的認知顯然比那些在朝堂上為官幾十年的人還清楚些。

以趙景舟為首的幾個世子其實沒什麼野心，就算有，也該有自知之明。

再比如高祺越，他算是聖上一手提拔上來的人，但趙瑾也頗為重用他。自從聖上將他派到趙瑾身邊、他又抓到了細作之後，趙瑾便為他升職。

高祺越相當聰明，不難看出眼下的局勢，不管日後趙瑾還在不在現在這個位置上，她已經證明了自己的影響力。

在聖上抱恙、小皇子年幼以及夫君出征在外的情況下，她所做的，完全超出了世人對一名女子的認知。

朝廷正是需才孔亟的時候，趙瑾等著科舉時再挑些能人。

第一百零六章　玩弄人心

「殿下，悅娛樓掌櫃求見。」公主府的管家陳來福說道。

趙瑾目前只有在夜裡時才稍微清閒一些，小郡主平日難得見到娘親，這會兒就在趙瑾的書房裡陪著她，只是到底還是孩子，不一會兒就趴在桌子上睡著了，趙瑾還為她蓋了件外袍。

悅娛樓的掌櫃姓洛，是個三十幾歲的女子。

洛掌櫃一踏入趙瑾的書房，就看見自己的主子將食指豎在唇上，示意她不要出聲。順著趙瑾的目光看過去，是一個小小的、毛茸茸的腦袋。

趙瑾抱著孩子站起來，睡著後的小郡主窩在她懷裡磨蹭，睡得很安穩。

洛掌櫃站在書房裡，等趙瑾將孩子抱回房間後，她才說道：「殿下，之前您吩咐讓樓裡的姑娘與公子排練的幾齣劇目都練好了，接下來還請殿下吩咐。」

說到這裡，洛掌櫃一頓。京城被兩國大軍壓境的戰況壓得喘不過氣來，在這種情況下，悅娛樓的生意也受到了影響。

趙瑾已許久沒出現在悅娛樓，導致某些人雖然聽過悅娛樓跟皇室有點關係，卻忘了幕後的老闆正是如今執掌朝政的華爍公主。

聽了洛掌櫃的話，趙瑾淡淡地點頭道：「那從明日起，悅娛樓就暫停營業吧。」

「暫停營業？」洛掌櫃愣住了。

「對，放出消息，從明日起，進入悅娛樓時不用收錢，歡迎所有人上門觀賞節目，並為前線將士募捐，所得皆用於禦敵，募捐數額與用途每個月都會公布。至於悅娛樓的開支，本宮私下出。」

趙瑾並不缺這麼一點錢，民心則是重中之重，戰事吃緊，百姓總得有個指望。

「殿下，那這義演何時是個頭？」

悅娛樓原本的門票不算貴，若有賞錢，大部分也是由姑娘與公子自己收著，可即便只算門票費，他們每年賺的也不算少。

「戰況什麼時候改變，便什麼時候到頭吧。」趙瑾緩緩道。

此話一出，洛掌櫃忍不住盯著面前的公主看。在昏黃的燈光下，即便她臉上未施粉黛，那精緻的容貌同樣令許多女人望塵莫及。這般美豔的女子，已經默默爬到了這樣高的位置，就算這其中有聖上的意思，她如今的聲望也是靠自己贏來的。

洛掌櫃迅速垂下眸來，心中未免有些遺憾。殿下這般出色的人，唯一的可惜之處便是生為女兒身，否則早有一番大作為。

趙瑾不知道自己的員工心裡在想什麼，她只是交代好事情、擬定策略，讓洛掌櫃執行罷了。

悅娛樓對趙瑾來說不光是個賺錢的地方，位於京城最繁華的地段，平日裡與他們打交道的多數是權貴，也算是她的消息管道之一，在這一點上，洛掌櫃做得很好。

洛掌櫃生得不錯，又八面玲瓏，趙瑾很早就認識她了，那時她還只是個即將被好賭的丈夫抵給債主的可憐人，趙瑾碰巧見著那場面，便掏錢將人買下。趙瑾去甘華寺時，洛掌櫃跟過她一段時間，之後就不在她身邊伺候了。

紫韻是跟著趙瑾最久的人，在她的印象裡，這麼多年來在自家公主身邊伺候的人，確實過一段時間就有變動。之前她待在宮裡時有不少姊妹，可她們一到年紀出宮後，彼此便斷了聯繫。

關於這些事，紫韻並未多想，但偶爾會在趙瑾面前念叨，說不知道那些姊妹到底過得怎麼樣。

趙瑾有時會問問她想誰了，結果沒過多久，便有紫韻提過的人會上門來拜見公主。對於這樣的驚喜，紫韻自然開心，只是每逢這種時候，她總擔心趙瑾哪日會想換新人伺候。

趙瑾總是憐愛地盯著她看，說道：「妳這個性子……還是留在公主府吧。」

悅娛樓在京城算是個具有代表性的地方，每年上繳國庫的稅金數字都頗為可觀，在這種情況下做出不收門票的決定，自然頗受矚目。

事實上，除了邊疆那邊，武朝大部分地區還算平靜，比較明顯的難處，在於徵兵入伍。一旦戰爭發生，不可能所有人都安穩無事；可徵兵入伍，自願與不得已，是兩回事。

趙瑾需要建立、激發全民一致對外的情緒，論起價值觀方面的潛移默化，提供文學作品給百姓閱讀或聆聽、讓人欣賞戲劇演出，都算是一種熏陶。

早在開戰後不久，趙瑾便吩咐過讓京城裡那些靠寫話本維生的書生寫點戰爭的題材，不管是捨生取義的將軍，還是因戰爭而妻離子散的將士，或是為了上戰場而不得已離鄉背井的小人物，都能是他們筆下的主角。

人的創造力非常強，在明確指定題材並給出大筆稿費的情況下，什麼都寫得出來。

悅娛樓的義演也按照這類話本的內容來演，賺足了眼淚與名聲。

這是真正讓悅娛樓與尋常花街柳巷有所區別的一條界線，騷人墨客皆嘆：國難當頭，戲子亦有情。

趙瑾這玩弄人心的手法，知道內幕的人都自嘆弗如。如今朝堂上知曉這點的，只有太傅跟新上任的丞相。

關於前丞相蘇永銘下野一事，聖上那邊遲遲沒有表示，這個職位不好空懸太久，現在總算是有人頂上了。

丞相一派的勢力，趙瑾並未花太多心思安撫，總歸他們是站在小皇子這邊的，她沒必要多說什麼，但，也不會跟他們鬧得太僵就是了。

除非他們能在這個時候聯合小皇子架空她這個攝政公主，否則還真對她構不成什麼威脅。小皇子本尊還奶聲奶氣地揪著趙瑾的衣袖喊姑姑，哪會跟那些人摻和在一起？

趙瑾自己作主提拔了一個人當丞相，是幾年前一起跟她在臨岳城賑災的何靳珅。

此人之前做了好些年的巡撫，返京後聖上為他升了職，他在辦事方面不含糊，按照資歷來看，也算配得上丞相這個位置。

不知何靳珅是從哪裡得來了消息，知曉趙瑾就是多年前替他夫人剖腹產子的神醫，後來還專程帶著夫人與孩子上門拜謝。

公主府一下子多了三個大孩子，小郡主看著三胞胎當中長相一模一樣的兄弟倆，陷入了沈思。

趙瑾懷疑此事是她那不太靠譜的聖上哥哥透露出去的，除了他，誰會這麼無聊？或許他是抱著讓何靳珅報恩的心態說的吧，不得不說，他對趙瑾來說是個合適的人選。

「殿下何不趁此機會宣揚您為了武朝做了些什麼？」何靳珅提議道。

趙瑾愣了一下，覺得這位新上任的丞相確實是個有眼力、有想法的人，在大部分朝廷命官還為了不得不聽從一位女子的安排而彆扭時，他就已經站好隊了。

趙瑾搖頭道：「本宮所求並非如此。」

她的話裡有話，別人聽不懂，何靳珅卻可以，無非是說她對那個位置沒想法。

近些日子來，關於華爍公主的議論一直沒有停歇，其中最瘋狂的便是猜測她是不是想當武朝史上第一位女帝。

一旦眾人有這種猜測，對趙瑾而言可說是非常不利。聖上畢竟還在，又有個小皇子，不管華爍公主本人是怎麼想的，都會招致攻擊跟非議。

何靳珅倒是沒想那麼多，不管怎麼說，朝廷確實需要一個主事者，如今聖上抱恙，皇后對朝堂的事又遠沒有華爍公主熟稔，儘管是趕鴨子上架，但趙瑾做得確實不差。

「丞相近來可還適應？」趙瑾問。

何靳珅拱手作揖，恭敬地說道：「謝殿下抬舉，臣定當為聖上與殿下鞠躬盡瘁。」

這次官職的變動是個機遇，何靳珅就是其中的幸運兒。他今年才三十幾歲，如果順利的話，幾十年後他就能以丞相這個身分致仕，也算是不負他長久以來懷抱的理想與雄心壯志。

何靳珅上任後不久便去覲見聖上，聖上如今清醒的時候不多，但上門求見的臣子早已不像從前那樣吃閉門羹。

關於趙瑾的決策，臣子們偶爾也會來找聖上訴苦，說是公主的做法不合適，結果聖上揣著清醒裝糊塗，只道：「按華爍公主說的辦。」

幾次下來，大夥兒都懷疑聖上是不是被公主下了蠱，只是這種話私底下聊聊可以，直接說出來可是要殺頭的。

不過眾人在背地裡的言論慢慢浮到了檯面上，像是趙瑾意圖蒙蔽聖上、觸犯祖宗禁忌等傳聞甚囂塵上，最後逐漸演變成華爍公主想篡位。這個說法不單單出現在京城，甚至已經傳播到武朝其他地方。

其實這些謠言的來源很好查，不過是前丞相一黨的花招，不論在現代或古代，抹黑一個人基本上不需要什麼成本，也沒太大的風險，更比宣揚一個人有多高風亮節來得容易；差別在於，若發生在現代社會，找到造謠源頭的方法較為多元，速度也快得多。

就在這個時候，徐太醫派人來通知趙瑾，聖上給了他一張藥方，讓太醫院按藥方煎藥。

趙瑾現下顧不得自己的名聲如何糟糕，她更關心的是自己那個便宜大哥此時讓太醫院煎那副藥，究竟是什麼意思？

且不說她還年輕，不想太快送走自己的親兄長，太后就算身體不好也還留著一條命，若是白髮人送黑髮人對她來說未免太過殘忍。

趙瑾跟太后之間終究還是生出了些隔閡，但拋開一些細節不提，太后對趙瑾還算不錯，從趙瑾成為太后親生女兒那一日起，她就受到這個身分帶來的種種好處，這點無可否認。

儘管她們母女的感情與緣分一般，不過趙瑾對太后還是有一份責任在。就為了那生養之恩，她也該讓太后安享晚年才是。

趙瑾趕到養心殿時，聖上正在看書，她還沒來得及開口，就看見聖上手裡拿著的東西有點眼熟，尤其是上頭的封面，是她特地吩咐人找畫師畫的。

有點尷尬。雖然書不是她寫的，但寫手確實是她雇的。

趙瑾一時之間不知道該先關心聖上的身體好呢，還是問一下他老人家怎麼突然對話本感興趣了。依稀記得她之前沈迷話本的時候，被他「教育」過不少次。

「參見皇兄。」

聖上瞥了她一眼，臉色並不好，可依舊不失君王的沈穩與威嚴。「跑得這麼急，趕著投胎？」

隨著身體一日比一日虛弱，聖上的脾氣壞了不少，若說從前是導師，現在就是槓精了。

趙瑾的目光落在桌上那碗還冒著熱氣的藥汁上，眸光一暗，道：「皇兄，這藥您要喝？」

「方才是想喝，現在暫時不想喝，打算讓人倒了。」

趙瑾吁了一口氣，整個人也跟著放鬆下來。

看見她這麼沒出息的模樣，趙臻沒忍住懟了一句。「還以為妳跑得這麼急是趕著給朕收屍呢。」

趙瑾剛想說點什麼時，就見聖上將話本翻了一頁。

她覺得他眼下的姿態不像是聖上，反而更像是太上皇，可是繼承皇位的人還沒培養好，她這個冤大頭還在收拾殘局呢。

在這個君王居住的養心殿，華爍公主乾巴巴地問道：「皇兄近日喜歡看話本啊？」

趙臻回答得隨意。「聽聞京城最近風靡得很，所以翻閱看看，想看看究竟有什麼玄機。」

這下趙瑾不說話了。這點小把戲用來糊弄百姓不難，但在身為當權者的聖上眼裡，上面的文字彷彿有特殊的意義。

趙瑾生怕他突然給她戴上一頂迷惑民心的帽子，這麼重的鍋，想拿起來可夠費勁的。

「怎麼不說話了，怕朕罵妳？」

趙瑾沈默。皇兄啊，有時候話不能說得太明白，這可不是什麼高情商的表現。

半晌後，趙瑾試探性地開口道：「皇兄若是喜歡，臣妹讓人再送些來。」

「朕自己還弄不來幾本話本？」趙臻的聲音聽起來不太痛快。「在妳眼裡，朕這個皇兄已經是個廢人不成？」

趙瑾又沈默了。便宜大哥這脾氣實在太差，若說他下一刻就開口讓人將她拉出去砍了，她也不意外。

瞧聖上沒有想不開，甚至還有心思懟人，趙瑾終於放下心來，迅速告退，回公主府後就將自己珍藏、外面暫時還買不到的幾本話本送入皇宮。

看話本好歹算是個正當興趣，總比沈迷長生不老藥好些。

幾乎沒有君王不追求長生，就連她的皇兄也不例外，只是釋空一事讓他明白，所謂長生不老，終究只是一場夢罷了。

那些四處傳播的謠言，說到底不過是未經證實的揣測，有人信，自然也有人不信。

說起趙瑾的地位，她如今是撐起武朝內政的第一人，她的夫君更在前線浴血奮戰。誰都知道華爍公主是被一道聖旨送上現在這個位置的，說明聖上信任這個胞妹。

只要趙瑾願意，聲名遠播不是什麼問題；然而她想了想，覺得人要低調才能活得瀟灑，其他人愛怎樣就怎樣。

九月初，前線的戰報傳來，戰敗。

之前趙瑾下令軍民撤退的柳城已被敵軍占領，禹、越兩朝更在短時間內召集大軍攻打武朝第二座邊城。

士氣是一種難以掌控的東西，他們這一仗本來就是以少對多，加上軍隊數量的不對等，各種因素交互影響下，這場戰役最後還是輸了，然而在煬王率領援軍趕到後，第二座城倒是守住了。

人員傷亡的情況快馬加鞭地送到了趙瑾手上，她看完後，戰況也已傳入朝廷官員耳中，有人當場表示唐韞修不適合擔任主帥，應革除他的頭銜並更換將領。

這一點興許有道理，只是在場的人都應該明白，勝敗乃兵家常事，以少勝多的戰役終究是少數，用一場戰役來判斷將帥的才能，跟紙上談兵沒什麼兩樣。

趙瑾沒換主帥，她坐在那個位置上，便有這樣的權力。

不得不說，滿朝文武當中，還是有腦子不好使之人。

一位文官在朝堂上直斥趙瑾為了權勢，不惜賭上武朝的國運讓駙馬入朝為官，還讓他帶領軍隊，就是為了奪取皇權，甚至表明要去聖上面前直諫。

針對此事，其他人多半站在觀望的角度。趙瑾還是比一般君王仁慈的，從來不會因為官員對她不敬而下狠手，她不僅不熱衷處罰或處死人這種事，甚至非常鼓勵朝臣們有事就去跟她大哥商量。

於是趙瑾點了點頭，說道：「那你下朝後就去覲見皇兄吧。」

原本滿腔熱血、打算以死明志的臣子頓時成了個啞巴。最後他去了養心殿，聖上還真的召見了他。

在這個文官細數了華爍公主的幾大「罪狀」後，趙臻反問道：「愛卿的意思是，華爍公主為了兵權，不惜將自己那從未上過戰場的駙馬送到邊疆找死？」

戰爭是殘酷的，在這些從未打過仗的人心裡，在意的事情難道就只有兵權？

「何況愛卿是不是忘了，下令讓唐韞修掛帥出征的人，是朕。」

此話一出，原本還有一肚子話要說的文官忽然愣住了。

他並未失憶，只是這麼些日子以來，對於趙瑾想奪權的認知越來越深刻，以至於他根本不記得，當初答應唐韞修率軍的人，不是如今監國的華爍公主，而是眼前的聖上。

第一百零七章 聖上駕崩

那人立刻跪下道：「臣僭越，還請聖上治罪。」

趙臻看著跪在地上的人，沈默了會兒，他許久沒說話，眸子裡不起波瀾。「退下吧，讓朕一個人靜靜。」

那位文臣就像是幸運撿回一條命般，告退後火速離開了養心殿。

等人走了以後，聖上又慢悠悠地從被窩裡扒拉出了一本新的話本，繼續津津有味地翻看起來。

主帥雖然沒有換，但是戰敗的消息一傳開，還是導致人心惶惶。

趙瑾就在這種情況下迎接她的嫂子與姪子到來，也就是唐韞錦的妻子與次子。

原本這兩人早就該抵達京城，然而唐韞錦夫人與兒子的命在某些人眼裡也值那麼點錢，不管是遇上刺殺還是山賊搶道，總之是耽擱了點時間。

不過這點狀況還算在唐韞修預測的範圍內，他安排的人手護住了這對母子，讓他們平安見到了趙瑾。

世子妃藍亦璇年近三十，模樣生得溫婉美麗、舉手投足落落大方。

趙瑾原本想將人接回自己的公主府，反正地方夠大，唐煜也在，然而世子妃婉拒了趙瑾的好意，選擇回永平侯府住。

世子妃是永平侯府的半個女主人，永平侯的爵位本就由嫡長子繼承，若嫡長子不在，嫡次子也可以繼承，但唐韞修尚了公主。

若唐韞錦真的死了，世子之位就會落在他的嫡長子唐煜身上，與永平侯的其他兒子可沒半點關係。

雖然世子妃是趙瑾的嫂子，態度卻很謙和，哪怕是丈夫下落不明、很可能已經身亡，她也保持著將門貴女該有的端莊。

世子妃手上牽著小兒子，這個幼崽在多日舟車勞頓下顯得懨懨的，但生得很可愛，小臉蛋圓乎乎的，看起來有點像小時候的唐煜。

趙瑾沒能忍住，伸手捏了捏幼崽的臉蛋，幼崽不禁迷茫地看了這個陌生且漂亮的嬸嬸一眼。

在趙瑾向唐煜說他母親與弟弟正在返京的路上時，這位小朋友便翹首盼望。

唐煜很早就懂事了，剛開始趙瑾與唐韞修瞞著他唐韞錦失蹤的事情，可唐韞修出征之後，趙瑾就告訴他了。

這個孩子在得知父親下落不明時紅過眼眶，在得知消息的隔天起，他在院子裡練武時就更加勤快了。唐韞修在的時候，偶爾會帶著他去城外的兵營練習，唐韞修不在，他就在家找侍衛跟他對練。

唐煜兩歲時就被父親塞進了趙瑾懷裡，多年過去，關於父母的記憶其實已經很模糊了，可是對他們卻有一種天生的眷戀。

世子妃生下唐煜的時候，唐世子也還年輕，處在覺得孩子很有趣的階段，加上又要帶兵、練兵，因此與他相處的時間不多。世子妃本人倒是很疼愛孩子，只是迫於情勢才未將他接回邊疆。

唐煜知道自己在叔叔、嬸嬸的照顧下，日子過得十分自在，可是在得知母親跟弟弟要去永平侯府住以後，他就跟趙瑾說要一起搬過去。

趙瑾一想也是，於是摸了摸唐煜的小腦袋，吩咐人將他的東西收拾一部分送去永平侯府。

反倒是小郡主聽說哥哥要搬走就開始掉眼淚，扯著趙瑾的衣袖委委屈屈地問道：「娘親，不能讓伯母還有弟弟住進來嗎？為什麼讓哥哥搬走啊？」

趙瑾無語。因為妳哥不是我生的啊……

邊疆的戰事是眾人關注的焦點，在輸了一場仗以後沒多久，趙瑾就吩咐人往那邊送了一批糧草。

眼下華爍公主安排這點事情已經不成問題，唯一讓她頭疼的地方，大概就是被整個朝廷寄予厚望的小皇子的身體實在過於孱弱。

三天兩頭就生病，動不動就躺在床榻上，看著那張慘白的小臉，她什麼都說不出來。生在皇家，是他的幸，也是不幸。

趙瑾原本是個不理朝政的閒散公主，如今竟要擔憂起這個國家的未來了。

小皇子的身體狀況，就算有神醫降世，也難以讓他像正常的孩子那樣生活。

皇家的孩子一般從小開始就會有師父教導武功，甚至在趙瑾年幼時，還能經常看見聖上在御花園裡晨練。

煬王、宸王甚至其他王爺都是這麼過來的，只是除了煬王以外，其他人的生活長久下來都過於安逸，已將從前學的那一招二式忘得精光。

小皇子趙翊連跑得快一些都做不到，他必須精細地養著，脆弱得很。

然而君王注定要操勞，就算再慧眼識珠、找到再多賢臣能人，一國之君也不可能太閒——除非要當個亡國之君。

臣子有臣子的職責，君王也得有君王的擔當，哪怕所有人都認為能掌握他人生死的滋味令人心安，但身處他人虎視眈眈的高位，這個狀況本身反而是危險的；不過若能牢牢把握住權力，那麼行事自然游刃有餘。

面對小皇子這種情況，不光是趙瑾，就連朝中不少臣子都不看好。小皇子經常召太醫看病這件事瞞不了，只是眾人不知他最要命的是心疾。

心疾在這個朝代來說是不治之症，病人注定一輩子都得受苦。

趙瑾偶爾也會花些心思留意永平侯府的動靜。除了當年新婚那幾天，世子妃幾乎沒在永平侯府住過，如今帶著孩子回來，便對某些人的地位造成了威脅。

唐韞錦不在，不代表世子妃就能讓人看輕，為此趙瑾特地送了幾個人過去給世子妃用。趙瑾的小閨女心心念念著自己的哥哥跟弟弟，於是趙瑾找了個合適的日子派人將她送去永平侯府社交。

小孩子確實需要交些朋友。按照小郡主的身分，不管去哪裡，都沒有人敢怠慢她。趙瑾雖然不太放心讓小郡主出去玩，但她不得不承認，當上攝政公主後，會犧牲掉很多陪伴孩子的時間，加上孩子的爹不在身邊，趙瑾只能放她出門。

等待是一件煎熬的事，趙瑾對唐韞修的思念，隨著時間的推移，慢慢地被她壓了下去。迎接戰場上的每個消息，都需要心理準備。

直到九月末，終於有好消息傳來，就在幾日前，前線那邊打了一場漂亮的翻身仗，不僅將前來攻城的敵軍打了個落花流水，還燒了敵軍的後營。

朝堂上下一片喜氣洋洋，趙瑾收到消息以後，第一時間就去向聖上稟告。

這件事在武朝傳開，不少人鬆了一口氣，可趙瑾卻知道背後有多少將士不幸犧牲。打了勝仗固然令人欣喜，但戰爭依舊是殘酷的。

當天晚上，趙瑾還在床上哄女兒睡，陳管家便匆匆忙忙地說有人召她入宮。

趙瑾已經習慣這種事，認命地穿上衣服火速出門，然而她準備搭上馬車時，卻發現不遠處的宸王府門口也有動靜。

九月末的深夜已有冷意，趙瑾裹得嚴實了才踏出門，察覺到跟以往不一樣的氛圍，她不自覺地打了個冷顫。

一路上，趙瑾發現京城的馬路今晚格外熱鬧，越是這樣，她內心不祥的預感就越重。

趙瑾身邊跟著侍衛，入宮時碰上幾個在朝中地位不低的臣子，她的腳步不禁一頓。幾個臣子向趙瑾行了禮，同樣神色匆匆。誰都明白聖上已經撐不了太久，今晚召他們入宮，未必不是做些最後的交代。

趙瑾看著眼前朱紅色的宮門，忽然覺得周圍的一切變得模糊，她還沒做好就這樣送走一位親人的準備。

養心殿外面跪了一大片的臣子、妃嬪以及宮人，在裡面跪著的則是位分高的妃子。太傅、丞相、幾位尚書以及皇后、德妃都在寢殿內，安悅公主與小皇子身為聖上為數不多的子嗣，則是跪在床邊垂淚。

太后身上裹著披風，坐在床邊看著自己的兒子，眼裡盡是白髮人送黑髮人的悲痛。

趙瑾踏進門時，似乎有人喊了她一聲，只是這一聲與不斷傳來的抽泣聲比起來，顯得無足輕重。

這一世，在她出生後不久便抱過她的人正躺在榻上，等待著離別的命運降臨。

因為帶著前世的記憶而來，趙瑾從前活得清醒，一直讓自己游離在這個時代之外，可如今踏入這扇門時，她才真正意識到，有些人跟事在記憶裡刻下的痕跡實在太重，容不得她忽視。

「皇兄。」趙瑾走近，俯身在床邊喚道。

跟在她後面進來的宸王沈默了。

在宸王之後，是武朝另外兩位閒散王爺——瑞王與洛王。瑞王府在京城，可是瑞王出去遊山玩水了好些時候，洛王則是在自己的封地裡過得逍遙自在，前陣子他們都被聖上召了回來。封地更遠的王爺，聖上就沒驚動他們了。

聖上躺在床上，他人是清醒的，但耳邊不停地傳來啜泣聲，彷彿已經有人在為他哭喪，記憶當中，他的養心殿從沒這般「熱鬧」。

直到趙瑾開口喚了他一聲「皇兄」，聖上便想起他召逃離京城三年的趙瑾回來的那個時候。

「瑾兒，」趙臻側頭看著來人，眼前似乎是蒙了一層紗般，看得並不真切。「妳來了。」

這話聽著像是簡單的寒暄，可在趙瑾耳中，又像是告別。

她看向在旁邊站著的徐太醫跟羅太醫，兩位御醫對上她的目光後，都有些心虛，一致移開了視線。

趙臻的聲音再度響起。「不用看他們，是朕讓他們別告訴妳的。」

聖上的身體狀況，趙瑾不用把脈都知道，確實已經油盡燈枯。

他幾日前命人按照趙瑾給他的藥方熬了藥，隨即服下，大概就是為了撐到聽到戰場捷報的這一日。

趙瑾不知該說什麼，她緩緩在床邊跪下，又喃喃喊了一聲。「皇兄。」

周圍的景象有些朦朧，下一刻，淚水從她臉上滑落。

「這些日子辛苦妳在朝堂上周旋了。」趙臻輕聲說道。

他說話很是費勁，大概是因為生命即將消逝，體內的生氣正在慢慢消散。

趙瑾知道自己的皇兄講起話來很辛苦，但他還有太多需要向朝臣交代的事。

聖上喚來了太傅，喊道：「老師。」

太傅聞世遠年紀大了，聽到這句話時老淚縱橫，跪著說道：「聖上有什麼吩咐的，臣定當竭盡全力完成。」

趙臻道：「老師，朕登基這麼多年來一直得您教誨，如今只有一件事想囑託老師，望老師今後好好輔佐新帝。」

「臣遵命。」聞世遠哽咽著應下了。

再來是丞相。何靳珅雖然是新上任的丞相，但為官已十幾載，他沒等聖上開口便道：「聖上放心，臣定當竭盡全力。」

聖上簡單交代了幾句，其他臣子全跟著應了。

直到最後，所有人都知道聖上要宣布最重要的那件事了，被皇后攙扶著起身的聖上看著眾人，眼神裡依舊帶著君王的威嚴。

「朕雖然寫了傳位的聖旨，但還是想當著諸位愛卿的面說出口。」說著，他猛然咳了一下，臉色越發蒼白。「武朝開國以來有過不少戰爭，如今恰逢戰事，朕心不安，朕欲行之事雖有違祖宗禮法，但朕以為不失為一樁值得記載之舉。」

聖上的呼吸有些喘，皇后探手替他拍了拍背。

「朕決意將皇位傳給……」說到這裡時，趙臻特地看了跟前的兒子一眼，眼神先是溫和，接著瞬間變得堅定。

「傳位華爍公主趙瑾。」

幾個字，重若千鈞。眾人沒反應過來，包括趙瑾。

「聖上？」他們懷疑自己的耳朵是不是出了問題。

「臻兒？」太后顧玉蓮就算沈浸在悲傷裡，也猛然抬起了頭。

然而趙臻沒有要解釋的意思，他道：「朕有些事要交代給新帝，除了皇后與小皇子，其他人都出去吧。」

一時之間，沒人有動作。

他們太過震驚，還在想聖上是不是糊塗了，即便是傳位給任何一位王爺，也不至於讓他們訝異至此。

「謝統領。」趙臻喊了一聲。

身穿盔甲的謝統領站出來緩緩道：「諸位大人，請在外等候吧。」

過了一會兒，聽完聖上跟她說的話以後，趙瑾不知道自己是怎麼踏出養心殿的門的，只是當她對上那些臣子的目光時，頓時如芒在背。

養心殿內，還有皇后與小皇子。他們的啜泣聲，都落入了聖上耳中。

「阿容，這個皇位，詡兒真的坐不來。」趙臻喊著妻子的名字，以一個父親的身分表露出了自己的無力感。「我想自私這一次，有瑾兒在，她會護住詡兒的。我的孩子不多，不想讓這唯一的兒子，將命斷送在龍椅上。」

他在向自己的妻子解釋。

蘇想容泣不成聲道：「臻哥哥，我明白……」

皇后與小皇子在養心殿裡待了約莫一炷香的時間，門終於再度打開。

紅著眼睛的皇后牽著小皇子的手慢慢走出來，但沒走兩步，皇后就鬆開手，暈了過去。

宮人手忙腳亂的同時，在門外守著的李公公立刻走了進去，片刻後，從裡面傳出哀慟至極的聲音。「聖上駕崩了——」

悲傷的哭聲瞬間傳遍了整個皇宮，眾人伏地痛哭流涕。

一代君王謝幕，皇位的新主人，既令人震驚，又沒有懸念。

先帝的喪禮需要趙瑾主持，她沒時間消化自己的新身分。

皇后……或者說太后，她在聖上駕崩後傷心過度，在床上躺了一天。年少夫妻，相愛一場，聖上待她算是不錯，她很想多花一些時間為他哀悼，卻為了幼子不得不快點堅強起來。

聖上駕崩前傳位給趙瑾，那晚之後，她在宮裡待了很長一段時間。不僅是操持聖上的喪禮，還要思考自己如今該做的事。

太傅拿出聖上留下的聖旨，上面明明白白地寫著將皇位傳給趙瑾。儘管有聖上臨終前親口所言以及這道聖旨，趙瑾這位新帝的身分無任何可疑之處，卻依舊引起了不少爭議。

聖上駕崩的消息在當日便傳遍整個京城，然而讓人議論紛紛的卻是華爍公主當上新帝一事。

不說武朝的歷史，就是其他朝代，也沒什麼女人當政的先例；就算有，也是類似垂簾聽政這種形式，而非像趙瑾這樣光明正大地繼承皇位。

消息一傳開，不僅是武朝人，包括正在跟武朝打仗的兩個國家都覺得，武朝將亡。

禹、越兩朝似乎覺得勝利就在眼前，打起仗來時反倒沒那麼用心，又或者是認定可以藉此對武朝予取予求，玩起了貓捉老鼠的遊戲。

根據聖上生前的囑咐，宮中妃嬪皆晉為太妃，年輕無子嗣的可選擇出宮，尤其是從未侍寢過的。

聖上駕崩後七日不早朝，喪禮舉行了將近一個月。

皇陵早已修建完畢，聖上生前不允許宮人或妃嬪殉葬，然而一直伺候聖上的李公公在聖上走後便自盡，成了唯一追隨聖上入皇陵的人。

「聖上，禮部尚書求見。」小李公公輕聲道。

禮部尚書此番是找趙瑾商量先帝的謚號。

先帝在位將近三十年，在位期間沒有明顯的過錯，勤政愛民、不耽於美色，更大力推動農業發展，唯一美中不足的是，子嗣不豐。

趙瑾在禮部呈上的幾個謚號裡選了「宣」。

武宣帝的一生，就此落幕。

第一百零八章　新帝登基

趙瑾看著長長的隊伍將她皇兄的靈柩送入皇陵，小皇子站在人群中，紅著眼睛盯著已經沒了的父皇。

她忽然覺得一陣悲涼。不管是新舊更替或生老病死，都讓人無可奈何。眼下她肩負的使命，既沈重，又令她無處可逃。

「聖上，登基大典再過幾日便要舉行，登基大典上的流程，還望聖上過目。」禮部尚書呈上了文書。

按照慣例，新帝登基的同時會冊封皇后，其他妃嬪則各自封賞；可趙瑾是女帝，她的後院就唐韞修一個，而這位應該被冊封為皇夫的正宮，此刻正在戰場上。

雖說冊封這個流程不省略，但後宮人選就有些耐人尋味了；只是正逢國喪，沒人會在此時提起這種不合時宜的話題。

後宮中，皇后成為太后，太后則成了太皇太后，先帝的妃子除了太后依舊住在坤寧宮，其他人已經搬到專門為太妃準備的宮殿裡，人生當中剩餘的時光，基本上就是與青燈古佛為伴。

至於趙圓圓，趙瑾唯一的女兒，則從一個郡主變成武朝的嫡長公主。

趙瑾翻著文書看了一會兒，便吩咐道：「一切從簡吧。」

此時距離先帝駕崩已過去一個多月，朝中的事務不能不處理，趙瑾在御書房裡待了一下，堆得最多的就是戰事的奏摺。

先帝駕崩前，前線取得了一次勝利，更燒了敵軍的後營，雖然算不上什麼可以大肆宣揚的勝利，但到底打擊了敵軍的士氣。

當時有不少人提議向禹、越兩朝求和。在已經有一場勝利的情況下求和，對武朝而言是有利的，新帝登基，朝堂動盪不利於社稷安康。

趙瑾還沒來得及點頭或搖頭，禹朝與越朝的議和書便送到了宮內。她打開一看，直接治好了多年的低血壓。

兩個國家分別要求武朝割讓兩座城池、賠款白銀數百萬兩，一個要求指派公主去和親，一個則要求將皇子送去當質子。

這麼一看，武朝如今只有兩個人符合條件。一是才滿五歲的長公主趙聆筠，一是先帝唯一的兒子趙詡。

禹朝還在議和書上「貼心」說明，會將公主撫養至及笄才為她挑選合適的夫婿。

這個議和條件在趙瑾的雷點上瘋狂試探，她收到議和書後還沒來得及上朝，消息便傳了出去。

翌日，登基大典，當趙瑾穿著龍袍緩緩出現在金鑾殿上時，眾人皆低頭跪拜，喊道：「吾皇萬歲萬萬歲！」

過去放在龍椅下首的椅子已撤了下去，趙瑾如今坐的是龍椅，天子的位置。她不是第一次坐得這麼高，但確實是頭一回以這個身分觀察下面的臣子。

二十幾年前，當趙瑾剛剛穿越到這個陌生的朝代，以武朝嫡長公主的身分出生的時候，從來沒想過有一天自己會站在權力的巔峰俯視眾人。

這種感覺，陌生至極。

先帝開口傳位給趙瑾時，她想過物色一個合適的人選將皇位傳給他，又或者將先帝唯一的兒子撫養成人，再將皇位傳給他，但這兩個方案都很快就被趙瑾自己否決了。

前者，找不到合適的人選，起碼在宗室裡面沒有；後者，按照小皇子的身體狀況，即便她這個姑姑醫術高超，也無法保證他能活多久，何況先帝臨終前託孤，只願兒子平安喜樂。

「諸位愛卿平身。」趙瑾緩緩道。

小李公公站在趙瑾旁邊，揚聲宣讀著太皇太后以及先帝后妃的冊封情況，最後是關於唐韞修的——冊封為皇夫，未賜宮殿，接下來便是「有事啟奏，無事退朝」的環節。

當初李公公安排了小李公公在趙瑾身邊，趙瑾不打算換人，只是如今，小李公公也變成李公公了。

「臣啟奏。」有一人站了出來。

趙瑾盯著那人，輕輕吐出兩個字。「准奏。」

上朝此事，現在對趙瑾來說是駕輕就熟，跟以往的新帝登基相比，她的表現毫不遜色。

「稟聖上，如今我朝社稷動盪，長期打仗對國庫與百姓而言都是負擔，臣懇請殿下與禹、越兩朝議和。」

這人說完之後，又有一人站出來道：「聖上，臣附議。」

趙瑾盯著這兩人，他們屬於之前從武朝各地調回來的那批官員。

她垂下眸子，問道：「禹、越兩朝的議和書就在這裡，不知諸位愛卿昨日有沒有聽說？」

一時之間，無人開口。

趙瑾又道：「割讓四座城池、賠償白銀數百萬兩，再送出一個公主跟一個皇子，諸位覺得值得嗎？」

即便在這種情況下，依舊有人勸諫趙瑾求和。

「聖上初登基，此時戰爭若持續下去，於社稷更為不利。」

「臣以為嫡長公主身為皇室子孫，受萬民愛戴，理應在此時為國分憂，皇子亦是如此。」

「荒謬，我朝興衰什麼時候寄託在兩個年幼的孩子身上了？」又有人走了出來。「臣以為議和雖有必要，但割城賠款已是底線，斷不能將公主與皇子送去他國受辱！」

朝堂很快就如同市井般吵鬧，幾批人爭論不休。
過了一陣子，趙瑾終於制止道：「閉嘴，都吵夠了沒有？」
朝臣很快便安靜了下來。
她緩緩道：「主張議和的，站出來。」
一批人站了出來，占了朝堂將近半數，其中文官居多，但也有少數武將。
「好，主戰的站出來。」
這次站出來的不到十個人，其中文官與武將差不多。
「剩下的是什麼意思，中立？」趙瑾問。
無人回答，但她也不需要他們回答。
趙瑾的目光往下方巡視了一圈後，說道：「先帝屍骨未寒，若是知道有人將主意打到小皇子身上，諸位愛卿說說看，他會不會氣到給朕託夢，要朕先將想求一時安穩的臣子們送去敵國？」
沒人敢說話。他們就算再遲鈍，也能察覺到什麼叫做「風雨欲來」。
不管趙瑾從前是什麼身分，如今她是高高在上的女帝，想讓人死，甚至不需要藉口。皇權至上，無人不受她支配。
半晌後，有人跪下來道：「聖上息怒。」
之後朝臣們跪了一大片道：「聖上息怒。」

趙瑾沒理會他們，但她的態度已經很明顯了，她主戰。

下朝之後，太傅和丞相隨趙瑾進了御書房。

「聖上，雖說禹、越兩朝議和的條件過分了些，但對我朝而言，議和確實比繼續打下去更有利。」太傅聞世遠為趙瑾分析局勢。

糾纏著不放手，不過是「三敗俱傷」，要看誰能在事情變成這樣之前扭轉局勢。

「太傅也勸朕將自己的女兒跟姪子送出去嗎？」趙瑾問。

「非也。」聞世遠說著嘆了口氣。「議和書上只說一名公主與一名皇子，聖上完全能從宗室裡挑選合適的人選冊封後送過去。」

趙瑾說道：「所以還是要送人。先帝駕崩，朕一登基之後便割城賠款、送人求和，皇兄怕是會氣到活過來。」

太傅垂眸，又嘆了口氣。

「丞相也是這麼認為？」

何靳珅拱手作揖道：「回聖上，臣以為當戰，但興許需要強行徵兵了。」

強行徵兵的後果，便是百姓家中缺少主要勞動力，民不聊生。

趙瑾斂了一下眼眸，片刻後道：「這樣吧，你們隨朕出宮去個地方，再來說說這場仗該不該打。」

成為新帝以來，趙瑾基本上就沒再出過皇宮。聖上性命之重要，與江山社稷息息相關，趙瑾再怎麼讓人不滿意，她也是先帝親口立的新帝。

聽見趙瑾說要出宮時，太傅第一個反應便是讓她去調御林軍。「聖上，今非昔比，臣等需要時刻保障聖上的安全。」

對於登基這件事，趙瑾看得很開，原因在於她曾當過社畜。在現代社會，基本上沒有少了一個人就會讓公司運作不下去這種事。

一個聖上在位多少年能禪位？答案是下一個聖上被培養出來的時候。她就當自己現在是打工了，既然是打工，那就別指望她會將自己的後半生都禁錮在皇宮裡面。

然而趙瑾不至於不將自己的小命當一回事，她身邊有不少暗衛。

不得不說，若未成為新帝，趙瑾也不知道先帝到底是什麼時候培養了這樣一批暗衛。

這是趙瑾那個丟爛攤子的皇兄留給她的禮物，這批暗衛與從前守在先帝身邊的不同，他們只忠心於趙瑾。

趙瑾從先帝手中繼承的，除了武朝的天下跟玉璽，還有手中的兵權。

儘管如此，趙瑾深知朝廷官員對她這個女帝依舊抱持排斥的態度，男尊女卑的觀念傳承已久，那怕趙瑾做得再好，也會有人搖頭嘆氣說一句「終究是女子」。

說起這一點，趙瑾也不知道自己該不該慶幸。即便這種父權社會的思想再強烈，仍存在君臣之別。

也就是說，包括她在內的一些皇室女眷都能稍稍掙脫這個桎梏，算是一點點優待吧。不多，但很值錢。

他們這趟出宮很是低調。太傅與丞相先上了在宮門口等候的馬車，沒多久，一個瘦小的侍衛從皇宮大門出來，手裡拿著出宮的令牌，隨後逕自鑽入太傅跟丞相的馬車裡。

聞世遠被嚇了一跳，道：「聖上，您……」

作為上任後不久便輔佐新帝的丞相，何靳珅也愣了一下。

「聖上，男女有別，您不應和臣等共乘。」聞世遠蹙眉提醒道。

趙瑾扯了扯嘴角，未將男女有別這種事放在眼裡。「都喊聖上了，還拘泥於這點小事。太傅，您的覺悟還有待提升，往後咱們關起御書房的門談家國大事的時候，是不是還得注意別被外面的人傳閒話啊？」

太傅無語，但趙瑾這番話確實將他點醒了。

面前的人不僅是女子，還是武朝的君王，儘管太傅依然不對她抱有太大的希望，但他不得不承認，不管是趙瑾還是趙臻，在管理國家方面，都比他們的父皇出色一點……或許不只一點。

比起男女有別，他應該將焦點放在君臣之別才對。

「聖上要帶臣等去哪兒？」何靳珅問道。

趙瑾笑了笑，說道：「你們等一下就知道了。」

太傅忍不住深吸了一口氣。他如今倒是想端著自己身為師長的身分，只可惜，趙瑾是大權在握的聖上。

在先帝將皇位傳給這個妹妹的時候，幾位曾經教導過趙瑾的文官，全都悔不當初。他們認定自己不該因為趙瑾只是個公主便不加以嚴格要求，可是現在人已經坐上龍椅，說什麼都遲了。

眼看馬車慢慢駛出了京城，太傅與何靳珅第一時間都看著趙瑾發愣。

「聖上，我們到底要去哪兒？」聞世遠不禁問道。

趙瑾將食指豎在唇上，輕笑一聲道：「等會兒就知曉了。」

太傅跟何靳珅對趙瑾此番的舉動沒什麼信心，不過她這種態度將神秘感拉到最高，不知不覺中提升了兩人的期待值。只是見到馬車出城的時候，他們的心還是不免高高懸起。

雖然趙瑾貴為新帝，可因為她是女子，武朝並非人人都信服她，若在這個節骨眼上出了什麼「新帝遭刺」的意外，絕對不是什麼好事。

早上朝堂的爭論彷彿還在耳邊，儘管立場不同，可誰都清楚，若答應兩國要求的所有條件，武朝必定出狀況——一個軟弱的君主、一個無能的朝廷，只會不斷給別人得寸進尺的機會。

然而若繼續打下去，他們又不得不考慮一個現實的問題：武朝具備反敗為勝的能力嗎？

能讓兩國提出議和的條件，已經是他們所能想到的最好結局了。

思前想後，怎麼做都不對，進退兩難啊！

馬車緩緩停下時，太傅與丞相兩個人都覺得此地實在是偏僻得過分。

趙瑾不知道是怎麼找到這樣一個地方來的，令太傅懷疑下一刻就會從林子裡竄出刺客。

車伕是趙瑾的侍衛，他小心地攙扶趙瑾下了馬車。

「兩位愛卿，該下來了。」趙瑾輕聲道。

原本出宮之後，趙瑾的身分便不宜擺在明面上，何況看她的打扮，更像是太傅與何靳珅身邊的侍衛。

然而這四周基本上荒蕪一片，也看不到有人在附近居住的痕跡，說起話來倒也不必那麼謹慎。

前面要走的路，已經不適合駕著馬車行進，於是趙瑾的侍衛與兩位朝廷重臣跟著這位剛登基便跑出京城的新帝一步步往前走去。

周圍越來越僻靜，道路也有那麼點狹窄，可是又隱約能從地上的痕跡看出些腳印來。

「聖上，這究竟是哪裡？我們來這裡做什麼？」聞世遠實在按捺不住了。

不能怪太傅內心有所顧慮，要說這個地方有什麼特別之處，大概就是樹多、草更多，看不出有什麼能期待的。

趙瑾回頭說道：「就在前面了。」

聖上都這麼說了，太傅這把老骨頭，只得在寒冷的天氣中，跟著這位年輕的新帝在偏僻的山間徒步前進。

很難不讓人懷疑新帝的精神狀態，但趙瑾已成了名副其實的君王，她讓人往東，絕不能往西。

終於，一個稱得上是規模龐大的院子出現在太傅等人眼前，但那個院子與他們認知當中能住人的院子又有所不同，這院子很是簡陋。

雖然簡陋，可裡面卻堆放了很多東西，空氣裡瀰漫著一股只有逢年過節放炮竹時才能聞到的火藥味。

院子的門沒關，趙瑾直接走了進去。

此時從屋子裡走出一道髒兮兮的身影，伴隨著不太客氣的語句。「何人闖入……」

話還沒說完，對方在看清趙瑾的臉時不禁愣了一下，隨後立刻跪下道：「殿下……聖上，您怎麼來了？」

此人雖然一直待在這個偏僻之地，但聖上駕崩以及新帝登基都是昭告天下的大事，他也聽說了。

從這人出來之後，屋子裡又陸續走出好幾個人，接著越來越多，他們一見到趙瑾，紛紛跪下，隨即此起彼落地垂首道：「參見聖上。」

趙瑾第一次以新帝的身分來到這裡，而這個地方，她僅僅是第二次踏足。

院子裡站了大約幾十個人，個個看起來都格外強壯，只有一開始出來向趙瑾行禮的男人比較削瘦。

「平身。楊天，朕吩咐你做的東西都做好了嗎？」趙瑾問。

「回聖上，都做好了。」楊天抹了把髒兮兮的臉，看著趙瑾的眼神裡發著光，滿懷熱忱。

「朕帶兩位大人來看你研製出來的東西，找個地方給他們展示一番吧。」

到了這個時候，趙瑾才揭開了此行的目的。

太傅跟何靳珅看著眼前那位年輕人跑進屋去，動作迅速地拖了一麻袋的東西出來，興沖沖地對趙瑾道：「聖上，草民拿好了！」

趙瑾等人一起跟著楊天到了院子外面的空地上。那片空地前方有不少大塊的岩石，周圍不見野草。

楊天讓趙瑾他們停在原地，他則拖著麻袋興奮地跑到前面去了。

「聖上，這是做什麼？」聞世遠問道。

趙瑾抬了抬下巴道：「太傅跟丞相儘管看看。」

第一百零九章　勝券在握

不遠處的楊天從麻袋裡掏出一個黑色圓筒狀的物品，猛然扯開上面類似蓋子的東西，就這樣瞄準一塊巨大的岩石扔了出去，隨即大聲朝後方喊：「捂住耳朵！」

眾人下意識照做，下一刻，那塊被楊天「攻擊」的岩石發出了一聲巨響。

趙瑾身邊的侍衛、太傅與丞相都下意識地往她前面擋。「聖上小心！」

然而響動過後，他們才發現自己毫髮無傷，真正近乎粉身碎骨的，是那塊看起來堅硬無比的岩石。

那塊巨大的岩石，在他們眼前化作一堆碎石，周圍揚起了一陣強風，颳起了塵土，沙塵在空氣中久久不散。

「看清楚了嗎？」一道清冷的女聲響起，將太傅等人的魂喚了回來。

「聖、聖上，這是何物？」何靳珅的臉色有些泛白，像是被嚇的，但語氣裡難掩興奮。

他們終於明白為什麼這群人要在如此偏僻的地方做事。那個黑色圓筒狀的東西能引起這般大的動靜，若是在有人居住的地方，豈非一大威脅？

楊天跑了回來，笑著問：「聖上，您對這效果還滿意嗎？」

趙瑾點頭，隨後道：「還有呢？」

楊天嘴一咧，又從麻袋裡掏出了一把足足有成年男子臂長、形狀奇特的武器，旁人從未見過。

趙瑾接過武器對準天上飛過的鳥，又是「砰」的一聲，只見飛鳥墜落，後座力讓她往後退了一大步。

只見趙瑾眸光泛冷，緩緩道：「此物名為『槍』，殺傷力遠勝於弓箭。」

太傅等人已是震驚到說不出話來，過了一會兒，何靳坤才輕聲道：「聖上……」

「兩位愛卿說說看，若這些能用到戰場上，禹、越兩國大軍，何足懼哉？」

許久後，聞世遠才找回自己的聲音。「聖上，這是怎麼弄出來的？」

不說太傅這個向來愛操心的，就連何靳珅都忍不住盯著趙瑾跟那個叫楊天的男人看。

趙瑾笑了聲道：「用炮竹的材料做的。」

這話不是開玩笑，她曾經在現代社會熟讀歷史，當然知道所謂的「四大發明」是什麼。在武朝這個歷史上並未記載的朝代，火藥誕生至今的用處，最多就是用來製作炮竹跟煙花，即便既熱鬧、又喜慶，但火藥的作用遠不只如此。

「朝臣覺得武朝兵力遠不如禹、越兩朝聯合起來，若將兵刃換成火藥彈與槍，你們覺得之後需要求和的還會是武朝嗎？」趙瑾說的話，讓人不禁心頭一凜。

太傅從沒想過自己有朝一日會因一個女子受到如此震懾。

過去他從未在趙瑾身上見過她對武朝的使命感，她曾是武朝的公主，如今是聖上，可依舊這般雲淡風輕。

這樣的心理素質儼然是君王不可或缺的，但眼下看到的這一切……她究竟是何時開始籌劃的？

楊天興奮地向趙瑾匯報起這些日子的進程。「聖上，火藥彈的數量寫在這上面，大夥兒也都會用火藥彈了，就是槍還需要改進一下。」

在火藥堆裡打滾，楊天手上都是黑灰，他遞出小冊子後便反射性地頓了一下，好像察覺到不該讓聖上拿這般髒兮兮的東西。

然而一身侍衛打扮卻難掩貴氣的趙瑾很自然地將小冊子接了過來，沒有絲毫顧忌就翻開來看。

等她再抬眸時，發現太傅跟丞相都盯著楊天瞧，楊天在兩位朝廷重臣的目光下，逐漸變得不自在起來。

「這是楊天，江蘇人，幾年前上京趕考落榜，之後便來這裡了。」

當時科舉放榜別提多熱鬧了，趙瑾路過時看到不少垂頭喪氣的考生，但有個人特別不同，在看到自己落榜之後，不過瀟灑一笑。

「沒考上，爺下次再來，再考不上就只能繼承家業了。」

趙瑾聽見對方說家裡在做炮竹生意，是商賈世家。生意人若想擺脫階級限制，做官或與官場有點關係都是他們努力的方向。

當時還是華爍公主的趙瑾攔住他問了一句。「你想做朝廷命官嗎？」楊天這個還算天真的讀書人，就這樣被趙瑾坑來這麼一個荒山野嶺幾年，逢年過節都不一定能回家，連媳婦也沒娶。

趙瑾承諾楊天，等他做出她要求的東西後，若有哪個京城貴女合他的眼緣，她定能幫忙撮合。楊天為了美好的未來，硬生生地啃下趙瑾畫的大餅。

如今東西做出來了，趙瑾又比預想中站的位置還高，只要她想，承諾楊天的事情很快就都能實現。

趙瑾跟楊天說話的時候，太傅跟何靳坤完完全全愣住了。

幾年前的科舉？也就是說，這些殺傷力驚人的武器，從幾年前就開始研製了？太傅跟何靳坤一時之間不知該說什麼。

很顯然，趙瑾對時局並非毫無見地，只是她的做法出乎所有人意料，另外一點就是，假設先帝還活著，抑或是傳位給小皇子，而非她這個妹妹，那趙瑾還會不會拿出她讓人研製的東西？

能在一眾落榜考生裡挑中一個看起來平凡無奇的楊天，動用了龐大人力在荒郊野外製造出這些武器，誰敢信她只是個嬌生慣養長大的公主？

趙瑾帶著太傅等人參觀倉庫，裡面放著趙瑾打算運往戰場的武器。不僅僅是火藥彈跟槍，就連鑄造出來的弓箭與長劍也都是上乘之物。

實在令人無法想像，這樣一個武器庫，竟然是趙瑾弄出來的。要知道，若是她沒有登基，而這一切被有心之人知曉，冠她個謀反的罪名可說是綽綽有餘。

太傅的心情一言難盡，丞相的思緒也很複雜。

不過今日朝堂上的爭論確定能解決了，只要這批武器運往戰場，不用割城，也不用賠款，更不用將他們尊貴的公主與皇子送出去求和。

眾人再坐上馬車離開時，聞世遠終於忍不住問道：「聖上究竟是從什麼時候開始準備這一切的？」

馬車在靜謐的道路上行走，趙瑾聽了太傅的話後不答反問。「太傅如今是不是也在心裡惋惜，我為什麼不是男子了？」

私底下趙瑾懶得端著聖上的架子，何況她本身原本就沒什麼架子可言。

她這話頗有揶揄的意味，卻是結結實實地打了太傅一個耳光。

太傅活了這麼些年，誠然飽讀詩書，可趙瑾確實顛覆了他的認知。

在大多數人眼裡，男人就是女人的天，即便女人身分再尊貴，這輩子大多也只能守在後院相夫教子。

「是臣狹隘了。」聞世遠道。

趙瑾說道：「太傅好奇我是怎麼想到用火藥製武器的，抑或是好奇我為何懂醫術？」

「聖上確實讓臣等不可思議。」聞世遠嘆了口氣。「只是聖上如果不想說，臣也可以不再問。」

趙瑾無語。還跟她玩起以退為進了。

太傅畢竟歷經武朝三代，憑他的身分倚老賣老，對趙瑾還是受用的。

她說道：「我會這些，自然是因為我的出身。」

馬車內另外兩個男人還沒反應過來，便聽見趙瑾緩緩道：「一般貴女，一出生便注定只能學琴棋書畫跟閨閣禮儀，將自己培養成才德兼備的女子，絕對不會碰這些東西；至於在尋常百姓家裡，只有男子能上學，女子連識字的機會都沒有。」

「聖上，百姓只供家中男子讀書，不過是盼著將來能參加科考、光宗耀祖，女子……便顧不來了。」

「對啊，因為科舉考試只有男子才能參加。」趙瑾順著太傅的話淡淡地道。

兩位朝廷重臣都陷入了沈默。

道理淺顯易懂，只是從來沒人願意相信，男女之別不過是境遇的問題，而非能力上有太大的差距。趙瑾用自身當作例子，告訴眼前的兩人這個事實。

封建制度下，哪怕皇權在握，趙瑾這個女子也不免會被人在背後說兩句。

如果這個聖上當不好，說不定什麼時候就讓人從皇位上拉下去——她需要民心與身為帝王的威信。

趙瑾藏著這些武器，最大的原因就是尚未研製完成。她的駙馬還在打仗，若新武器能派上用場，她有什麼理由藏著掖著？難道只是為了噁心朝堂上那些男人？當然不是。

只要時機成熟，她便會拿出這些東西，將它們的效用發揮到極致。

隔天再上朝時，在官員中占據重要地位的太傅與丞相等人一反中立的態度，極力贊成繼續跟禹、越兩朝耗下去。

也就是說，主戰派的人數已經比主和派多了，依舊保持中立的人，他們的意見已經無關緊要。

誰都明白趙瑾不想求和，她還是公主的時候就沒向誰低過頭，何況禹、越兩朝這是踩著武朝的尊嚴與趙瑾的底線提出議和的條件。既是如此，她倒想看看不久之後他們會不會後悔。

趙瑾看著下面的臣子繼續吵，垂下了眼眸。自從她攝政以來，似乎已經很久沒體會到這般熱鬧的朝堂帶給她的樂趣了。

「行了。」

不知過了多久，趙瑾終於開口。再吵下去，她都想吃瓜子看戲了。

當聖上實在不容易，以後若有機會，她一定要將上早朝的時間推遲一個時辰，否則她真是又睏又餓。

「朕以為丞相說的話極有道理，我朝的將士未必沒有一戰之力，就算真的議和，也不可能以割城為代價，更不可能將我朝的皇室子弟送過去受辱。」趙瑾幽幽道：「諸位愛卿知道吧，先帝還屍骨未寒呢。」

即便先帝遠去，但這些自詡忠心的臣子不可能不考慮這點。

趙瑾這點倒是拿捏得極好。

下朝以後，趙瑾去了一趟坤寧宮。先帝駕崩的陰影依舊籠罩著這座宮殿，連小皇子都比從前更安靜了。

「皇嫂。」趙瑾給正在栽花的太后行了禮。

蘇想容轉身看到趙瑾，便將東西放下。「瑾……聖上。」

趙瑾走上前說道：「皇嫂按照以前那樣喚我便可。」

蘇想容勉強笑了笑，道：「聖上，禮不可廢。」

趙瑾與太后兩人談話的時候，小皇子趙詡發現了趙瑾的身影，他走過來朝趙瑾規規矩矩地行禮道：「趙詡見過皇姑姑。」

本來應該成為新帝的先帝獨子，如今在面對趙瑾時，禮儀方面講究了不少。

趙瑾的笑容淡了些，到底是對命運有些傷懷。

她摸了摸小皇子的腦袋。「詡兒乖，姑姑跟你母后談點事情，你先過去那邊玩一會兒。」

小皇子乖乖地離開了，照顧他的宮人在他身後亦步亦趨地跟著。

等人一走開，蘇想容便迫不及待地開口。「聖上，哀家聽聞如今朝中打算與禹、越兩朝議和，他們要求將翊兒送去當質子……」

太后確實有些心急，她跟趙瑾都明白小皇子的身體狀況，留在皇宮裡精心養著還能活得久一些，若是送去他國做質子，只有死路一條。

不說朝廷的態度如何，早在傳出這個消息時，太后就收到了來自母族的信，說趙瑾定會乘機除掉先帝唯一的皇子，好坐穩皇位，勸太后合作逼趙瑾退位，繼而扶持小皇子。

然而太后心裡雪亮得很。小皇子有心疾的事一直沒外傳，而他的命，很大程度是趙瑾費心思找藥養著的，她若想害這個姪子，何必如此大費周章？

太后清楚，她的兒子確實不適合坐那個位置，可若讓他人知曉小皇子的身體狀況，未必不會生出其他心思。

「皇嫂放心，武朝不可能輕易與禹、越兩朝言和，就算是，也該是他們求我們。」

聞言，太后不禁一怔。

趙瑾這種身為上位者的風範與自信，太后不是沒見過，早在先帝初登基那幾年，也是這般意氣風發。

政務方面，先帝算是處理得井井有條，在地位穩固了之後，朝中的勢力便緊緊地把控在他手裡。

趙瑾如今這般有自信，彷彿讓人看到當年的聖上，令太后有些恍惚。

她雖是太后，但登基的不是自己的兒子，而是小姑子，此事可謂引起了軒然大波。這就好比放著偌大的家產不傳給自己的兒女，反而交給已經出嫁的妹妹，眾人完全無法理解先帝的用意。

先帝剛透露出那麼點意思的時候，太后也不明白為何他要這麼做。即便小皇子的身體情況不好，擔不得重責大任，可是交給其他王爺不行嗎？

直到趙瑾設下陷阱，揪出包括太后父親在內的反賊，她才曉得先帝看得比別人透澈得多。

眾人皆說「母儀天下」，可說到底，那就是作為這個時代女子模範的名詞。按照各種嚴格的規矩養大、最終束縛在宮牆內的女子，不可能像趙瑾面對大事時還這般冷靜。

得知禹、越兩朝議和書的條件時，太后並未驚慌失措，然而就算她沒第一時間找上趙瑾談這件事，也不代表她真的泰然自若。

先帝駕崩之前，不將皇位傳給兒子的原因之一，便是想讓他平安度過一生。

小皇子可說是太后的命，太后不可能不著急，不僅如此，當她聽說他們甚至要求將長公主送去和親時，心裡更不好受。即便不是自己的孩子，可光是想到長公主那張酷似趙瑾年幼時的臉蛋，都讓她整顆心一揪。

太后了解趙瑾，先不說送不送這個姪子出去，至少她不會捨下自己的女兒。再說，先帝的情分還在，他是怎麼對待趙瑾這個胞妹的，眾人都看在眼裡，她不可能不顧小皇子。

太后真正擔心的，是戰況。然而眼下這種情況，趙瑾竟能用一種非常肯定的語氣告訴她，武朝還不到求和的地步。

儘管太后聽到的狀況不是這樣，她卻莫名地願意相信趙瑾說的話。

這是她看著長大的孩子，也是先帝鬆口傳予皇位的人，她選擇相信她。

「對了，聖上，近日還是少去母后那兒吧。」蘇想容像是想起什麼，提醒了趙瑾一句。

趙瑾笑道：「怎麼，皇嫂有話要說？」

蘇想容看著趙瑾臉上的笑容，轉移了話題。「沒什麼，聖上才剛登基，想必有很多事要處理，哀家就不留您了。」

趙瑾卻道：「不急，之前答應翊兒跟圓圓教他們畫畫呢。」

正說著，殿外就傳來了聲音。「奴婢見過長公主殿下。」

接下來就是一個圓乎乎的身影歡快地跑進來，奶聲奶氣地打招呼。「見過母皇、舅母。」

趙瑾登基之後，長公主的禮儀也得跟著到位，她改變了對趙瑾的稱呼。

長公主身上的衣物厚實，越發襯托得她像個小肉墩。她頂著一張可愛到讓人忍不住伸手捏一番的肉臉，問道：「母皇，弟弟呢？」

趙瑾指了個方向，於是小肉墩又歡快地跑了過去，去找另外一個小肉墩了。

不同的是，長公主的肉是實在的，小皇子則只是穿得比較厚實，實際上身上沒多少肉。先帝辦喪禮那段時日，小皇子的身體狀況起起伏伏，等他送先帝入皇陵以後，人就病了一場，昨天才好了些。

趙瑾帶著兩個小孩在坤寧宮畫了一下午的畫。素描在這個朝代基本上沒人見過，趙瑾之前還想過將這門藝術發揚光大來著，可一想到自己這半桶水的程度，還是教教孩子就算了。

第一百一十章　游刃有餘

從坤寧宮出來時，五歲的長公主有些昏昏欲睡，揉了揉眼睛。母女倆已經在坤寧宮用過膳，這會兒只要回宮便可休息。

趙瑾已不住在自己母后的仁壽宮，身為聖上，她有自己的宮殿，但不是先帝的養心殿，而是太和殿。

太和殿離坤寧宮並不算近，即便如此，趙瑾也未乘坐步輦，而是牽著女兒的手走在路上，就當是消食。

然而還沒走多久，她們忽然被人攔下了。

「老奴參見聖上。」

趙瑾認出來人是太后身邊的劉嬤嬤。「平身。劉嬤嬤，可有什麼事？」

劉嬤嬤低著頭，恭恭敬敬道：「回聖上，太皇太后娘娘讓老奴來請聖上，說是有要事相商。」

趙瑾一頓，隨後轉身吩咐宮人將長公主送回太和殿。

如今的長公主趙圓圓明白自己的娘親身分不同，乖巧地跟著人走了，趙瑾則跟著劉嬤嬤進入仁壽宮。

趙瑾一進殿便發現，已經許久沒心思打扮自己的太皇太后穿戴整齊，此刻正坐在主位上，臉上沒有笑容，身邊除了伺候她的宮人以外，還有好些個朝中重臣。包括禮部尚書、被踢下馬的前丞相跟幾個有爵位的侯爺，就連宸王、瑞王甚至洛王都在。

趙瑾不自覺地挑了一下眉。「兒臣參見母后。」

「臣參見聖上。」

趙瑾看著那些人，扯了扯嘴角道：「諸位愛卿平身。不知母后今日喚兒臣過來所為何事？」

趙瑾不是有心情等著接招的人，她近日確實忙，要處理的事情也多。

「瑾兒，」太皇太后顧玉蓮面無表情，語氣也無起伏。「哀家今日喚妳來，確實有一事。」

「母后但說無妨。」

「妳皇兄將皇位傳於妳，一來是妳在操持朝中要務方面做得確實不錯，二來是因為詡兒年幼，未能擔當大任；可武朝從未有女子稱帝的先例，妳成了頭一人，哀家始終覺得不妥。」

趙瑾挑眉道：「母后因何覺得不妥？是兒臣這個皇位來路不正，還是覺得皇兄做得不對？」

這些話恰好堵住了太皇太后的嘴。這便是眾人最無可奈何的一點，趙瑾這個皇位哪裡來路不正？純度簡直堪比純金。

「哀家不是這個意思。」

趙瑾的目光掃過在場的臣子，笑了笑，說道：「母后召了這麼多人前來，又認定兒臣坐上皇位不妥，那母后認為該怎麼做呢？」

下一刻，太皇太后拿出了一道聖旨——上面沒蓋玉璽。

「這是哀家擬的聖旨，詡兒是唯一的皇子，妳身為姑姑，替他守住江山也是應該的，哀家希望妳立詡兒為儲君，待他年滿十七歲後便將皇位傳給他。」說著，顧玉蓮一頓。「哀家今日召這些臣子前來，是為了作見證。」

趙瑾接過那道所謂的聖旨，很快就看完了內容，確實是她母后說的那個意思。

她自己找了個位置坐下，又笑了聲。「母后真是大費周章，這算是逼宮嗎？」

此話一出，在場之人瞳孔微縮。事實確是如此，但被趙瑾這樣說出口，便不知是打算將太皇太后置於何種境地了。

「母后，」趙瑾毫不退縮地看著太皇太后。「若是兒臣不答應的話，您這裡該不會還藏著侍衛，等著突然衝出來脅迫兒臣即刻寫下退位詔書吧？」

太皇太后臉色微變，不只是她，周圍站著的一部分人也愣了一下，看向太皇太后以及趙瑾的目光發生了變化。

下一刻，趙瑾身後的屏風內，一個人被踹了出來，緊接著是第二個、第三個……

仁壽宮的主殿內，頃刻之間有二十幾個侍衛被人踹了出來，隨後被人拿刀劍架在脖子上，而這樣的局面，外面的人渾然不覺。

「母后，兒臣勸您不要想著喊外頭的侍衛進來。」趙瑾悠閒地看著這一幕，眸子裡毫無波瀾。「殿內的人都藏不住，您覺得殿外的呢？」

「趙瑾，妳忤逆哀家？」顧玉蓮臉色鐵青，站起來指著趙瑾道。

「母后……」趙瑾迎上太皇太后的眸光，不答反問。「您知道這些暗衛是誰給兒臣的嗎？是皇兄。」

眾人一愣。

太皇太后還沒反應過來，便聽見她的女兒道：「皇兄臨走前其實還對兒臣說，讓兒臣提防您。」

聞言，顧玉蓮跌坐回座位上。「哀家維護武朝的正統有錯嗎?!」

「是維護正統還是維護母后心中的正統？」趙瑾反問道：「還有在場諸位，也覺得朕這個女子不配當你們的聖上是嗎？」

她大大方方地問了出來，卻得到了不同的答案。

首先是蘇永銘。「我朝向來是男子登基為帝，何時有跪女子的時候？女子為帝，是武朝之恥！」

禮部尚書上前一步說道：「回聖上，臣……只是應太皇太后娘娘所召，來之前不知所為何事。」

繼禮部尚書之後，宸王趙恆也道：「回聖上，臣也不知。」

「臣也……」

趙瑾語氣平淡。「蘇先生如今身無官職卻依舊能煽動朝廷官員、蠱惑太皇太后，朕真心佩服，之前看在蘇先生是太后生父的分上，沒追究蘇家與敵國細作之間的聯繫，怎麼，這會兒是覺得自己還能回朝興風作浪嗎？」

「簡直血口噴人！老夫輔佐兩朝帝王，勤勤懇懇，絕無二心，我朝綿延數百年，怎能讓一個女子作主？」

趙瑾的口氣冷了下來。「蘇先生既然覺得自己勞苦功高，不如朕就給你一個機會，讓你追隨先帝而去，繼續輔佐朕的父皇與皇兄？」

聞言，蘇永銘不禁一愣。

「夠了！」顧玉蓮開口，覺得眼前這個女兒越來越陌生。「瑾兒，妳從前在哀家面前的乖巧，都是裝的嗎？」

「母后，兒臣尊敬您。」趙瑾緩緩道：「可是兒臣很清楚，如果您當年生下的是皇子而非公主，今日絕不會有這一幕。」

同樣為女兒身，卻覺得女子，乃至自己的女兒不配為帝，這是時代的悲哀，也是女子的悲哀。

「母后，只以男女論資格，乃武朝之悲也。」趙瑾道。

太皇太后跟趙瑾是母女，然而這一仗，趙瑾絕不會是輸的那一個。

女子稱帝，虎視眈眈的人豈止眼前這些？只是趙瑾沒想到母女反目的這一天來得這麼快，這當中興許有其他人慫恿的原因，但她也知道自己這個母后骨子裡是怎樣的人。

太皇太后也許仍在乎她這個女兒，然而趙瑾不會在這樣一位母親身上下賭注。二選一的時候，趙瑾在太皇太后這邊沒有任何勝算。

不過趙瑾已不是當初那個依附於皇權的公主，如今武朝國土之上，沒人能比她更尊貴。

「母后所說的，兒臣明白，詡兒會成為未來儲君的選擇之一，但到時候他願不願意或有沒有那個能力，兒臣便不敢保證了。」趙瑾淡淡地道：「另外，母后年事已高，今後若再有人要探望母后，還是先讓兒臣審核審核，免得有什麼亂七八糟的人混進來，擾了母后的清淨日子。」

這番話，趙瑾展現了身為帝王該有的威嚴。

「哀家是妳的生母，妳要軟禁哀家?!」顧玉蓮氣急。

周圍的臣子或王爺面對這種場面，紛紛垂下腦袋不說話。

太皇太后與聖上爭吵便罷，橫豎人家是母女，再怎麼吵也不至於見血，可他們這些人不同。

忤逆跟頂撞聖上會不會被定罪，全憑趙瑾一句話。就算趙瑾再怎麼不得人心，處置一個臣子還是綽綽有餘的，他們不敢也不能惹怒她。

「母后這說的是哪裡話，兒臣是擔心母后的安危。」趙瑾道。

太皇太后不是普通人，她是曾經的宮鬥贏家，原本她還想與趙瑾說許多話，可錯就錯在她不夠了解自己這個女兒，甚至也不夠懂自己的兒子。

趙瑾在後宮住的那些年，太皇太后待她確實沒話講，但這不代表生養之恩就能讓她言聽計從。

「母后，兒臣還有事，今日便到此為止吧。」趙瑾不再多廢唇舌。

仁壽宮一下子少了許多人，待第二日朝臣知曉此事時，太皇太后身邊的人已經被趙瑾換過了一批。

朝廷當中自然有人想針對此事發作，但趙瑾向來不好相與，在他們發話前，一身紅衣坐在龍椅上的趙瑾就緩緩地說了一句。「早朝開始之前，朕有一件事宣布。」

一時之間，眾人紛紛提起了自己一顆心。

趙瑾還在監國時就特立獨行，如今登基後沒幾天便軟禁自己的母后，這樣的手段，絲毫不擔心從別人口中聽見一聲「不孝」。

「前丞相蘇永銘、刑部侍郎周澤川等攛掇太皇太后插手朝政，已經入獄，此事諸位愛卿有什麼看法？」趙瑾此話雖先聲奪人，但也委婉。

太皇太后逼趙瑾寫下傳位詔書，說是要等趙詡滿十七歲再讓位，但不知她明不明白一個道理——若趙瑾真的寫了，那麼接下來等待她的，說不定就是沒日沒夜的刺殺。

趙瑾死了，這個皇位自然由她姪子繼承，可趙詡還小，他登基之後，朝中的勢力會落在誰手上？說是為社稷謀福，實則是謀逆。

這種時候要是敢為前丞相說話，趙瑾一不高興就能扣上一個謀反的罪名，他們這些臣子又能如何？

半晌後，何靳珅上前一步道：「稟聖上，蘇永銘畢竟是太后的生父、小皇子的親外祖父，此事若是太不留情面，難免落人口實。」

趙瑾問道：「那依丞相之見，朕應當如何？」

何靳珅回道：「蘇永銘輔佐兩朝帝王，確實沒功勞也有苦勞，太后娘娘跟小皇子殿下與蘇永銘的關係也作不了假，念在這兩點上，臣認為聖上可將蘇家逐出京城。」

蘇家向來出讀書人，娶的媳婦也是勛貴人家的姑娘，自命清高不說，更是野心勃勃。將蘇家這麼個大家族逐出京城這富貴之地，從皇親國戚與朝廷重臣變成遠離政治中心的閒人，何靳珅這一提議，說仁慈是仁慈，說殘忍也殘忍。

仁慈是考慮到了蘇家與太后跟小皇子的關係，哪怕蘇永銘這一家之主明顯不服趙瑾這新帝，朝廷也不傷蘇家任何一人的性命。

殘忍是在於，一旦蘇家離開京城，就徹底失去了向上爬的機會。起碼趙瑾在位期間，不會再讓蘇家人出頭。

既是如此，那麼蘇家沒落，不過是時間的問題。

曾經站在文武百官當中的最高處，之後只能眼睜睜地看著自己乃至家族遠離曾經近在咫尺的權力，怎麼可能不痛苦？

「就按丞相說的辦。」趙瑾道。

她朝自己的側後方遞了眼神，李公公立刻上前一步揚聲道：「有事啟奏，無事退朝——」

下一刻又有官員站出來，說的是關於戰爭的事。

自從趙瑾言明不議和之後，朝中的官員便不再針對這點進諫，如今說的，都是前線作戰的策略。

前線需要支援，這件事毋庸置疑。

在這種時候，趙瑾終於能從這偌大的朝堂上，找到幾個可用之人。

蘇家被逐出京城一事剛剛在朝堂上決定沒多久，坤寧宮就收到了消息。倒不是太后多關心政事，而是她的娘家實在厲害，即便在這種時候，也有能耐將話傳進宮裡來。傳信的人應當是受她母親所託，央求太后救救蘇家。

趙瑾並未下令抄了蘇家，也沒要蘇家人的命，就算是先帝，也沒有這樣的胸襟。

太后相信趙瑾或許還有那麼一點顧慮自己的姪子，她不想看到小皇子的母族揹負謀反的罵名。

一片沈寂後，蘇想容將那張紙條放在燈下燒了，隨後對傳信的人道：「回去告訴蘇夫人，就當她沒生過哀家這個女兒吧。」

另一邊，太傅也在說趙瑾此事處理得實在過於仁慈。

「太傅這會兒便迫不及待地將您的政敵送上斷頭臺了？」趙瑾慢悠悠地說了這麼一句。

聞世遠卡殼了，片刻後義正詞嚴道：「聖上，臣絕無此意。」

趙瑾只是逗他罷了。

「用不著費勁。」趙瑾幽幽道：「那日朕見過蘇永銘，他顯然是帶病之身，估計活不了多久了。」

聽趙瑾這麼一說，太傅才忽然想起來，眼前的新帝不僅僅是個君王，她會的東西可多了。

「聖上就算心裡有底，凡事也該先跟臣等商議一下。」

太傅實在操心極了。當年先帝初登基，也多半聽大臣們的建議做事，太傅等人頭一回碰上個性如此鮮明的君主，還是一名女子。

「聖上，戰場上的事，是不是已有安排了？」聞世遠問。

趙瑾倒是沒瞞著，點了點頭。「今夜便會啟程。」

太傅想過趙瑾的動作應該會很快，但沒想過會快成這樣。先帝還在的時候，她根本不像現在這般游刃有餘。

別說是以前還是現在，按照太傅的想法，私自製造武器就是奔著造反去的……他猛然一頓。

趙瑾有點看不懂太傅的眼神。他好像忽然有些震驚地看過來，又像是突然想通了什麼，朝趙瑾露出了「孺子可教也」的表情。

在太傅眼裡，凡是坐上龍椅那個位置的，若沒有一定的野心跟狠勁，是絕對成不了事的。

趙瑾偷偷摸摸地研製出那麼厲害的武器，這在某種程度上，滿足了太傅對一個君王在野心方面的期盼。

太傅對趙瑾扯出了一種「臣很滿意」的微笑。

趙瑾更看不懂了。

武朝邊疆，天氣已經很冷了。

對於這些苦苦撐著的將士來說，戰爭逐漸進入最難熬的階段。營帳裡有篝火與乾糧，已是相當不錯的待遇。

他們早就知道禹、越兩朝遞上議和書，但具體提出什麼樣的要求，是等這裡收到聖上駕崩與新帝登基的消息時才一併得知。

當聽到登基的人不是小皇子而是華爍公主時，眾人看向唐韞修這個主帥的目光不禁變了味。從駙馬直接變成皇夫，新帝的枕邊人。

若是其他公主登基便算了，軍營裡的人還能趁著天高皇帝遠在背後嚼舌根，但新帝可是他們主帥的妻。

一時之間，桌前的人都安靜了。

煬王趙鵬忽然冷哼了一聲道：「果然，本王猜得不錯，皇兄怕是從召她回京那時便想好了。」

唐韞修越過眾人對上煬王的視線，不發一語。

先帝駕崩畢竟是大事，即便是在邊疆，接下來的幾日裡，軍營裡也難見葷腥。

朝中傳來拒絕與禹、越兩朝議和的消息時，唐韞修也不覺得奇怪，他只是偶爾會忍不住想像趙瑾在朝堂運籌帷幄的模樣。

沒多久，就在議和破裂，禹、越兩朝大軍步步進逼的時候，軍營裡忽然傳來了激動的呼喊聲。

「將軍，聖上派人給咱們送東西來了！」

眾人從營帳裡走了出來，那長長的隊伍送的無疑是物資，只是除了乾糧與保暖之物，其他幾乎全是陌生的東西，看起來像武器，但又不太像。

領隊之人看起來文文弱弱的，像是個文官，他對唐韞修道：「稟皇夫，這是聖上特地派臣等送來的新武器。」

第一百一十一章 扭轉劣勢

武朝昭告天下女帝登基時，不僅僅是外人等著看笑話，就連武朝境內的臣民都不免發出「國將亡矣」的感慨。

眼下正在打仗，皇位更迭其實不利於社稷穩定，趙瑾找不到可以坐上這個位置的第二人選，她也不可能會在這種時候放權。

她那已經葬入皇陵的皇兄教會了她一個道理：只有當權力掌握在自己手中時，才有話語權。

趙瑾有很多想改變的事物，為了這點，她必須握著權力才有說話的資本。

議和失敗後，禹、越兩朝增派軍隊攻打武朝，京城近日已經沒人有心思看什麼戲曲節目了，就連平時最是花天酒地的紈袴子弟也不禁想到最糟糕的結局——武朝被禹、越兩朝瓜分，而他們這些養尊處優的人，要麼就這樣死去，要麼後半輩子便只能屈辱地活著。

新帝所做的決策某種程度上也算是專權。趙瑾沒給朝臣多少討價還價的機會，不過他們提議支援前線，這件事她倒是沒攔著，由著那群臣子去張羅援軍。

趙瑾的日常就是批奏摺，而小皇子和長公主則重新回到上書房讀書。

原本在上書房讀書的大臣之子，如今對如何對待這兩人犯了愁。聖上既然能以女子之身登基，便代表長公主將來未必只是個公主，可小皇子畢竟是皇室當中唯一名正言順的皇子，該討好誰就變成了問題。

武朝的援軍已經出發了好些日子，在前景不明的情況下，京城猶如烏雲罩頂，尋常百姓家尚且憂慮，何況是當朝的官員。現在已經不是盯著龍椅上看坐著誰的時候了，而是要看他們武朝究竟能不能度過這一劫。

趙瑾這個聖上當得不太費力，大概是覺得她這個女帝不靠譜，朝臣遇到事情會更傾向於自己解決，她倒是閒得有空帶兩個孩子在御花園玩。

也是她的心夠大，就算是知曉趙瑾有後手的太傅跟丞相，都不敢說武朝一定能打贏。

長公主和小皇子都到了挑選老師的年紀，小皇子的老師交由太后挑選，至於長公主的嘛……

某日，趙瑾帶著兩個孩子一起上朝，上朝前便說好了讓小姑娘自己挑老師。

下面的臣子看不懂趙瑾帶著兩個孩子上朝是什麼意思，但長公主和小皇子並不吵鬧，乖巧地坐在趙瑾身邊，一左一右，用兩雙滴溜溜的眼睛盯著臣子們瞧。

兩個孩子只差了幾個月，既是趙家人，眼睛又都像趙瑾，說全是她生的也有人信，怪可愛的。

放在幾年前，興許還會有人指謫帶公主上朝不妥，可如今公主都登基了，誰有空去管聖上帶誰上朝？

只要趙瑾別太荒謬，從自己的後宮帶人來，這群見識過她究竟有多離經叛道的臣子都能睜一隻眼、閉一隻眼，處於一種見怪不怪的狀態了。

早朝的議題不難商量，談的都是最近的民生狀況，主要是進行京城乃至京城之外百姓的禦寒措施。

前些日子徵兵，百姓的日子並不好過。心理上承受的壓力已經夠大，吃飽穿暖這些事情成了必要的安撫手段。

趙瑾這個聖上雖說是登基了，但龍椅還沒坐穩。

民生問題要解決，訊息上的流通也要加大推動力道。趙瑾為開設的報紙獨立開了個部門，命名為《朝報》，目前負責刊登內容與發行的人，正是莊錦曄。

在官場修練了好幾年，眼前的莊錦曄比起當初，多了分淡然處之的沈穩。

眾目睽睽下，趙瑾看見自己的小閨女抬起肉肉的小手，指了指正在低頭說話的莊錦曄。

趙瑾眼皮子一跳。

莊錦曄正垂著眼眸，絲毫不知道龍椅上面的動靜，但是他不知道，不代表沒人注意。

趙瑾有些為難地與小姑娘對視了一眼，隨後不動聲色地將她的小手給牽了回來。

下朝後，小姑娘奶聲奶氣地說道：「母皇，兒臣挑好自己的老師啦。」

趙瑾蹲下與自己的小閨女對視，問道：「圓圓，妳只要這個老師是嗎？」

年幼的長公主斬釘截鐵地點了點小腦袋，眼睛盯著趙瑾問：「母皇，不可以嗎？」

武朝新帝乾咳了一聲，眸光有些閃爍。可以是可以，就是怕妳爹回來知道了以後會哭。唐韞修對曾經跟自己競爭駙馬這個身分的人都莫名帶著敵意，大概可以理解為吃醋，但這是他閨女挑的，怨不得人。

趙瑾摸了摸小姑娘的腦袋說：「可以。」

沒多久，莊錦曄被召到御書房，再之後，他就成了長公主的老師。

師生兩人第一次會面時，身上披著長袍的莊錦曄單膝跪在地上與長公主平視，觸及小姑娘清澈的目光，莊錦曄緩緩開口，語氣溫和。「臣聽聞殿下親自挑選了老師，敢問殿下為何選中臣？」

趙圓圓眨了眨眼睛，小嘴一張道：「你看著沒有別的大人凶，還好看。」

真誠，不論對誰都是必殺技。

小公主的純真發言讓莊錦曄愣了一下，半晌後他笑道：「願臣不負殿下所望。」

長公主這個年紀，還不太能聽懂大人話裡的意思，只知道自己就此擁有了一個脾氣相當不錯的老師。

過了三日，上早朝時，戰報送了進來。

趙瑾看著送來戰報的士兵以及底下不少閉著眼睛不敢聽的臣子，扯了一下嘴角。「將戰報大聲唸出來，讓諸位愛卿一起聽聽。」

片刻之後，金鑾殿上響起一道中氣十足又帶了點驕傲的聲音。「稟聖上，近日我朝與禹、越兩朝在泗水關交戰，大獲全勝，俘虜敵軍數千人、殺敵近萬，皇夫跟煬王爺率兵乘勝追擊，擒獲了禹朝的三王子……」

士兵宣讀戰報的同時，詳細的信息已經呈到了趙瑾手上。

金鑾殿上是死一般的寂靜，眾人根本不敢相信自己的耳朵。

他們聽見了什麼？武朝再次打了勝仗！這怎麼可能?!

有人甚至忍不住懷疑這是不是假傳戰報，但這樣做的後果又有幾個人能承擔？

趙瑾盯著手中的戰報看了半晌，看完之後才將戰報遞給李公公，李公公看懂了趙瑾的意思，將戰報呈給下方的丞相。

「諸位愛卿都聽見了，打了勝仗，這些戰俘該怎麼處理，誰能給朕說說？」

直到這種時候，眾人才猛然反應過來。

在絕對不利的情況下打了勝仗，該是令人驚訝的事，可他們這位新帝的態度卻平靜得很，彷彿一切都在她的預料之中，這其中定然有什麼他們不知道的細節。

「聖上英明！」

頃刻之間，朝臣朝趙瑾跪拜，同時似乎也在等趙瑾為他們解惑。

趙瑾開口讓人起來。這群臣子服她的沒幾個，但在跪拜的禮儀方面倒是做得周到。

「朕想知道戰俘該如何處置。」趙瑾悠悠地道。她暫時沒有說明原因的打算。

有人站出來道：「稟聖上，既然戰俘包括禹朝的三王子，那聖上不如給出條件，讓他們來贖這位王子回去，既能同時打擊禹、越兩朝，還能回敬他們之前給我朝的羞辱。」

「聖上，臣以為不如乘機將主動權握在手裡，此時戰況於我朝有利，此時議和乃是最好的時機。」

「稟聖上，既然戰況有利，臣以為應當乘勝追擊，將之前放棄的城池一舉奪回！」

「聖上……」

這下子出主意的人倒是多，趙瑾聽了半天後先喊了停。

「朕是不可能議和的，既然局勢已經反轉，該談和的人不該是我武朝。」趙瑾道。

底下的人大部分還不知這次大獲全勝的關鍵為何，聽了趙瑾這番話，不免覺得她有些狂妄，但打了勝仗，自然是令人高興的。

丞相何斬坤此時開口了。「稟聖上，臣覺得朱大人的提議不錯，不如先給禹、越兩朝出個幾乎沒人會答應的條件，看他們願不願意贖回戰俘，若是願意，我朝不虧；若是不願，我朝便將戰俘完好無損地放回去。」

「丞相這是何意？」有人問道。

趙瑾卻笑了，說道：「丞相，朕沒看錯你。」

這招，殺人誅心。如果他們不願意贖回戰俘，那麼這些被放回去的戰俘，心中該是何種滋味？

一般將士會懷疑自己為君主拋頭顱、灑熱血是否值得，至於那位尊貴的三王子，便要懷疑自己在其父王心中的地位了。

到時這兩朝內部會有多混亂？趙瑾很期待。

關於戰勝的消息，民間傳得不算慢，他們還得知了一件事：武朝將士手持神器，猶如神兵降世，將敵軍打得落花流水。

百姓歡呼雀躍。接著又有消息傳出來，武朝將士所用的新武器，乃是那位不被世人看好的女帝研製出來的東西，正因如此，武朝才能以少勝多，打贏了一場漂亮的戰役。

一時之間，民間出現不少歌頌新女帝的歌謠，譬如「女子亦可治國理政」與「聖上乃上天派來助武朝度過難關的仙人」等誇張的說法，傳遍了大街小巷。

趙瑾確實獲得了不少敬仰，這是她登基以來打的第一場翻身戰。

光憑擁有新武器這一點，就足以讓武朝的戰力提升到前所未有的高度，她已經超過了不少君主的功績。

諸位大臣不得不以全新的目光看待龍椅上的女子，也終於意識到為何先帝臨終前執意打破宗規，將皇位傳給自己的胞妹。

武朝被兩國聯合進攻，幾乎無人能在這樣的情況下扭轉局面，然而在龍椅上的女帝卻做到了。

不得不說，趙瑾幾乎是靠自己的力量坐穩了這個位置。

當初趙瑾登基的消息昭告天下之後，武朝有不少地方梟雄都起了心思，他們認為這是改朝換代的最好時機。

只要不敵禹、越兩朝，朝廷就不得不想方設法求和，既然武朝身處劣勢，求和就得付出不小的代價。

朝廷若是答應了敵國的條件，免不了剝削百姓，到時新帝失去民心，他們再以反對女子登基為藉口，討伐朝廷一事便是一呼百應。

然而，誰都沒想到，在這種情況下，這個剛登基的女帝來了這樣一個絕地反殺。

那些新武器到底長得什麼樣，幾乎無人親眼見過，但根據描述，大約是這樣：一彈，可擊殺數十人；一槍，長弓之姿，不見羽箭便能讓鮮血迸射，遠在數十丈之外便可殺敵。

朝堂上自然有人提出了這件事，不少臣子想見識讓武朝大獲全勝的武器究竟是何模樣。

趙瑾笑了一聲道：「諸位愛卿既然想知道，朕自當滿足，只是此乃我朝盛事，理當官民共賞。」

聽她這麼說，臣子們有一段時間沒反應過來。

趙瑾接下去說道：「正巧近日朕想往邊疆新修一條路，不如就趁此機會讓大家見識一下我朝的力量，如何？」

此話一出，朝臣遲疑。

「聖上，此時正是國庫吃緊的時候，修路是否不太妥當？畢竟這得耗費不少民力與財力。」

趙瑾輕聲道：「修路之事尚不急，只是朕想到那處比較合適罷了。此事交由工部負責，工部尚書稍後隨朕商議此事。」

「臣遵命。」

趙瑾將事情吩咐了下去，然而眾人沒想到，趙瑾說的修路，竟然是從深山老林裡開始。工部尚書聽了她的計劃之後，倒不覺得此事難如登天，但肯定得耗費大量時間、金錢與勞力。

所幸，他們的女帝不是立刻就要實施這個想法。

接下來半個月，工部派了不少人進山考察地形，為之後的工程進行準備。

公開新武器的地點定在山裡，當天不知道有多少百姓到場，聚在一起吵吵嚷嚷，警戒線周圍則有官兵守著。

時辰差不多時，趙瑾的人馬指揮著工部，幾個人一道進入山裡，沒多久，他們便逃命似的跑了出來，直到抵達相對安全的位置，才緩緩停下腳步。

隨後，「砰」的一聲巨響，眾人不禁捂住耳朵，卻不敢閉上眼睛，深怕錯過任何精采的瞬間。

很快的，巨大的山體震動起來，彷彿發生地動一般，緊接著，那不知多少年才形成的荒山，就在大夥兒眼皮子底下從中間迸裂開來，之後坍塌，分崩離析。

眾人先是一陣驚呼，接下來就是歡呼。

在此之前，《朝報》上便刊登過此事，稱今日炸山所用物品與戰場上用的一致。威力究竟如何，已赤裸裸地展現在眾人眼前，大夥兒彷彿親眼見證了戰場上的勝利。

「聖上聖明！」有人大喊出聲。

「聖上聖明……」

呼喊聲四起，久久不停。

趙瑾很久之前便明白一個道理，所有的偏見在絕對的實力面前，全都不堪一擊，即便是在男尊女卑的封建朝代也一樣。

這麼一炸山，趙瑾這個聖上的位置已是無可動搖。

朝中官員有不少都暗自後悔，早知道最後坐上龍椅的人是趙瑾，又或是早點知道她有這樣的能耐，在先帝下旨讓還是公主的趙瑾監國時，他們就該站隊了。

認真說起來，趙瑾藏得多深啊，若她一開始便是個皇子，無論小皇子有沒有出生，這皇位都是她的囊中之物；偏生她是個女子，才有了讓人輕視的原因。

只是如今，那些覺得只有男子才配登上皇位的官員，哪裡還敢有第二句話？

三國開戰距今才幾個月，而新武器卻已出現在戰場上，趙瑾到底是從什麼時候開始研究這東西的？她是不是早就有了覬覦皇位的心思？

不得不說，同樣身為公主，趙瑾的手段就比安華公主好上不少，她不僅有頭腦，還有耐心與能力，實力遠在他人之上。

既然不論男女，那這樣一個正值壯年又有謀略的君王，自然值得他們追隨。

趙瑾深知打仗會為百姓帶來苦難，不過要解決溫飽問題，還得從農作上下手。只是如今尋常百姓家中的勞動力大大減少，婦孺耕作的效率不高。

咬了咬牙，趙瑾要來百姓常用的耕作工具，召來戶部與工部的人關上門商討了好幾日，最後由趙瑾畫了幾張圖，讓工部的人去做。

工部的人看著趙瑾一手漂亮的素描以及她手上素描專用的那枝筆，露出了沒見過世面的狂熱。

趙瑾挑眉道：「想學？」

工部那幾個臣子反射性地點了點頭，但頃刻間就意識到了趙瑾的身分，工部尚書忙道：「聖上恕罪，臣等只是從未見過此物，也從未見過如此近似實物的畫法。」

接下來，這些人就看見他們的聖上將差不多大的兩個肉墩子叫到他們面前。

「讓他倆教你們吧，長公主跟小皇子學得還行。」趙瑾道，心裡想的是趕緊找人幫忙帶孩子。

趙詡小朋友曾經非常希望與自己的表姊一起住，如今趙圓圓還真的住進宮裡來了。

宮裡不缺帶孩子的宮人，奈何這兩個孩子關係好，還愛黏著她。趙瑾只能找點事情給他們做，當小老師就很不錯。

第一百一十二章　尋獲世子

幾個臣子看著小小的兩團肉墩子，一時之間陷入了沈默。

直到他們眼中還需要人哄的小公主奶聲奶氣地說了句。「你們要學素描嗎？」算了，就當是幫聖上帶孩子。於是幾個工部的臣子隨著宮裡最為尊貴的兩個小主子到隔壁的房間了。

趙瑾終於鬆了一口氣。

這兩個小孩挺乖的，就是太閒了，等再長大一點，得吩咐他們老師多安排點作業。

沒多久，朝中派人到各州縣宣揚新的耕作工具，這些工具輕巧好用，對婦孺使用起來也不造成負擔。朝廷又撥款往下面的州縣送了不少牛羊，由專門的人教導如何使用新的耕作工具。

說實話，這一系列措施並不容易實行，武朝大多數區域已經開始下雪，田間的耕作皆已停止，但部分較為溫暖的地區還是能先試行。

每年冬天都會死不少人，不管是餓死還是冷死的，數量都不少。

這個朝代鼓勵生育，但趙瑾也清楚，不是誰家都養得起孩子。

趙瑾抽時間清點起了國庫的財產，戶部那邊給了她明確的數字之後，這位上任不久的女帝忍不住嘆了口氣。

說到底，賺錢的路子仍沒有被參透，偌大的國庫竟沒她一個人賺的錢多。

趙瑾沈思許久後，民間便突然出現了幾個人傻錢多的大商戶，上趕著在民間做好事，出錢出力不說，還送關懷。這樣的商人不只出現在京城，就連偏遠地區也有。

誰也不知道這群無利不起早的商人到底是哪根筋不對，他們做事不僅有條理，甚至還組織自己人檢查捐款與食物有沒有送達真正有需要的人手上。

不只是這樣，若碰上不平之事，他們會幫忙報官；發現官民勾結，他們還能用手段將貪官給拉下馬。

雪依舊不停地下，偶爾也會發生雪災，可是武朝的冬日從未這般溫暖過。

又是上朝、下朝，趙瑾應付這些事情已經很得心應手了，得益於這位新帝，邊疆的將士收到了一大批禦寒衣物，穿上去極為保暖且輕盈，簡直讓人愛不釋手。雖然戰事還未正式告終，但好日子已在眼前。

唐韞修收到了來自新帝的家書，他眉眼間盡是柔情，讓待在同個一營帳裡、同樣在看家書的煬王眸中露出幾分嗤笑。

「不就是一封家書而已，至於嗎？」

唐韞修面無表情地看了過去，說道：「煬王不懂，便別開口討人嫌。」

在軍營裡面，無論如何都是唐韞修的身分更高一些，他是主帥，如今還靠趙瑾更上層樓，不過煬王終究是王爺，就算他的態度輕慢些，也不是什麼大逆不道的事。

「說起來，聖上登基也有一段時間了吧。」煬王趙鵬不懷好意地扯了一下嘴角。「本王記得當初皇兄登基還不到半個月便被朝臣催著充盈後宮，聖上雖為女子，但畢竟是一國之君，你猜，等你回去時後宮裡會多了幾個？」

唐韞修不說話。

旁邊的蔣副將不禁瑟瑟發抖。這場面，等一下兩個人要是打得見血，他也不覺得奇怪。

「煬王說此話挑撥我與聖上的感情，怎麼，是因為自己這麼一大把年紀卻沒感受過愛情為何物嗎？」唐韞修涼涼地道。

趙鵬冷哼一聲道：「本王還真不信你唐韞修會是後宮裡唯一的那枝花。」

「煬王今日既然有閒情，不如隨我到練武場切磋一番？」

「去就去，誰怕……」

煬王話音未落，外面忽然傳來一陣急促的腳步聲。

「報——城裡疑似發現世子的蹤影！」

這突如其來的消息攔住了原本要去「切磋」的兩個人，唐韞修立刻將人召了進來。

「在城中的當鋪找到了世子的玉珮。」來人呈上手中的東西。

那塊玉珮上有個「璇」字，是世子妃送給世子的定情信物。

看到這裡，唐韞修的眼皮子跳了一下。

兄嫂之間的感情有多好，唐韞修這個做弟弟的不可能不知道，他們兩人剛訂親時，唐韞錦天天都拿著這塊玉珮在弟弟面前炫耀。

唐韞錦就算身無分文，都不可能將這玩意兒給當了，這看起來不是個好信號。

「當鋪老闆對來典當這塊玉珮的人可還有印象？」

「老闆說了，那人穿得破爛，但是模樣生得相當不錯，他還以為是哪家的落魄公子，並未想太多。」

沈默片刻後，唐韞修緩緩道：「在城裡張貼告示吧，尋到人後重重有賞。」

他們好不容易有了希望，自然不可能放棄。

最後他們確實在城內找到了唐韻錦，但故事經過卻有那麼點離奇。

士兵們是在徵兵處發現唐韞錦的。

當時他們的世子穿得衣衫襤褸，腿上還有傷，連路都不能好好走，他去徵兵處表明想當軍營裡的伙夫。

受理報名的士兵瞧他走路一瘸一瘸的，根本不考慮。雖然他長得還不錯，但是在邊疆這裡，這種小白臉根本不頂用，何況還是個瘸著腿的小白臉。

那人連問都不問眼前此人的名字，手一揮就要將人給打發走。「你這樣的在軍營裡幹不了什麼活兒，真打起仗來時，說不定連伙夫都得上戰場，你還是找別的活兒吧。」

「為何，我做飯很好吃的。」面前的男人問道。

男人睜著一雙漂亮的丹鳳眼，迷茫地看著那士兵，眼神中隱隱透出清澈的愚蠢。

「說你不合適就是不合適，哪來這麼多廢話？」負責召募的士兵沒忍住，多嘀咕了一句。「白長這張臉了，怎麼看著不太聰明啊？」

就在此時，上頭的長官下來巡邏。

近日城裡巡邏的士兵明顯增加不少，大家都知道是在找一個人，卻沒明說是找誰。到底是罪犯還是什麼大人物，不得而知。

那士兵瞥過告示上的畫像一眼，雖然只是畫像，可不難看出上面的人芝蘭玉樹，身上穿著雲錦綢緞，一看就是世家子弟，絕不會是眼前這樣衣衫襤褸且不修邊幅的男子。

眼下長官到來，那士兵就不管他了，迎上前道：「蔣副將，今日怎麼到這兒來視察？」

「今日招了多少人？」

「城中大約有上百名青壯年男子應徵入伍，尤其是咱們接連打了勝仗，還給百姓發放了物資，來應徵的人每日都在增加。」

見負責招人的士兵對蔣副將笑臉相迎，那落魄的男子意識到這個長官更有話語權，心想自己橫豎來都來了，不如抓緊機會爭取一下。

於是他轉過身來，對那位來視察的蔣副將道：「長官，我想入伍當伙夫，我做飯很好吃的，不如您先嚐嚐？」

他說話的語氣不見半點卑微，除了自稱「我」以外，稱得上很有禮貌。

負責的士兵聽他這麼說時，不禁蹙起眉道：「你——」

他才說出一個字，旁邊的蔣副將忽然二話不說地直接跪下，周圍的人都被嚇了一跳。

尤其是那貌似不太聰明的男子，他猛然往後退了一步，顯然也嚇得不輕。

「世子，卑職終於找到您了！」蔣欽眼含熱淚，哽咽著開口。

此話一出，不管是那男子、負責的士兵還是四周的人，全部都瞪大了眼。

世……世子?!

「世子，您不記得卑職了嗎？」

男子遲疑片刻後說道：「你認識我？」

當日，失蹤數個月的唐世子終於被找了回來。

唐韞修在營帳裡與自己的兄長面面相覷，軍醫則在一旁為唐韞錦檢查並包紮傷口。

「兄長，你不記得我了？」

唐韞修看著一臉茫然的男人，皺著眉頭問軍醫。「他究竟是怎麼回事？」

軍醫站起身來，朝唐韞修拱手作揖道：「稟將軍，世子應當是之前摔下懸崖時傷了腦袋，失憶了。」

失憶了？唐韞修沈默。

唐韞錦四處張望了一下，最後視線停在唐韞修身上，疑惑道：「你是我弟弟？」

「他身上還有什麼傷，這腿又是怎麼一回事？」唐韞修沒回答他的問題，而是追問軍醫。

「應當也是摔傷，之前世子沒遇到良醫，看起來也未用什麼藥，所以拖到現在都沒治好，待卑職用藥敷上傷口，再休養個一年半載，痊癒應該不是問題。」

此時，剛被找回來的唐世子正光著膀子被軍醫檢查身體，臉上滿是不自在。

「你們軍醫怎麼是女子啊？」

他這一問，面前正忙碌著的女子神色頓時一凜，唐韞修的表情則是有些尷尬。

「世子看不起女子從醫？」軍醫冷冷地開口。

這位軍醫隨運送物資的隊伍一道前來，是京城裡的名醫，也是軍營裡醫術最高的那個，由唐韞修特地喊來為他兄長檢查身體。

「我不、不是這個意思……」失憶後的唐世子結巴著解釋道。

唐韞修開口解圍道：「聞大夫，世子從軍多年來第一次見到女軍醫，只是為此感到驚訝而已，並非有意冒犯。」

聞大夫神色緩和了下來，她當然沒忘記眼前兩個人是什麼身分。「將軍恕罪，是卑職僭越了。」

唐韞修擺手道：「無事。」

軍醫退下後，唐韞錦重新穿上了自己的衣服。

唐韞修與他面對面坐著，問道：「你還記得自己叫什麼名字嗎？」

面前的男人搖頭。

「你與我是同父同母的兄弟，你叫唐韞錦。」說著，唐韞修拿出了那塊玉珮道：「這塊玉珮可是你典當的？」

唐韞錦點頭道：「是我典當的沒錯，我入城時身無分文，身上只剩下兩塊玉珮，一塊刻著『璇』字，一塊刻著『錦』字，我看另一塊佩戴的時間似乎更長，所以就典當了這塊。」

不得不說，唐韞錦的做法是對的，按道理來說，確實是佩戴更久的玉珮更方便助他找回親人。

「既然我叫唐韞錦，那這塊玉珮上的『璇』字是什麼意思？」

「那是嫂子閨名當中的一個字，是你倆的定情信物，從前你動不動就拿出來炫耀，估計認識這塊玉珮的人比認識你那塊的要多。」

唐韞錦驚呼道：「我還真有夫人?!」

見唐韞修滿臉疑惑，唐韞錦就說起自己從懸崖下醒來之後發生的事。

當時他被一個獵戶救了回去，人家用山間草藥將他這條命給救了回來，那獵戶有個小女兒尚未許配人家，瞧上了他。

「當時我想著自己老大不小了，說不定早就已經娶妻生子，但他們對我畢竟有救命之恩，於是我典當了身上的衣服換了些錢，償還了醫藥費。」唐韞錦鬆了一口氣。

唐韞修幽幽地問道：「難不成你原先沒成親，就會娶那女子？」

「不娶，不喜歡。」失憶的唐世子老實地說道：「但那確實是個好姑娘，之後我留在那裡物色了一個模樣不錯、德行還算端正的小夥子，撮合了他們。」

還是喝過了喜酒才走的。

唐韞修無語。他們辛辛苦苦地找人，可他這個兄長竟忙著當紅娘跟吃酒席？有種不顧別人死活的閒情逸致。

他扯了一下嘴角，隨後道：「兄長，眼下戰事還在進行，你返回京城休養為佳，我過幾日派人送你回去，聖上那邊會請太醫幫你治腿。」

「那個……」唐韞錦的表情有些遲疑。「我方才聽到有人喊你『皇夫』，聽說先帝駕崩後登基的是公主，你是公主的男人？」

正確地說，應該是「聖上」的男人。

唐韞修的臉黑了。「我之前是駙馬，如今是皇夫，名正言順，有什麼問題？」

好端端地說什麼男人啊，好像他是外室一般。

唐韞錦沈默了。他這個弟弟是不是有一點敏感……和脆弱？

不管怎麼說，即便軍醫的醫術高明，可是軍營的醫療條件遠遠比不上京城，唐韞修沒幾日就將自己好不容易找回來的兄長塞上了返京的馬車。

如今軍營裡關著戰俘，朝廷那邊還在與兩國交涉，找到了唐韞錦的消息並未傳開，唐韞修認為還是先將他平安送回京城才穩妥。

為了不走漏消息，唐韞錦沒見過幾個人，而他見過的那些人，都在宣揚他從前身為將軍時的英姿，卻沒一個人提及他這個世子的家室。

唐世子失憶後，變成了一個純情男子，連夫人的事情都嬌羞得不敢問了，更不可能問自己有沒有孩子。

等唐世子回到府裡，他安然活著的消息才正式傳了開來。

趙瑾派了徐太醫過去替唐韞錦看診，得出的結論是：唐世子的記憶要恢復，得看情況，腿傷則無大礙。

唐韞錦入宮謝恩時，帶上了夫人跟兩個孩子。

寒暄過後，趙瑾看著不在自己身邊好一段時間的唐煜，摸摸他的腦袋，笑問：「父親回來了，可高興？」

小少年沈默了半晌後，說道：「父親與姪子想像中不太一樣。」

世子妃藍亦璇笑了。「你父親就是這個性子，從前老是說要在兒子面前保持威嚴，如今失憶了，不記得這回事，便恢復了本性。」

唐世子雖然失憶，但是禮節方面倒是沒什麼問題。他已經許久沒回京城了，上一次還是唐煜兩歲時的事。

這些年來，唐煜與父母之間只有書信往來，但對彼此的思念卻毫不作假。不說唐韞錦失蹤的這些日子究竟是怎麼過的，可是他長年戍守邊疆，又險些為國捐軀，趙瑾待他十分溫和。

「世子初回京，還是先好好養傷，皇兄曾說為世子賜下了府邸，世子跟世子妃若是願意的話，朕讓人布置一番，便可入住。」

唐韞錦還沒開口，藍亦璇便笑著婉拒道：「承蒙聖上關心，臣婦覺得在侯府住著很不錯，暫時不搬了。」

趙瑾覺得她這語氣不太對，見失憶的唐韞錦一臉心虛，她便看了唐煜一眼。

小少年用一種「這個家沒他可怎麼辦」的語氣道：「永平侯夫人說父親成婚近十年只有兩個孩子，又說母親照顧不好父親，要給父親納妾。」

趙瑾沈默了。

唐韞錦的求生慾終於冒出了頭，他磕磕絆絆地說道：「亦璇，我不納妾。」

回京的路上，唐世子不斷想著他的世子妃到底長什麼樣，見到世子妃後的唐世子心想，自己真有眼光。

世子妃，也就是藍亦璇本人溫婉一笑，說道：「謝聖上掛念，臣婦覺得如今一切安好，暫時用不著搬。」

不知道是不是趙瑾的錯覺，她總覺得這個嫂子對宅門還挺熱衷的，不過這也沒什麼大不了。

趙瑾沒再插手此事，就在這時，長公主過來了，她一眼就瞅見她的唐煜哥哥，穿得厚實的小姑娘頓時像是顆炮彈一樣嗖地衝入了小少年懷裡。

「哥哥，你進宮來看我啦！」

唐煜被撞得後退了兩步，他低下頭看著肉墩子一樣的小姑娘，真誠地讚美道：「妹妹又更可愛了。」

小姑娘抱完哥哥，又將旁邊的弟弟摟入懷裡。「弟弟。」

趙瑾還有些事要與唐世子夫婦商討，便讓女兒帶著自己的堂兄弟去御花園玩。

第一百一十三章　好戲開場

誰都知道，如今坐在皇位上的女人與唐家的關係密不可分，唐韞錦不僅僅是永平侯世子，還是皇親國戚。

唐家本就深受聖眷，飛黃騰達是跑不了的，永平侯夫人想趁唐韞錦失憶給他納妾，對象還都是自己娘家的姪女，顯然是意識到唐韞錦如果跟宋家斷了個乾淨，他們一點好處都沾不上。

不過這點後宅內的事，在世子妃這位將門之女眼裡，一點也不值得大動干戈。

唐韞錦跟藍亦璇夫婦出宮回府後好一段時日，永平侯府上的種種精采事蹟，倒是為京城百姓帶來了不少樂趣。

趙瑾之前提給禹、越兩朝的釋放戰俘文書，遲遲沒有等來回覆。

提出去的文書上面，明確給出了回覆的期限，然而經過了這麼長一段時間，別說是官方回答了，就連這兩個國家的百姓都毫無反應。

這代表什麼？代表武朝發出的釋放戰俘文書，很可能只有這兩國的當政者知曉。

上位者想蒙蔽百姓是件很簡單的事，再狠一點，可以對內宣布武朝心狠手辣虐殺戰俘，好引起民憤。

在百姓普遍教育程度不高的國家，想掀起對某一國的仇恨，並不難；何況那些戰俘，是人家的兒子、手足、丈夫跟父親，是活生生、有血有肉、有家庭的人。

趙瑾猜得沒錯，此時此刻的禹、越兩朝，當政者確實將武朝描述成喝人血、啖人肉的地方，她這位登基沒多久的女帝，也成了他們口中的妖女，彷彿這樣就能抹去戰爭是由他們發起的事實，還能強調討伐武朝的正當性。這樣的洗腦手法，自然引來更多壯年男子入伍。

看來禹、越兩朝完全放棄了那幾千名戰俘，尤其是禹朝，連他們的三王子都能棄若敝屣，畢竟他們的大王光是兒子就有二十幾個，三王子不過是其中一個，沒了還有別的。

趙瑾賭的就是這個，過沒幾日，遠在邊疆的唐韞修收到了消息。他沈下眸子，準備釋放之前抓來的戰俘。

唐韞修走到關押戰俘的地方，那裡有個讓戰俘自己挖的大坑，不乖乖聽話就是死路一條，然後被扔進坑裡埋起來。

善待戰俘不是一般傳統的作風，相反的，尋常士兵落到敵軍陣營裡，說不定得受到什麼樣的酷刑；但在武朝這邊，除了拷問幾個看起來地位不低的將領以外，最多就是沒讓這群戰俘吃好喝好罷了。

很早之前，唐韞修就將武朝提出的條件告知了這些戰俘。

武朝提出的條件是歸還兩國之前占領的柳城，再率大軍後退三十里，以及拿出點錢來贖人——每個人一千兩白銀。哪怕是尊貴的禹朝三王子，也是這個價錢，加起來總共數百萬兩白銀。

聽起來興許不是個小數目，但兩個國家湊一湊，不可能拿不出來，最多就是肉疼了些。這個數字，其實就跟他們在議和書上要求武朝賠的差不多，說到底，不過是以其人之道還治其人之身。

然而兩個國家之間不知道商議了多久，也不知道商議了什麼，最後的決定是讓這數千人成為炮灰。

唐韞修環視著跪在地上的禹、越兩朝將士，位置越是在前面的，在軍中的地位越高。

「今日是武朝與兩國商議的最後一日，時間既然已經到了，本將軍便放你們走。」

此話一出，一部分原本心如死灰的士兵紛紛驚訝地瞪大了雙眼，甚至有人喊出了死裡逃生的喜悅。

「太好了，大王來救我們了！」

「就知道大王不會棄我等於不顧！」

然而下一刻，就見唐韞修輕笑一聲道：「可惜的是，我朝聖上都給了這麼長的時間，兩個國家的君主卻沒有要拿出錢財換你們性命的意思。」

底下歡喜的說話聲一瞬間消失，眾人難以置信地看向唐韞修，彷彿他說了什麼天大的謊言。

此時看守戰俘的將士們笑出聲來，說道——

「盯著將軍看做什麼，我們都要放你們走了，還能騙人不成？你們兩個國家大手大腳地花錢來攻打武朝不心疼，如今不就是讓他們還我們一座城池，再花點錢贖你們回去而已，連這點錢都不願意花，難為你們這麼為他們賣命！」

「就是，還有這位是禹朝的三王子是吧？我可聽說你是王位的有力競爭者，怎麼你父王也捨不得花錢贖你？你那些兄弟這會兒該高興壞了吧?!」

在武朝士兵一句接一句的嘲笑下，戰俘們的臉色沈了下來。

人心很奇妙。上戰場之人，必定做好了九死一生的準備，穿上盔甲那一刻，便要為自己的國家奮戰。明知相較於君王的性命，自己就如同塵埃般渺小，卻還是選擇抛頭顱、灑熱血。

一個人便罷了，可要是這麼多人都被放棄了呢？總會有人心生不甘。

唐韞修覺得攛掇得差不多了，他高聲道：「我朝聖上仁慈，決心將諸位放歸，等會兒便可自行離去。」

他說完這些話之後，那位一直陰沈著臉的禹朝三王子冷聲道：「不過是女子罷了，你們武朝人竟還真奉她為帝。」

唐韞修危險地瞇了瞇眸子，說道：「聽聞你們草原上的女子英姿颯爽，在騎射方面不比男子差，所以你們草原上的男人骨子裡也看不起她們啊！」

「你——」

「禹、越兩朝消息不靈通便罷。」唐韞修緩緩開口道：「我朝最近將你們打得落花流水的新武器，便是我們新帝命人研製出來的，就憑你們這些階下囚，也配看不起她？」

他這一說，下面的人果然稍微安靜了些。

談起這件事，他們心裡還有陰影。那橫空出世的武器殺傷力非刀劍可匹敵，戰場上不少同胞被炸斷手腳，那鮮血淋漓的畫面以及戰友的慘叫聲，簡直就是他們的噩夢。

這般殘忍的武器，竟然是那個女帝做出來的？

若是早知道武朝有這種東西，他們又怎麼會輕易發起戰爭？

本以為是一塊再軟不過的肥肉，如今怕是會讓他們一口牙全給咬碎。

「就是，聖上怕我們吃不飽、穿不暖，又怕我們受傷，時不時就將上好的禦寒衣物、食物以及藥物運過來，哪像你們，連死活都沒人管！」

「我們聖上是先帝的胞妹，更是先帝臨終前親口指定的繼任者，女子又怎麼了？你們還不是被女帝的部下打得落花流水？」

「若非我們聖上心慈，你們早就成了一堆屍體了，還嘴硬呢。」

有鑑於唐韞修身為皇夫，唐家軍比起其他人更容易接受趙瑾這個女帝，橫豎她都是他們將軍的枕邊人，況且自趙瑾登基以來，往邊疆運送的物資越來越多。

根據京城傳來的消息，聖上特別優待入伍將士的家屬，若將士不幸犧牲，聖上更會加倍照顧其家眷。

他們在外保家衛國，不就是為了遠在家鄉的親人嗎？有這般為他們著想的君主，誰還計較君主是男是女？

不管是武朝士兵的調侃，還是唐轀修言明新武器為女帝研製，又或是女帝對自家人的疼惜，都讓那些戰俘的臉色十分不好看。

「算了，和你們說這些有什麼用，終究不是你們的聖上。」唐轀修補了一刀，之後便吩咐手下人將戰俘放了。

數千名腳上鎖著腳鐐的戰俘，就這樣被武朝士兵護送到了國境交界處，在一眾士兵與百姓的目光中入城。

好戲開場。

為了不交贖金，禹、越兩朝在抹黑武朝方面可說是不遺餘力——他們大肆宣揚武朝虐殺戰俘。

兩個國家的士兵為此恨意滔天、戰意滿點，禹朝這裡甚至打出了「要為三王子報仇」的口號。

尷尬的情況來了，他們口口聲聲說要為三王子報仇、為同胞雪恨，結果人家安然無恙地回來了，還帶回另外一個版本的消息。

武朝聖上要求禹、越兩朝以每個人一千兩白銀的代價將他們贖回去，為什麼沒贖？誰都知道君要臣死，臣不能不死，然而將士在沙場上浴血奮戰，到頭來卻發現自己這條命連一千兩白銀都不值。

人心，為帝者必須考慮的東西。

趙瑾要的就是這個場面，安然無恙回去的戰俘成了尷尬的存在，他們在敵軍陣營裡未遭受虐待，當權者哪會不生出些懷疑？

正所謂用人不疑，疑人不用。懷疑的種子一旦被種下，遲早有一天會長成參天大樹。

禹、越兩朝內部亂成什麼樣是他們的事，趙瑾依舊進行著自己的部署。

武朝的臣子們終於意識到他們在戰場上占的優勢，朝堂上的氣氛總算輕鬆了不少。

尋常百姓管不著朝堂上的事務，他們只關心自己的生活。

新帝登基之後，雖然依舊在打仗，但他們的日子卻有了起色，光憑這一點，這個新帝做得就不算差，起碼不比男子差，甚至更好。

眼下，臣子們的想法是，聖上手中有那樣的武器，想必離戰爭結束不遠了。從開戰初期的劣勢到扭轉局面，接下來幾十年，禹、越兩朝只能在他們面前裝孫子。這樣的局面，光想就讓人痛快。

邊疆的戰爭沒多久就又打了起來。

禹、越兩朝近日沒少派細作到武朝來打探新武器的消息，可製造新武器之地全在荒山野嶺，還派了重兵看守。

尋常人只要路過附近，都會被拉去盤問一番，細作想得知新武器的信息，就算是賄賂武朝的朝廷命官也沒用。

既然是稀罕的東西，便有專利，趙瑾不是什麼聖人，她命人做出來的東西，在關鍵時期就有被壟斷的必要。

就算敵國能弄清楚新武器的原料有哪些，但要經過一系列的試驗再得出成果，需要一段相對漫長的時間，而趙瑾可不打算給他們機會。

臨近年關，武朝內沒有戰火蔓延的地方自然是平和的，趙瑾要讓人知道皇朝統治下的安穩，也不能讓人忘卻戰火的危難。

因此今年宮宴上安排了幾齣以戰爭為主題的大戲，別人愛不愛看無所謂，反正趙瑾也不需要顧及他們的喜好。

往年的宮宴，時不時就會有妃嬪與世家千金獻藝的節目，雖然俗氣，但不失為爭寵或露面的好時機。

如今，獻藝的妃嬪沒了，世家千金倒是還有。

眾人看著坐在上方的女帝，心情格外複雜。

聖上只要瞧見一個漂亮的世家女子上前獻藝，就會說一句。「不錯，賞！」

簡直比昏君還昏君。

然而不知為何，得了她稱讚的世家女子皆是雙頰微紅、不勝嬌羞的模樣，不知道的還以為她們碰到了心上人。

官員、世家公子與小姐尚且會在她們表演時跟別人談話，但聖上的視線卻會一直黏在她們身上。

聖上若是男子就好了。這般俊俏且年輕的帝王，即便為了博得帝王的青睞而擠破頭，她們也願意，偏生是個女子。

世家千金們心中惋惜，不代表趙瑾能躲過選秀的話題。

趙瑾欣賞了各種歌舞，也聽了不少吉祥話，除了仁壽宮的太皇太后不願來參加以外，其他該來的都來了。

此刻趙瑾的心情還算可以，偏偏有人硬要出來找晦氣。

有位肥頭大耳的侯爺站出來說道：「稟聖上，臣認為邊疆戰況明朗，聖上該考慮一下廣開後宮，早日開枝散葉，為我武朝誕下幾位皇子了。」

開口說話的人是南平侯，這個爵位是他從祖先那邊繼承而來的，到他這一代，南平侯不過是個空名，只是祖上的功勞讓他在京城當中還算有點地位。

聞言，趙瑾緩緩放下了手中的酒杯，目光落在下方。

不只是她，不少人都將視線移到他們兩個人身上，彷彿只要趙瑾同意選秀，他們來年就打算將族裡的漂亮少爺們洗乾淨送進宮裡來。

趙瑾笑了一聲，與方才看到世家千金們獻藝時的笑容不同，她說：「看不出來，南平侯還挺為朝廷分憂的，即便是在打仗的時期，也不忍心看後宮空著，勸朕廣開後宮呢。」

這語氣跟內容怎麼聽都不妙，南平侯喝得滿臉通紅，頓時被趙瑾一席話澆醒，神色清明了大半。

「可惜朕如今最為擔憂的，便是前線的戰局，既然南平侯這般想為朕分憂，不如就讓你府上適齡的公子都到戰場上歷練一番，回來時也可建功立業了。」

南平侯愣了一下，這會兒他的酒完全醒了。

他不過就是說出皇室的慣例而已，可是眼前笑著說話的女帝卻想讓他十幾個兒子去戰場上送死，這是要他絕後啊！

一同前來的南平侯夫人聽了這番話後，連忙從席上走出來跪下道：「聖上恕罪，侯爺只是喝多了，無意冒犯聖上，臣婦懇請聖上收回成命。」

南平侯終於反應過來了，他跟著跪下道：「聖上恕罪，臣御前失言。」

趙瑾輕聲笑了，道：「南平侯何錯之有呢，朕只是感念你有為朝廷分憂的心，自然要給你一個機會，讓你的兒子們為你這個父親掙取功名。怎麼，南平侯覺得朕不應該嗎？」

如今誰人敢說聖上的不是？就算是再勇於直諫的臣子，也不會在這種時候找聖上的晦氣。

何況南平侯一家子並非什麼好人，強搶民女跟強占宗婦嫁妝的事時有所聞。南平侯能有十幾個兒子，代表他後院熱鬧，妾納得越多，生得就越多，一個小小的侯府的俸祿，哪裡經得起他們揮霍？

因此趙瑾這麼一說，沒幾個臣子想為他們出頭。

「南平侯和南平侯夫人是想讓朕將說出的話收回來？」趙瑾扯了一下嘴角。「既然這樣，朕也該考慮要不要將你這承襲了不知多少代的爵位收回來了。」

「聖上恕罪，臣遵旨。」一聽到要收回爵位，南平侯立刻換了一副臉孔。

他拉著自己的夫人重新入座，倒楣的是他那些遭受無妄之災的兒子們，還不知道自己即將被送上戰場受罪。

趙瑾這齣算是殺雞儆猴，也算是提醒跟警告。

南平侯剛剛的提議確實僭越，但更多的是那些話本身對女帝不敬，才讓他倒楣。

為皇室開枝散葉確實好，但生孩子的人是趙瑾，這是要她走幾趟鬼門關？何況按照南平侯所說的「誕下幾位皇子」，就是認定皇子才當得起儲君，真是膈應人而不自知。

本來就不太想當這個聖上，現在還來了個觸霉頭的，趙瑾自然不會輕易放過。大過年的，晦氣。

此時，趙瑾的眸光往下面一掃，發現趙景舟身邊坐著的是他那位來自越朝的世子妃阿緹公主。如今兩國交戰，這位世子妃不受貴婦們歡迎，反而備受歧視。

看起來趙景舟倒是將她照顧得不錯，只是與阿緹公主同時來武朝和親的那位禹朝公主，便未出現在宴席上。

沈默片刻後，趙瑾問道：「趙仁琨，你的夫人呢？」

第一百一十四章　驚世駭俗

趙仁琨，宗室裡的某位嫡子。趙氏皇朝幾百年下來，內部有過數次鬥爭，成王敗寇，總有皇室成員不斷被邊緣化。趙瑾與這位的血緣關係不近不遠，他當初能娶上公主，還是託了姓趙的福。

被點名的趙仁琨從座位上站起身，頭朝旁邊的女子偏去，說道：「回聖上，此乃臣的夫人，如意。」

那名叫如意、嬌滴滴的女子也站起來向趙瑾行禮道：「臣婦拜見聖上。」

「朕問的是禹朝的念公主，不是你的妾。」趙瑾緩緩道。

聞言，那女子臉色一僵，結果她身旁的男人沒意識到趙瑾話裡的意思，他不僅毫不惶恐，反而道：「稟聖上，那念公主乃是敵國之人，我朝眾多好男兒因禹朝而喪命，臣實在無法與她相敬如賓，既然聖上問起，還請聖上作主，臣欲休了那禹朝公主，抬如意為正大人。」

敵國之人，人人得而誅之。

聽了這番話後，不少人暗自點頭，更有人當場道：「說得好！」

又是一個喝高的。

趙瑾倒是不介意，她點頭道：「既然無法相敬如賓，那朕自然不能看著你們繼續這麼相看兩相厭。這樣吧，今日朕作主，讓你們和離，如何？」

「聖上，和離？」趙仁琨愣了一下。

「不然呢？」趙瑾看著他。「既嫁入武朝，便為我武朝婦，雖然兩國在打仗，但公主依舊是公主，除了出身自禹朝，她若沒其他過錯，和離很委屈你嗎？」

「不……不委屈。」

「既然不委屈，」趙瑾的眸色冷了下來。「那和離之後，記得一併歸還念公主從禹朝帶來的嫁妝，免得讓人說武朝吞了一介弱女子的東西。」

趙仁琨完全沒想到事情會是這個走向，他愣了片刻後才開口道：「臣遵旨。」

原本以為和離便算了，誰知宮宴結束之後，趙瑾還派人到他府上接走禹朝的念公主，還有嬤嬤特地來清點公主的嫁妝，算清了才離開。

趙仁琨還沈浸在送走「瘟神」的欣喜中，準備將心愛的貴妾抬成正妻時，他的父親就怒氣沖沖地給了他一個耳光。「你個逆子，還將自己要休妻的事鬧到聖上面前去，你這是斷送了我們家的皇恩啊！」

身為丈夫，不護妻子，寵妾滅妻便罷，還在這般境地下休棄原配，就算如今坐在龍椅上的是男子，也斷然不可能重用這種人。

聖上護著一個敵國公主的行徑到底落人口實，不過趙瑾不在意。

禹朝的念公主還是住在京城裡面，趙瑾給了她一間宅子，更派人保護她。

不得不說，那趙仁琨不是什麼好東西，念公主被接走的時候，臉上明顯有傷。

武朝聖上寬待戰俘、善待敵國和親公主的名聲，慢慢地傳了出去，再推波助瀾一下，就連那兩個國家的百姓也有所耳聞。

即便過年，邊疆的戰爭也沒因此停下，武朝將士勝仗連連，年還沒過完，就已經將之前放棄的柳城奪了回來。

終於，在三月時，傳來了禹、越兩朝求和的消息。

從一開始的勝券在握，到如今局面完全被掌控在原本弱勢的一國手上，什麼叫陰溝裡翻船，他們算是明白了。

過去慫恿著對方發起戰爭的兩個國家，現在對彼此只剩下埋怨，更是將從前不在乎的一些細節都放大，爭吵不休，矛盾越來越深。

加上戰俘事件是顆不定時的炸彈，軍心已然不穩，再打下去，不過是平添損耗。

於是才有了這樣一齣求和的戲碼——這會兒可是真心想求和了。

武朝的新武器確實驚人，他們不過是為了爭一口氣才繼續撐著，看看能不能有什麼轉機；何況打仗本身消耗國庫的速度極快，若不能從武朝那邊挖點東西回來，拿什麼維持一個國家？

禹、越兩朝的計劃其實從很久以前就開始了，哄騙先帝的釋空也讓趙瑾查出了些東西。

他們不是沒有謀略的手段，只是遇上了新武器問世這個意外。

細細回想起來，他們便發現，在蠶食武朝這條路上，最大的障礙就是如今坐在皇位上的女帝。在她還是個公主的時候，就已經顯示出自己的不凡，然而當時沒人真正將她放在眼裡。

武朝的皇室實在太缺人了，真正能擺上檯面的幾乎沒有，先帝針對儲君人選確實考慮了許久，誰也不知道趙瑾從什麼時候開始就被納入他的選擇範圍內。

朝臣催促趙瑾提出議和的條件。

不得不說，真是風水輪流轉，去年他們還在憂愁國將不國，哀嘆自己即將淪落為靠割城求和的朝廷走狗，不料眼下高高在上的人反而成了武朝。他們迫切需要這樣的一場勝利，來彰顯武朝的威望。

幾乎所有人都在翹首盼望，可趙瑾卻遲遲沒提出她想要的條件。

太傅、丞相以及趙景舟他們幾個身為趙瑾的心腹大臣，在這種事情上難免比其他人更著急。

下朝後，大門一關，太傅跟丞相與趙瑾面對面談話。

趙瑾身邊的李公公低著頭，隨時等著伺候趙瑾，而趙瑾身邊還有兩個正在忙課業的幼崽。

武朝如今的聖上是個奇怪的人，有事沒事就喜歡到上書房逛一圈，欣賞一下被之乎者也逼瘋的孩子們，然後又懶懶地給他們增加一門算術課，旨在培養靈活的頭腦。

算術課對於從未接觸過類似知識的孩子們來說，簡直是要命，然而趙瑾並不這麼想。

在輔導課業方面，皇子與公主都有自己專屬的老師，要是他們實在想不通，儘管去找老師問。

「聖上遲遲不與禹、越兩朝談判，可是心中早有想法？」何靳珅率先問道。

他們明白趙瑾絕非什麼優柔寡斷之人，沒有動作，不代表沒思考過。

趙瑾的目光微微一頓，不知道在想什麼。

過了半晌，她緩緩說道：「兩位愛卿可曾想過有朝一日一統天下的畫面？」

她問出了深藏在內心的話，而太傅跟丞相則雙雙陷入錯愕中。

「聖、聖上？」

趙瑾這話並非一時衝動。從她重生成為武朝的嫡長公主那一刻，她就不得不適應這個朝代的規則，人命再珍貴不過，同時卻也低賤得可憐。身為上位者，她是幸運的。

在她年幼時，實力最為強盛的武、禹、越三朝之間就時不時發生衝突，這麼多年來彼此也是相互掣肘，直到武朝現出衰微之勢，禹、越兩朝就為了共同的利益選擇聯手。

戰爭一旦開始就不可能就此消失，趙瑾研製出來的新武器興許在十年甚至二十幾年內都會讓其他國家忌憚，然而那些用於戰場上的炮彈，肯定會有人研究，與其等著戰爭再度來臨，不如趁此機會將其他國家納入版圖。

一統天下。這樣的鴻鵠之志，不是一般女子提得出來的，只是眼前的人，如何能與普通女子放在一起相比？

在漫長的沈默中，兩名臣子對視一眼，隨後齊齊跪下，雙手作揖朝著他們的女帝同聲道：「臣願竭盡全力助聖上完成千秋偉業。」

朝堂上很快就出現了不同意議和的聲音，當然，這一切都與趙瑾有關係。身為君王，最不缺的就是傳聲筒。

大夥兒都知道太傅與丞相等人是她的心腹，他們說出來的話即便不是受趙瑾指使，起碼也是站在她的立場上發表意見。

在議和與否這個話題的爭論聲中，又一批武器被秘密運往前線。

又過了幾日，女帝敲定了接下來的行程：先與越朝議和，轉而攻打禹朝。

禹朝當初率先攻打武朝，越朝是後來才加入的，武朝如今這麼做，好像也有道理。

尤其是如今禹朝內部問題不少，之前被俘後又安然無恙回去的三王子可不是什麼小羔羊，他身為禹朝下一任君王的有力競爭者，在遭受了這樣的侮辱又被父王跟兄弟們背刺後，展開了反擊。目前幾波勢力之間你爭我奪，不知道有多精采。

禹朝的君王剛剛失去盟友沒多久，又被武朝針對，此刻全國上下都慌了神。

按照趙瑾的命令，武朝的士兵攻破他國城池後，不得傷害城中婦孺，務必安頓好他們。士兵降者不殺，違抗者格殺毋論。戰爭不可能不流血或死亡，若心慈臉軟，最終害死的只會是自己。

趙瑾的目的並不是讓禹朝滅國，而是讓禹朝成為武朝的一部分，所以宣揚武朝君主良善的活兒又開始運作了。

武朝的軍隊入城後駐紮當地，管束原先的居民，但並不掠奪禹朝百姓一絲一毫，旨在讓他們明白，歸順武朝並不會讓原先的生活發生太大的變化。

相較於禹朝軍隊當初對武朝百姓毫不手軟，再看看武朝軍隊入城後的舉動，可說是天差地別。

武朝與禹朝開戰期間，跟越朝的議和也在進行中。

根據「禮尚往來」的原則，趙瑾向越朝要了兩座城池。越朝那邊派來的使臣沒有上次出現在武朝時那般趾高氣揚，即便面臨這樣的要求，也不得不陪著笑臉，咬碎了一口牙點頭。

趙瑾召越朝的阿緹公主入宮陪著一起聊。阿緹公主在宸王府顯然過得很滋潤，雖然之前跟越朝打起了仗，但有趙景舟在，即便宸王夫婦對這個兒媳的出身有意見，也不得不捏著鼻子認了。

何況趙景舟如今與趙瑾走得近，趙瑾之前甚至還為了禹朝的念公主出頭，她若不介意，其他人便沒什麼好說的。

越朝的使臣找機會與阿緹公主獨處了，至於說了什麼，趙瑾的暗衛也一五一十地轉告了她。在皇宮裡面，基本上沒什麼秘密瞞得過趙瑾。

趙景舟一直站在趙瑾身邊，神色焦急，似乎格外擔心自己好不容易娶到的世子妃就這樣被人三言兩語給糊弄過去了。

至於趙瑾，她非但不急，甚至還有心思喝了一杯牛乳茶。

這飲品如今算是在京城大街小巷地火了，趙瑾這邊喝的還是宮裡的御廚特地學來為她做的，味道跟外面賣的一模一樣。

趙景舟看著她那副德行，覺得比自己的小世子妃還不靠譜，然而就是這樣一個女子，輕而易舉就打得其他兩個大國落荒而逃。

於是他當機立斷道：「聖上，牛乳茶還有嗎，臣想為臣的世子妃討一杯。」

年方十六的阿緹公主，是個很喜歡甜食的姑娘。

只見趙瑾很大方地吩咐了下去。「給宸王府多送點，指明朕是送給阿緹公主喝的，其他人順道而得。」

趙景舟無語。真是他的好姑姑。

當晚阿緹公主毫不猶豫地出賣母國，道使臣給了她毒藥，讓她找機會毒害聖上。

對於她的舉動，趙瑾並不意外。不過這姑娘畢竟生得可愛，趙瑾一高興，賞賜就像不要錢似的往宸王府送。

宸王簡直莫名其妙。他想看看這個妹妹腦子裡到底裝的是什麼東西，打的又是什麼主意。

五月初，禹朝大王病重，幾個王子之間明爭暗鬥，被武朝攻破的城池一座接著一座，但離最後一步還差得遠。

對於武朝境內的百姓來說，國家強大，他們自然安居樂業，在這種情況下，趙瑾坐上龍椅之後不可避免的一場戲終於來了。

「聖上為國操勞，盡心盡力，臣等折服，但聖上登基至今已經半年，後宮依舊空盪盪，實在不妥，臣提議聖上廣召天下適齡男子入宮選秀。」

新提拔上來的御史將這話說得正氣十足，連趙瑾都不禁沈默。真不知她皇兄以前是怎麼熬過來的。

趙瑾正想開口說句什麼，結果太傅聞世遠也站出來道：「稟聖上，臣附議，聖上為國日夜操勞，後宮確實該添人了。雖聖上為女子，但亦是一朝之君王，臣相信皇夫定會識大體，體諒聖上一番苦心的。」

其他臣子們在聽了這番話之後，有幾個出來附議，他們期待的眼神實在令人難以忽視，腦子裡估計已經在盤算族中有沒有美少年了。

趙瑾無語。還真是難為這群大老爺們這麼費盡心思為她「著想」了。

沈默片刻後，趙瑾緩緩說道：「諸位愛卿有心了，朕確實有心往後宮添些人。」

此話一出，朝臣們顯得更興奮了。

不料趙瑾接著說道：「不過與其選男子，朕覺得還是選女子好。」

朝臣們愣了片刻，反應過來後全都瞪大了眼睛。

女子？這不就是磨鏡嗎？這跟龍陽之好有什麼區別？兩個女人怎麼生孩子？他們還等著父憑子貴呢！

在趙瑾說出要往自己的後宮添女人時，朝臣們第一時間是覺得荒謬，可轉念一想，又忍不住覺得她是認真的。

從前那些君王要是敢在朝堂上說自己要納男妃，那麼臣子們就能戳著聖上的背脊罵到他放棄這個想法為止，放在女帝納女妃上，也是同一個道理。

聞世遠眼皮子一跳，隨後跪下道：「聖上萬萬不可啊！」

跟在太傅之後，臣子們就像是下餃子似的，一個個都跪下了。

「聖上三思！」

趙瑾看著下方的盛況，默默回憶起往事。上一次他們這樣跪，好歹是為了打仗這種國家大事，這會兒為的卻是後宮，簡直不像樣。

真是一個、兩個鹽吃多了，閒的。

聞世遠說道：「臣請聖上為社稷著想，為皇室開枝散葉，納女……女妃一事，萬萬不可。」

御史也勸諫道：「聖上，此舉有損皇室威望，亦有損武朝威名，懇請聖上三思。」

「臣附議。」

趙瑾靜靜聽著，沒說話。

自古以來，一個聖上若真想要在身邊留什麼人，基本上就算臣子反對也沒用，頂多不在明面上做就是了。

趙瑾並不太著急，好整以暇地看著她的好大臣們。「近日朕處理政務挺累的，戰事還在繼續，既然諸位愛卿覺得女妃不能納，選秀這件事就先不提了。」

她沒給他們再說廢話的機會，這個決定一下，在她這裡，選秀一事就算結束了。

下朝後，趙瑾吩咐了李公公兩句，緊接著悅娛樓最出名的兩位姑娘就被召進宮伴駕了。

聽到消息後的諸位臣子頓時驚慌不已。

原本盼望皇夫遲些回來或者乾脆別回來的人頓時換了想法，皇夫再不回來，後宮還得了？

聖上連太皇太后的話都不聽，更不要說是其他人了；太后身為嫂子，也不方便將手伸到趙瑾的後宮裡。

唯一稍微能管住她的人，估計只有長公主的生父。

趙瑾根本不管她的臣子死活，沒事就窩在御花園欣賞姑娘們的曼妙舞姿，甚至還將從前就在宮裡養著的舞姬們也叫上了。

這樣一套流程下來，眾人才意識到，趙瑾她是真的想納女妃啊！就算一開始是假的，如今也要成真了！

於是不斷有人試著將他們的君王引回「正道」。

第一百一十五章　流言四起

太傅、少傅還有太保幾個是被推出來的「天選之子」，因為這幾位都曾是趙瑾的老師，就算是惱怒，聖上也不至於將人給砍了。

趙瑾當然不會對幾位老師動怒，她甚至還賜座、上茶點，準備好好與他們細說。

「聖上，臣等今日入宮是想勸諫聖上。」還是太保杜仲輝先開口了。「聖上還年輕，喜歡新鮮的很正常，但若長久迷戀舞姬，終究不是正道。」

這話算說得很含蓄。

趙瑾還是公主時，太保看見他這個學生都是晦氣居多，當時他不管她也無所謂。然而如今趙瑾坐在龍椅上，她不是諸位臣子以及先帝按照從前的法子培養起來的君主，朝堂的規矩對她的束縛力等於沒有，這樣下去不行。

若不說這些，趙瑾其實很有能力，正在前線作戰的軍隊，除了煬王以外，其他應該都是趙瑾的人。那些殺傷力十足的武器，奠定了趙瑾如今的地位。

「太保說得對。」趙瑾點頭道。

杜仲輝疑惑又不敢相信地說：「聖上這是聽進去了？」

趙瑾再次肯定道：「當然，三位老師一起來找朕，不就是生怕朕喜歡女人，辱沒了皇室的聲望嘛。」

太傅等人聞言不禁鬆了一口氣，聞世遠道：「聖上能聽進去就好……」

他話還沒說完，趙瑾便道：「不過方才太保說朕還年輕，喜歡新鮮的也正常，朕覺得有道理。」

她繼續道：「三位老師都是朕敬重之人，朕就不和你們說些有的沒的了，皇兄要給朕選駙馬的時候，朕便猶豫要不要與他說清楚，只是那時還小，不好說出口；如今皇兄已經不在，朕也生了孩子，實在不行還有詡兒在，朕也能安心追求自我了。」

御書房裡一片沈寂。

三位老師神色同步呆滯，幾個人花了好一會兒才真正理解趙瑾話裡的意思。

選駙馬的時候……那是多少年前的事了？

六、七年前，先帝為妹妹挑選駙馬，那時華爍公主正值雙十年華，相較於其他說親的女子來說算大齡。公主在最適合議親的年紀選擇去佛寺待了兩年，眾人原本就覺得哪有小姑娘能耐得住寂寞，在那種地方待那麼久的。

也就是說，早在那時，聖上就對女子生出了心思？

三位老師聽了他們聖上說的話以後，如坐針氈。

趙瑾還不放過他們，她甚至說了一句。「三位老師能理解朕的對不對？」

不，他們不能理解且害怕。

「這些話朕從前沒對任何人說過，如今只告訴老師們，若你們能理解的話，朕這輩子就值了。」

現編的，確實第一次講。道德綁架，這活兒她熟。

當日，三位帝師從御書房離開時，臉色皆凝重不已、腳步虛浮。

從那日起，無論其他臣子們再怎麼催促，這三位都不再出面勸說聖上。

當今聖上的政務處理得再好，也不過是個臨危受命的小姑娘，旁人二十幾歲的時候在做什麼，她又在做什麼？

年紀輕輕，便扭轉了國家的命運，她肩負了這麼多，卻不能做自己，還要被逼著納配不上她的男人。她真的……太不容易了。

趙瑾不知道三位老師心裡是怎麼想的，她照舊聽樂師演奏、看舞姬表演，還拉著自己的女兒跟姪子在一旁欣賞。

朝臣們忍不住在心裡吶喊，皇夫到底什麼時候回來啊！管管聖上吧！

當趙瑾還在思考下一步該怎麼走的時候，武朝聖上喜歡女子的傳聞傳到了前線。

戰事仍持續進行，禹朝的朝廷還在拚命拜託越朝支援，更在信中直言，越朝若視若無睹，那麼今日之禹朝，必是明日之越朝。

即便如此，越朝依舊抱著明哲保身的態度，不摻和。

此時禹朝的內亂也到了白熱化的階段。皇子爭權擺到了明面上，甚至還有王子主動聯繫武朝，只要助他登基，便願意割讓禹朝一半的土地。

是挺狠的，但是沒必要。

唐韞修就在這種時候得知京城要選秀的事，傳消息的人不敢看他的臉色，尤其是說到聖上疑似喜歡女子時。這對男人來說，興許比殺了他還難受。

聽完這些訊息之後，唐韞修沈默了許久，情緒看起來相當穩定，也沒有提刀砍人的衝動。

不過他似乎想起了什麼，丹鳳眼一瞇，隨後緩緩地問了一句。「一般選秀都安排在幾月？」

「七、七月。」那人都被他給嚇結巴了。

唐韞修眉心蹙著，但很快就又舒展開來，道：「知道了，退下吧。」

之後，原本安排在七、八月的進攻計劃提前到了六月中旬，趁著禹朝分崩離析的時候，武朝軍隊攻向了他們的都城。

剛剛坐上龍椅的禹朝三王子還沒來得及將位置坐熱，武朝軍隊就已兵臨城下。他率眾官員出城投降，唯一的要求是，不殺無辜百姓。

此時此刻，遠在禹朝的消息還沒來得及傳到武朝。

趙瑾這日照常在夜裡沐浴更衣，臉上有些說不出的倦怠，身邊卻沒任何人伺候。

身為公主時，趙瑾就不缺伺候自己的人，當了聖上之後更是如此。紫韻跟了她多年，趙瑾當然不會虧待她，登基後給她封了個不大不小的女官。

紫韻依舊待在趙瑾身邊，但她手底下能使喚的人多了不少，旁人還會恭恭敬敬地喊她一聲「紫韻姑姑」，這樣的造化，紫韻從前也沒想過。

趙瑾沐浴時向來不喜有人在身旁伺候，當了聖上之後依舊如此，因此眾人都是守在門外。

浴池旁，趙瑾緩緩脫下了衣物，此時周圍的燈火忽然閃爍了一下。

趙瑾的動作慢慢頓住，隨後不動聲色地往後看了一眼，什麼也沒發現。她回過頭來，像是什麼事都沒發生一樣，靜靜步入浴池。

熱氣升騰，趙瑾的臉頰被熏得紅潤了些。她閉著眼睛，身體靠在浴池壁上，雙手手肘關節往後輕輕撐著，細長的手指撥動著池裡的水，激起水波蕩漾。

靜謐的環境裡，耳邊能聽到些微外面傳來的腳步聲，只要是不急促的，都不令人覺得危險。

下一刻，屋內的風向產生了輕微的變化，趙瑾猛然睜開雙眼，從浴池裡站了起來，撐著池邊一個轉身，水花飛濺而起，手中不知什麼時候出現了一把匕首。

頃刻之間，匕首抵上了來人的咽喉，鋒利的刀刃在昏黃燭光下泛著銀光。

趙瑾還在考慮要不要動手時，一身黑、蒙著臉的男人忽然開口道：「聖上，是我。」

一聽到那熟悉的嗓音，趙瑾有一瞬間的錯愕，持著匕首的手收緊了力道。

那人轉過身來，拉下了自己的面巾，露出了一張讓她朝思暮想的臉。

「臣回來了，聖上。」這是他說的第一句話。

「聖上近日可還安好？」這是第二句。

「聽聞聖上最近想舉辦選秀大典？」這是第三句。

語氣溫和，言簡意賅。

在這個時候見到唐韞修，確實是驚喜，只是他最後問出的那句話讓趙瑾頓了一下。

有句話叫做「好事不出門，壞事傳千里」，想看熱鬧的人絕不會放過這個機會，等著唐韞修知道她大搞選秀的時候會有多精采呢。

趙瑾沈默了，目光在唐韞修臉上一寸一寸地梭巡。

他們已經快要一年沒見面了。

夫妻兩個，一個在戰場上命懸一線，一個在朝堂上頂著壓力指點江山。

唐韞修瘦了些，皮膚也黑了些，明顯過得並不好。

四目相對，趙瑾還沒有動作，面前的男人便先俯身吻上她的唇角，而後慢慢深入。

趙瑾伸手捧住他的臉。一開始還想再多看幾眼，但轉瞬間一隻手便覆蓋在她雙眸上，視線被遮擋住了。

唇齒相交的觸感與彼此的呼吸聲，提醒著趙瑾眼下這一刻都是真實的。

等兩人稍微分開了一些，趙瑾才將手中的匕首換了個方向，用刀柄那端抵著唐韞修。

「前線戰事吃緊，主帥無詔回京，該當何罪？」

唐韞修握住那隻手，低聲道：「聖上，禹朝已降，戰報在路上了，臣此番回京，實在是思念聖上至極。」

說著，他又盯著趙瑾道：「聖上如果忍心，大可治臣的罪。」

有的人，在外能打仗，在內能拿捏住聖上。

趙瑾剛才正在沐浴，這個人還記得她的習慣，一早便摸了進來。

唐韞修意有所指地說道：「聖上，讓臣來伺候您沐浴可好？」

長時間沒見面的兩個人眸光緊緊黏著彼此，連空氣中都飄著乾柴烈火迸發出來的火星。

浴池裡的水還冒著熱氣，水面泛起漣漪，水花詮釋著他們的動作有多激烈。

屏風上隱隱透出交纏的身影，曖昧跟慾念橫生。

趙瑾看著唐韞修身上大大小小的傷痕，有些已經只剩下一道疤，有的稍微用力些還會滲出血。

她心疼地撫上傷口，手卻被人拉下，放到嘴邊親了一下，之後搭到自己寬厚的肩膀上。

屏風之外沒多遠便是門口，門外守著侍衛還有宮女，屋內的隔音效果幾乎是零。

細細碎碎的聲音從喉嚨裡溢出，努力壓抑著不傳出去讓人聽見，很是磨人。

聖上今日沐浴的時間實在是過長，外面的宮女有些擔心，於是輕輕叩了一下門道：「聖上？」

屋內好半晌沒傳出回應，宮女與侍衛對視一眼，又喊了一聲。「聖上。」

半晌後，屋內傳來清冷的女聲。「何事？」

宮女不禁鬆了一口氣，轉而問道：「聖上沐浴時長略久，可需要奴婢換些熱水？」

又過了片刻，裡面的人才道：「不用。」

宮女不說話了。

此時，屋內的屏風之後，光著膀子的男人正在為女帝擦拭長髮。窩在他懷裡的女帝臉頰上還帶著紅暈，眸子眯起，紅唇微張。

「臣抱聖上回寢殿。」唐韞修緩緩道。

門一打開，宮女正欲上前伺候聖上，卻看見裡面出來的是兩個人。他們的聖上，被一個蒙著臉的男人抱在懷裡。

在門外守著的人顯然沒想到會有這一幕，反射性地朝趙瑾看去，結果他們的聖上就開口道：「都給朕低頭。」

聖上這一開口，眾人頓時心頭一凜。不管心中如何驚濤駭浪，都齊齊低下了腦袋。

他們是看著聖上一個人進去的，結果出來時卻成了兩個人。

那個男人腳步沈穩，氣息也讓人幾乎察覺不到，顯然會武功，所以……他是聖上身邊的人？

雖然很離譜，但除了這個，似乎沒別的解釋。

唐韞修抱著趙瑾回到她的寢殿。恰好今夜長公主讓宮人哄睡了，沒宿在她的寢殿裡。

將人放到床上後，唐韞修摸了摸趙瑾的長髮，掌心發力，用內力將她的頭髮烘乾。

趙瑾對這種內力抱著極大的好奇心，只是她剛想發問，便聽見身後的人道：「聖上，我只是有些著急。」

他改為原來的自稱，連讓頭髮乾掉的那點時間也不想等。

趙瑾轉過頭對上他的目光，忽然笑了一聲，抬起手來，食指輕輕摩擦了一下唐韞修的喉結。

她低聲道：「回來以後當我的皇夫如何？還未給你一個正式的冊封禮。」

「除了我以外，聖上還想讓誰當這個皇夫？」低沈的男聲緩緩響起，又不依不饒起來。

「是其他男子還是女子？」

趙瑾像是哄小寵物一樣撓了撓唐韞修的下巴，開口道：「只喜歡你。」

接著她往後倒在了床榻之上。

這一夜，又是顛鸞倒鳳。

翌日，天還未亮，趙瑾便察覺到身邊少了個人，她睜開眼，就瞧見那身形修長的男人正站在床榻邊整理衣物。

灰濛濛的光線下，她看見那精瘦的腰，昨夜他發力的模樣還刻在她腦子裡。

她動了一下，那人便轉過身來，俯身在她臉頰上落下一吻。

「聖上，我走了。」

說完這句話之後，屋內的細微動靜很快就消失了。

等趙瑾再度醒來準備上朝時，身旁的位置已經涼了。

沒多少人敢嚼聖上的舌根，但並不代表什麼都傳不出去。

僅僅是一晚，「聖上寵幸了一名侍衛」的傳聞就傳了開來，不少宮人昨夜都看見他們的聖上被一個黑衣男人抱在懷裡。

身為君王，趙瑾並不在意這點小事，她也擔得起這樣的傳聞，反正沒人會要求一位女帝保持所謂的貞潔。

趙瑾不好讓人知道那晚的男人就是唐韞修，於是這件事就這麼順其自然地過去了。

當朝臣聽聞趙瑾寵幸了男人時，第一反應其實是欣喜的，這意味著選秀這件事並非沒有轉圜的餘地，他們族中的那些美少年還是有機會吃上這碗軟飯。

然而沒兩日，他們的聖上便將一個為國捐軀的武將遺孀接進宮裡住了幾日。

那位將軍的遺孀生得楚楚可憐，雖然已經生過孩子，但是模樣依舊如同少女，美而不豔，極易勾起他人的保護慾。她的夫君死後，族人為了侵占家產，竟想強娶她。

趙瑾聽說了這件事之後，便讓人接那夫人進宮中小住幾日，等她再出宮的時候，趙瑾不只給對方封了個誥命，甚至言明這位夫人膝下有子，有權繼承亡夫家產。

如今關於女帝好磨鏡的說法傳得整個京城都是，這位新封的誥命夫人既然入宮了幾日，誰知道她與聖上之間……

聖上碰過的女人，誰敢染指？即便聖上是個女的，他們也不敢。

此事傳到那些克己守禮的臣子耳中，又是另一回事了。聖上好哪一口他們管不著，但起碼臣子妻不可戲啊！

太傅愁得鬍子都掉了。

就在此時，前線傳來消息：禹朝投降，願歸順武朝。

即便早已經預料到這個情況，但誰都沒想到這一日來得這麼快。禹朝曾是與他們實力相當的國家，不過短短時間，便成了他們武朝的囊中之物，一種不真實的感覺縈繞在所有人心頭。

禹朝的國土，如今將冠上他們武朝的名號，堪稱揚眉吐氣，而造就這一切的，是正坐在龍椅上的女子……朝臣那些勸諫之言，全都卡在了喉嚨裡。

趙瑾身為一國之君，自然得有所表示，她在戰報到來後立即下旨，命唐韞修處理好禹朝那邊的事後便班師回朝舉辦慶功宴。

地盤已打了下來，怎麼守成是日後的事，不急於一時。

等唐韞修一群人回到京城，已是兩個月之後的事。

禹朝歸順，投降的官員大多性命無虞，叫囂著反抗的那些人，就只能用自己的鮮血祭天。

沒什麼政權交替能夠真正做到兵不血刃，武朝此番絕對性的武力壓制與善待百姓，在某種程度上已大大減少了傷亡。

皇夫與煬王回朝當日，整個京城的百姓都沸騰了，那些年輕的將士們騎在駿馬之上，收到了不少姑娘扔的手絹，就連已經不年輕的煬王都收到了幾條，讓他頓時黑了半張臉。

身為主帥又生得一張俊臉的唐韞修身上則是乾乾淨淨，沒人敢肖想他，畢竟這可是女帝的男人。

軍隊停在皇宮前，武將們被前來相迎的官員引入金鑾殿上。

第一百一十六章　雙喜臨門

「臣等參見聖上，聖上萬歲萬歲萬萬歲。」

聲音雄厚，氣勢磅礴，對著趙瑾跪下去的人，除了唐軺修，還有煬王。

在戰局反轉再反轉的時候，煬王便明白先帝為何要頂著壓力，甚至不惜在臨死前開口將皇位傳給一個丫頭片子。

「諸位愛卿請起。」

眾人站起身來，身為主帥的唐軺修注視著坐在上方的女帝，道：「臣等不辱使命，如今禹朝已降，願意歸順我朝，這是禹朝的降書。」

唐軺修呈上降書，李公公走下來接過去遞給趙瑾。

趙瑾過目之後，眸光掃過下方，道：「諸位愛卿辛苦，禹朝歸順，諸位皆是功臣，如今可歸家與家人重聚，今夜朕在宮中設慶功宴，到時再論功行賞。」

對其他人而言，自然是歸家，對主帥來說，家便是皇宮了。

退朝後，唐軺修留下來向趙瑾匯報種種情況。

待他說完，龍椅上的女帝半瞇著眸子道：「過來。」

唐軺修非但沒有上前，反而後退一步道：「聖上，臣長途跋涉，容臣先沐浴更衣。」

當晚的慶功宴，皇宮迎來許久未有的熱鬧，不僅打了勝仗，國土還擴大了，眾人的臉上都是笑容。

然而，高座之上的女帝在說了幾句漂亮的場面話之後，想舉起酒杯與朝臣共飲時，忽然乾嘔起來。

聖上的身體事關重大，無人敢懈怠，立刻喚來太醫。

徐太醫把脈之後，臉上浮現遲疑之色，似乎是不太敢相信的模樣，他頓了一下，又將手搭了上去。

瞧他這副慢悠悠的模樣，臣子們都急了。他們的聖上這麼年輕，要是有個什麼三長兩短，武朝這偌大的國業可如何是好。

有人等不及了，著急地開口問道：「徐太醫，聖上情況究竟如何，你倒是快說啊！」

徐太醫在這個間隙看了唐韞修一眼，而唐韞修只顧著關心趙瑾的情況。

「徐太醫，聖上究竟是怎麼了？」唐韞修沈聲問。

徐太醫依舊沈默。

趙瑾懶得等他開口了，右手搭左手，自己為自己把脈。在這個皇位坐了一段時間，差點忘了她的本職是什麼。

她這一把脈，就明白徐太醫為何會有那種表情。他是個懂做人的。

「朕有身孕了，大約兩個月。」趙瑾自己說了。

現場頓時陷入一片沈寂。不說滿朝文武，那些來參加宴席的官員家眷及皇親國戚都不敢說話。

皇夫身為功臣，剛剛回朝，這會兒聖上竟已懷了兩個月的身孕。

眾人的目光在趙瑾與唐韞修兩人身上來回流轉，才剛剛帶兵戰勝禹朝的將軍在他們眼裡，連髮絲都是綠的。

雖然朝臣們之前都在勸趙瑾選秀，但在眾人面前得知聖上有孕的消息，諸位臣子還是有些擔心唐韞修當場揭竿而起。

正宮的位置無疑要給這位唐家將軍，然而聖上此時懷了別人的孩子，若是皇夫要鬧，場面可不好看。

唐韞修愣怔了片刻，隨後像是想起什麼似的，問道：「真懷了？」

徐太醫避免自己的目光與皇夫直視，秉持著職業操守道：「聖上確實是滑脈。」

得到肯定的答案，唐韞修又恍神了一下。

長公主此時忽然說了一句。「母皇，兒臣是要有新的弟弟、妹妹了嗎？」

臣子們這才反應過來，說道：「臣等恭賀聖上。」

不管這孩子是誰的，既然是從聖上肚子裡出來的，那就是未來的皇子或公主。

身為女帝的好處在這裡展現了出來，不管孩子的爹是誰，身分都不用懷疑。

不然性別一換，身為男子的聖上親征一年，回來以後妃嬪卻懷有身孕兩個月，那可就有人要倒大楣了。

有不怕死的人直接說道：「今日大軍凱旋歸來，聖上又有了身孕，堪稱雙喜臨門。」

此刻當著唐韞修的面說這種話，看來是見不得他過好日子。

只是唐韞修除了發愣，並無其他情緒過激的反應，他很快就接受了這個事實。「聖上有孕，將酒撤下去。」

原本等著看好戲的人說不出話了。皇夫這算是愛屋及烏？

除了趙瑾知道唐韞修兩個月之前回來過一趟，在場的人當中只有他在戰場上的親信知曉此事。

那些親信在心裡默默對唐韞修豎起了大拇指。才回來一夜，孩子就懷上了，真是吾輩楷模。

只是那一夜的行蹤注定不能公諸於眾，這就意味著皇夫往後的人生都將是綠雲罩頂。

趙瑾看著桌面上的大魚大肉，全然沒了胃口，自然沒多吃。

她早就將每個人的封賞安排妥當，這會兒李公公默默站了出來，手裡拿著聖旨宣讀。升官的升官、封賞的封賞，還有一些回不來了的，便賞賜其父母與妻兒。

趙瑾是位慷慨的君王，只要是功臣，就會得到賞賜，何況禹朝歸順，她擁有了更多的領土跟子民，那些人事物都需要管理，因此武朝好些將領升了職，有了新去處。

待李公公唸完聖旨、眾人謝主隆恩，趙瑾就笑咪咪地說了幾句話，大意是武朝盛世還需要大夥兒齊心協力維護。

等每個人都歡天喜地回到自己的座位上坐好，趙瑾又道：「另外，朕登基時皇夫不在，如今朕在此宣布唐韞修為皇夫，入住太和殿。」

太和殿是聖上的寢殿，讓皇夫入住，顯然於理不合。

趙瑾看到有些臣子又想開口了，她扶了一下額，朝旁邊的李公公遞了個眼色。

李公公隨即上前一步道：「聖上龍體不適，先行離席。」

唐韞修立刻上前扶住趙瑾。

眾人站起身來，齊聲道：「恭送聖上，恭送皇夫殿下。」

唐韞修算是第一次感受到這種萬人敬仰的滋味。說實話，胃不好也挺不錯的，他就喜歡吃軟飯。

一離開眾人的視線，回到寢殿後，唐韞修就再也不忍著了，他將穿著龍袍的女子輕輕抱起放上了床榻。他的手輕輕覆在她的肚皮上，眸子垂了下來。

「聖上，我不是故意的。」唐韞修始終記得趙瑾之前說過的話，她不想要更多的孩子。

原本趙圓圓的到來就是個意外，但身為第一個孩子，她自然受到父母喜愛，更別說她生得可愛，性子又極為討喜。

雖然唐韞修這麼說，可他明白，趙瑾如今坐在這個位置上，肚子裡的孩子必須要留下來。

趙瑾伸手摸了摸他的腦袋。「不光是你的責任。」

她今夜算是明白了一個道理，不管做什麼事，都不能心存僥倖。

剛才趙瑾剛說完話不久就走了，然而明日一早，應該就會有「皇夫不宜住在太和殿」的說法找上趙瑾。

唐韞修難得與趙瑾獨處，兩個月前的會面沒說上多少話，這次他很想把握時間多說一些。

只是他們話還沒說多久，外面就響起敲門聲，伴隨著一道極有禮貌的童音。「母皇、父君，兒臣能進去嗎？」

長公主的禮儀學得還算不錯，可是外面馬上響起了宮人的小聲勸說。「公主殿下，聖上與皇夫殿下已經歇下，您隨奴婢回寢殿歇息吧？」

只見長公主同樣小聲地道：「本宮想見母皇跟父君。」

趙圓圓快六歲了，宮人們如今可不好忽悠她，正頭疼著，殿門開了，裡面走出了一道頎長的身影。

唐韞修彎腰將長公主抱了起來，長公主摟住他的脖子叫了聲「爹爹」。

一家三口許久不曾這樣聚在一起，趙圓圓被放到地上後轉身跑到趙瑾身邊，好奇地伸手摸摸自己母皇的肚子。

「母皇，裡面是弟弟還是妹妹？」對即將成為姊姊的長公主來說，這一切都是令人好奇的。

她的唐煜哥哥倒是經歷過，只不過那個時候，唐煜天天盼著的小孩就是她。如今終於輪到自己，長公主期待極了。

趙瑾能猜到她可愛的小閨女會問這個問題，早在懷她的時候，唐煜就時常會問。開盲盒對人類而言充滿誘惑。人類幼崽在開幼崽盲盒時，興許比大人還熱衷。

一家三口在寢殿內聊了好一會兒，等到長公主打著哈欠揉眼睛，趙瑾便知道她睏了。

唐韞修不在的時候，趙瑾確實偶爾會讓女兒留宿在自己床上，但是在這個時代，五、六歲已經到了該避父的年紀。何況趙瑾是聖上，她的子女更應遵循這樣的規矩。

倒不是她迂腐，而是許多人正盯著這太和殿瞧，還是別讓人有機會做文章。

趙瑾摸著小姑娘的腦袋，溫聲道：「圓圓，回妳的寢殿去睡，乖。」

小姑娘打了一個哈欠。她與趙瑾對視了一眼，隨後妥協，小大人般地嘆了一口氣道：

「那兒臣回去睡了，母皇跟父君不要想兒臣。兒臣告退。」

長公主穿好鞋子，去找自己的宮人了。

沒多久，唐韞修吩咐御膳房那邊端些膳食過來。

「聖上剛才在宴席上沒吃什麼東西，我讓御膳房做了些清淡的，聖上多少吃一點。」

這頓便算是宵夜了。

趙瑾便問了一句為何剛剛不趁女兒在的時候讓人端上來。

唐韞修沈默片刻，隨後道：「宴席上圓圓吃了不少。」

小姑娘大口大口吃肉，香得很。

「吃多了撐著也不好。」唐韞修說著端起碗來，想親自餵給趙瑾吃。

趙瑾搖頭道：「我自己來。」懷孕而已，不至於。

她吃得還是不多，只吃了半碗雲吞，剩下的全進了唐韞修的肚子。

趙瑾最近的胃口確實不好，只是她一直沒往懷孕這方面想，認定自己是處理政務太過勞累所致。

聖上不是那麼好當的。擺爛吧，會被臣子們糊弄；不擺爛吧，又似乎事事都得要知曉。

趙瑾除了對打仗的事情上心一些，其他該由哪個部門負責就由哪個部門處理，辦不好她再處置就是了，不然朝廷養這麼多人也是白搭。

禹朝歸順，雖說不是百廢待興，但趙瑾身為君王，必須考慮一個問題——如何讓禹朝真正成為武朝的領土。

不只是地圖上的歸屬，而是要讓禹朝百姓認同自己是武朝人。

為了這個目標，趙瑾派了不少官員過去，也接見了不少禹朝的舊官員。此番對他們而言是亡國之災，也是咎由自取。

趙瑾是個民主的人，那些禹朝的舊官員願意在武朝為官的便留下，不願意的她也不勉強。

不管是哪個朝代，都不缺硬骨頭。對那些硬氣且不願為武朝官的人，趙瑾還能以禮相待，可出言不遜的人就沒這個待遇了。都這種時候了還看不清局勢，愚忠與愚蠢必定占了一種，而他們不需要這樣的人。

禹朝那皇位還沒捂熱便投降的三王子，趙瑾給他封了一個異姓王，賜府邸；只是人必須住在武朝京城，也就是天子的眼皮子底下。

另外趙瑾還頒布了法令：禹朝不復，原先禹朝與武朝之間的關稅取消，鼓勵通婚與互市。

趙瑾有了身孕之後，總是有人想知道她腹中胎兒的父親是誰。

身為聖上，她既會接觸臣子，也有成群的侍衛、暗衛，這些人都有可能是她孩子的爹，但沒人懷疑到唐韞修身上，他的頭頂依舊是綠的。

不少臣子上諫懇請趙瑾給孩子的父親名分，更要命的是，他們說這話的時候，唐韞修也在朝堂上，他只是似笑非笑地盯著想著讓趙瑾納人的臣子。

人多便能為所欲為，有臣子看趙瑾似乎不太想繼續這個話題，便將矛頭對準了唐韞修。

「按照我朝律令，皇夫殿下理當主管後宮事務，不干涉朝政才是，念在皇夫殿下有戰功，聖上才准許您入住太和殿；然而皇夫殿下應當有些氣量，勿像尋常男子那般想著獨占聖上，協助聖上管理後宮才是正事。」

唐轀修如今的身分可不僅僅是皇夫，他手上還握著兵權，麾下的士兵都掌握了震懾四方的新武器用法。

至於聖上本人握有新武器的研製之道，這樣的夫妻，若有一方出現異心，都不是什麼好事。

若要皇權長久地興盛下去，就必須保證前朝與後宮的穩定。

如今禹朝歸順，成為武朝的領土，這件事已然昭告天下，也就是說，暫時不需要打仗了。

唐轀修是趙瑾的後宮之主，在大部分人的心裡，已經認定唐家算是外戚，兵權應該削弱了，甚至有人直接向趙瑾上書，請求她收回唐轀修的兵權。

如此一來，唐轀修在朝堂上遭遇文官群起而攻之，是意料之中的事。

他們恨不得將唐轀修擠兌到從此只活在後宮中，就像從前禁錮那一個個入宮的女子一般。

宮門一入，終生不得出，這是眾多妃嬪人生的真實寫照，也是皇權的展現。

唐轀修被針對時並未露出惱怒的神色，反而是跟著唐轀修出征的蕭郢站了出來。

「御史大人說這話倒是可笑，皇夫殿下在戰場上九死一生的時候，你們還想著向禹、越兩朝求和。下官聽聞諸位大人當時甚至勸陛下將長公主殿下與小皇子殿下送至他國，這會兒仗打完了，便要求皇夫殿下別干涉朝政，真是無恥！」

蕭郢隨唐韞修一起出征時還是個不知天高地厚的小子，他自認比當時還是駙馬的唐韞修更懂兵法，不服氣對方掛帥。如今他的態度可說是一百八十度大轉變，顯然戰場給他好好上了一課。

一聽到蕭郢提起之前求和的事情，官員們臉上都浮現了不自然的神色。當時朝堂上大多數的人都想著向敵國低頭，即便送出一個皇子跟公主，對他們來說不過是損了國威而已，即便苟延殘喘，也是保住了一條命。

小皇子是先帝的孩子，身子孱弱不說，如今在皇位上坐著的是他的姑姑，而聖上還年輕，未來肯定會有自己的皇子或公主，這麼一看，就算是長公主也不是那麼重要了。

誰都無法想到，在他們不斷請求聖上議和時，她研製出了新武器，不僅打了勝仗，甚至反過來逼得禹朝分崩離析、越朝不得不低頭，更是將禹朝舉國收歸囊中。

這麼久以來，他們最擔心的便是趙瑾來個秋後算帳，若是聖上回想起他們曾經說過的話，事情便不好說了。

蕭郢這番話讓不少人臉色大變，有人嘴硬道：「蕭將軍這話是什麼意思，我朝能打勝仗，難道不是因為聖上英明神武，讓人研製出了新武器嗎？」

這是完全不將在邊疆出生入死的將士放在眼裡了。不光是蕭郢憤怒，就連那些上過戰場的武將也極為不滿。

眼看朝堂之爭又開始了，趙瑾開口道：「吵什麼吵，這麼喜歡吵，要不要朕把自己的位置讓給你們吵？」

她已經不是剛登基時那個沒什麼威信可言的君王，此話一出，下方的臣子又跪了一片。

「聖上息怒。」

趙瑾本來就不舒服，聽見他們吵成一團就更頭痛了。興許是有身孕的關係，她的脾氣變得暴躁了些。

「有些話朕只說一遍，後宮有誰、要不要再塞人進去，都是朕的自由，再讓朕聽到一遍什麼『以江山社稷為重』，諸位便想想自己的烏紗帽能不能一直戴著。

「外面的百姓吃不飽、穿不暖都不見你們這麼關心，朕懷的是誰的孩子你們倒是恨不得立刻揪出個人來。不管這是誰的孩子，都是朕生的，生父是誰，沒有任何意義，望諸位愛卿明白這個道理。」

第一百一十七章　吸引火力

女帝產子，只要她想，去父留子也不是不可能。

一早上的鬧劇以趙瑾氣得拂袖而去畫下句點。

唐韞修自然懶得管朝堂上的人，他接下來便要跟著趙瑾回去，只是他還沒走多遠就被人攔下了，攔下他的不是別人，而是朝中相對資歷較老的大臣。

「皇夫殿下，聖上坐到這個位置，免不了有旁人伺候，雖然她肚子裡的孩子……總歸未來也會喊您一聲父君，您應該對其一視同仁。」

唐韞修不禁無語。顯然這是來「導正」他的思想了。

然而唐韞修注定要讓對方失望了，這位不久前手上還沾著鮮血的皇夫此刻極其溫和地說道：「楚大人放心，聖上的孩子便是我的孩子。」

別的不說，這態度看起來確實可以，非常大度。

唐韞修無意說更多，他跟著趙瑾回到了寢殿。

只見趙瑾靠在寢殿的床榻上喝著宮女端來的水，唐韞修一進來，趙瑾就屏退了宮女。

「聖上辛苦了。」唐韞修單膝跪在地上，握著趙瑾的手。

這一胎的孕期反應有些激烈，但也不是太離譜。

趙瑾垂眸看他，忽然笑了一下道：「都說你喜當爹呢。」

「喜當爹」這幾個字，唐韞修並不覺得有什麼問題，但既然是從趙瑾嘴裡說出來的，他就順著這個思路思考了一下，很快就意會到她話裡的意思。

「只要聖上喜歡我便足夠了。」他低頭親了親趙瑾的手背。

「要是往後宮添人，你也能接受？」趙瑾挑了一下他的耳垂。

「聖上不寵幸他們便可以。」這位人前大度的皇夫捏著趙瑾的手道：「您我約定過的，此生不再有他人。」

他們的約定其實還有後文——如果任何一方變心，那就好聚好散。

過去趙瑾是公主，好聚好散不是什麼問題，如今她是聖上，給聖上戴綠帽不是什麼一句「好聚好散」就能解決的。

然而若是聖上給別人戴綠帽，大家都會勸「她只是犯了全天下女子都會犯的錯罷了」。帝權確實凌駕於一切之上，甚至包括道德在內。

趙瑾扯了一下嘴角，隨後捏捏她皇夫的耳朵，用最溫柔的語氣說出那句話。「別的不說，下次再讓我懷上，我就自己動手了。」

說著，她的目光往下移，落在唐韞修的下身上。

唐韞修渾身莫名一涼。

先不說分娩的時候有多痛，懷有身孕的日子不算太好受。趙瑾如今是個全年無休的孕婦，一想到這裡，她就覺得自己需要放一個長假。

唐韞修嘆了口氣道：「聖上現在哪裡不舒服？」

趙瑾想了一會兒，說道：「想吃以前公主府隔壁的隔壁的隔壁那條街道上的麻辣羊肉串。」

唐韞修說道：「聖上，您眼下的身子不適合吃……」

趙瑾幽幽地看著他說：「你今日不讓我吃羊肉串，我明日就……」

她話還沒說完，唐韞修就認輸了。「聖上等著，我去買。」

於是堂堂一個皇夫，天底下最尊貴的男人，喬裝打扮出宮去小攤買羊肉串了。

他站在人家的小攤前，眼神銳利地發問。「老闆，你用的是真的羊肉嗎？羊肉乾淨嗎？用的醬料都是些什麼材料？」

三連問將老闆給問懵了。要不是面前這個男人的氣勢太強，他根本就懶得理會，這錢也可以不賺。

皇夫盯著羊肉串的挑剔目光，已經到了恨不得親眼看著羊被宰了以後放上來烤的程度，老闆只能拍著胸脯承諾自家絕沒有掛羊頭、賣狗肉。

唐韞修還是買了。在路上瞧見賣冰糖葫蘆的也買了一根，還買了一些趙瑾喜歡吃的糕點，雙手拿得滿滿當當地回了宮。

身為聖上，趙瑾在外面的形象勉強算是穩重，吃了兩串羊肉串之後，剩下的還是由唐韞修解決，感覺上，她更喜歡冰糖葫蘆。

唐韞修買得多，拿了些給宮裡的兩個孩子送過去。

住進了皇宮，就不像從前那樣自由，外面的東西，也不是隨隨便便就能吃。

身為主子，自然能吩咐宮人去買，只是感覺終究不同。

趙瑾懷著身孕的這段期間，武朝也在休養生息。打仗耗損國庫，趙瑾頒布了一些工農商方面的命令，旨在逐步提升國力。

讓百姓溫飽是恆久不變的議題，富饒跟穩定也非一日千里之事。

沒了戰事的紛擾，科舉照常舉行，今年殿試時趙瑾招進朝堂上的人比從前多了些，這當中最受矚目的新貴，當屬讓聖上直接拍板送入工部的楊天。

只要稍微查一下便知道，這個楊天是幾年前落榜後便未再參加科舉考試的人。

有心人還想借題發揮，結果發現楊天進入工部任職不過是個形式，他基本上只聽趙瑾的，工部尚書的命令在他這兒都不算好使。

沒多久，聖上親自下旨為楊天賜婚，賜婚的對象還是京城有名的貴女。這番操作就證明楊天的身分確實不一般，但再查下去，就只能得知他不過是個商賈之子。

楊天的身分擺在那裡，就算是查到他的老家也無濟於事，楊天的爹娘已經好幾年沒見過他，就連家產都打算交給其他兒子打理。

再次得到楊天這兒子的消息，就是他被聖上欽點入朝為官，又被賜婚，要接全家到京城住。

楊家，一躍成為新貴。之前還未訂親時的楊天本人就是個香餑餑，如今他的兄弟姊妹們也都雞犬升天。

雖然進了工部，但楊天的職位不算高，目前親近他們家的人都是在賭，賭這個年輕人手上到底有什麼底牌，能讓他們那位女帝青睞有加。

上楊家提親的人，雖然都是些勛貴人家，但也有區別。

小門小戶的願意將自家嫡女嫁進來，讓嫡子娶媳婦回去；大戶人家大部分則是想讓庶子女來結親。

楊天第一次上京城，碰到此類人情來往，倒是很機靈地提前交代家中的長輩與小輩不要輕易議親。

來自小地方的楊家出了這麼個有出息的兒子，他們自然凡事都聽他的。

事實上，楊天是擔心自己沒眼光，他原本打算覲見他的伯樂，但伯樂現在懷著身孕，他不好拿這些事叨擾她，於是最後找上了伯樂的男人。

「你讓我去給你的兄弟姊妹物色好人家？」唐韞修不太確定地反問道。

他大概沒想到自己都是聖上的男人了，居然還有這種冤大頭的活兒等著他。

在新武器這方面，趙瑾跟楊天都是研製者，她敘述物品的外貌與功能，楊天負責將東西做出來。

趙瑾終究是參照現代社會既有的東西提供概念，說是抄捷徑也毫不為過，她畢竟不夠專業，很多細節都要靠製作的人補齊。

光憑簡單的敘述或陽春的圖紙就能製造出東西來的人，在這個時代並不多，趙瑾將楊天供起來也是合理的。只要楊家人不作死，這一大家子的榮華富貴便算是有保障了。

「聖上有孕在身，臣實在不好拿這種事叨擾聖上，何況……」楊天頓了一下。「臣聽聞當年聖上也是皇夫一眼看上，最後費盡心思才有先帝賜婚這一齣的，您的眼光好，臣信您。」

有的人，已學會不著痕跡地拍馬屁。

唐韞修原本還不情不願，聽到這裡便「夫心大悅」，大手一揮道：「將上你家提親的人都說來聽聽……」

如今京城當中誰不說唐韞修好命？除了頭頂有點綠以外；然而想吃這碗軟飯的人，總不能老是在意這點「小事」。

八月一過，長公主便滿六歲，她的老師已按照儲君的方式來教導她。

莊錦曄執掌《朝報》，是被趙瑾重用的臣子之一，待自己這位學生自然上心。

立長立嫡，既然趙瑾能以女子之身坐在這個位置上，便說明她的女兒同樣具備資格。

一般女子要做到趙瑾這個程度，顯然要付出常人難以想像的努力，因此莊錦曄這位老師對長公主並未降低要求。

就是皇夫得知閨女的老師是誰之後，纏著趙瑾咬了許久的耳朵。「聖上是不是故意選的他，明知我會吃醋。」

趙瑾搖頭道：「是圓圓自己選的，她說莊大人一看就好脾氣，不會苛責學生。」

唐韞修一時無語。只能說閨女是懂挑人的，但是眼光不怎麼樣，以後也不知道會不會被騙。

剛打完仗的那段時間，武朝上下確實歡欣鼓舞，不過趙瑾並未接受某些臣子提出的什麼「大赦天下」。仗又不是牢裡那些罪犯打的，就算要赦，也輪不上他們。

趙瑾懷有五個月身孕的時候，永平侯府傳來消息，唐韞錦恢復了記憶，腿也好得差不多，奏報後便上朝了。

唐韞錦不知多久沒上朝了，他的存在對諸位大臣來說並不一般。先帝在世時就因為唐世子長年戍守邊疆而對唐家另眼相看，如今唐韞修打仗有功，又是皇夫，唐家的地位更是不言而喻。

過去唐韞修上朝時，大臣們指指點點的多，這下子再有廢話，唐韞錦便自己上了。

失憶時的唐世子很是活潑，恢復記憶後的唐世子意識到自己經營的人設已崩，乾脆放飛自我。

唐韞錦長了一張溫文爾雅的臉，就連氣質也像文人，在京城休養了這段時間後，文人氣息更重了，以至於他開口時，他的武將同僚們都沒反應過來。

禮部照例稱唐韞修身為皇夫不該上朝堂，何況如今沒有仗要打——這番話背後影射的是唐家手握兵權的事。

不少臣子希望唐家將兵權交出來，安安心心地做他們的富貴人家。外戚手上握著這麼些權力，對皇權來說就是威脅。

「賀尚書是覺得朝堂上站著兩個姓唐的人礙眼是吧？那你的兒子們是不是也該辭官，還是你這個當爹的要告老還鄉？再說了，本世子的弟弟雖然姓唐，但他身為聖上的夫婿，生是趙家的人，死是趙家的鬼，他不上這朝堂，難道他的位置能讓你來坐？」

這些話已經不能用「大膽」來形容了，趙瑾大著肚子坐在上面都不禁驚嘆自己這位大伯的言語殺傷力。

以前認識得不深，她還覺得唐世子挺有武將風範的，不料看走了眼。

唐韞錦上早朝時舌戰群儒，下朝後就被人逮著吵架了。

「世子在朝上所言，是不是太不將聖上放在眼裡了？聖上如今懷有身孕，孩子的爹可不是皇夫，唐家如此恃寵而驕，終有一日會自食惡果！」

唐韞錦道：「哦，沒關係，本世子的弟弟還算有幾分姿色，膝下有女，不說盛寵不衰，起碼聖上不會待他不好，幾位大人有本事就將自己的兒子送進宮去，不然別來眼紅本世子的弟弟。還有，就算往後哪位大人的子孫有幸入了後宮，後宮之主也只有一個，明白嗎？」

他一個人吸走了大半的火力，朝堂上原本針對唐韞修的人，轉而對付起了他這個世子。

面對這一切，趙瑾簡直嘆為觀止，唐韞修卻笑著對她道：「兄長小時候時常將父親氣得抄起東西亂砸一通，先帝一開始也覺得他適合做文臣。」

在唇槍舌戰、胡攪蠻纏這方面，唐韞錦絲毫不比那些文臣差。

說著，唐韞修從懷裡拿出了兩個兵符。「這個是從前兄長帶領的唐家軍的，這個是聖上之前增派的援軍的，都給您。」

趙瑾挑眉道：「怎麼，被他們說得心虛了？」

唐韞修側身親了一下趙瑾的臉頰。「聖上說的是什麼話，這天下是您的，兵符自然也是您的，要將兵權交到何人手上，都是聖上的權力。

「只要聖上的心跟人都是我的便可。」他補充了這麼一句。

沈默片刻後，趙瑾抬手捏了捏唐韞修的臉道：「唐韞修，要是放在以前，你這種人我可是要罵戀愛腦的。」

「戀愛腦是何意？」皇夫發問。

趙瑾解釋道：「形容腦子裡除了情情愛愛什麼都無所謂的人。」

皇夫懂了，皇夫不狡辯。

禹朝滅國之後，武朝與曾經的禹朝人需要相當長的一段時間磨合，趙瑾後來頒布的法令裡，便允許過去的禹朝人參加科舉。

這一律令自然有人反對，但多數人明白其中的深意，律令最後照樣實行。

至於越朝那邊，經歷這一次戰敗的打擊後，王室與朝廷變得萎靡不振，再加上天寒，百姓的日子不好過，內憂更為明顯。

趙瑾要做的事相對輕鬆，就是興建利民設施、鼓勵經濟發展，撥款修建因為打仗而遭到破壞的各種禹朝設施。

從前的禹朝領土，如今統稱禹都。都是自家地盤了，本來就該整理得像樣一些。

禹朝當然有人想復國，可是趙瑾派去鎮守禹都的軍隊跟武器都不是開玩笑的，想反抗也得掂掂自己的斤兩。

這段時間各方都算安穩，然而趙瑾的肚子月分一大，便有人關心起裡面那個是男是女。

徐太醫每隔一段時間就為趙瑾診脈，她矜貴到臣子們最近都懂事了不少。

怕她政務太繁忙，自己能解決的事就不煩勞她；那些老是想搞事的，也同樣等候趙瑾這胎揭曉性別。

不管怎麼說，即便趙瑾已有足夠的能耐震懾住滿朝文武，他們更期待的依舊是皇子，而不是公主。那種流淌在血液裡、無處不在的偏見，始終存在。

他們認定趙瑾是獨一無二的，能為武朝打下一個國家的女帝，不可能再有第二人。

趙瑾並不在乎別人想什麼，她肚子裡的是男是女也不重要，橫豎皇儲是誰她說了算，實在不行就學她哥，臨死前再說，想勸她都沒機會。

到了懷孕晚期，趙瑾已經不怎麼上朝，早朝的事大部分都由丞相負責。

趙瑾不上朝，唐韞修就更有理由不去了。

皇夫應該凡事都以聖上的龍體為重——話是這麼說沒錯，但他實在有點殷勤過了頭。

眾人對這個胎兒的期望很高，以至於長公主跟小皇子每日做完功課後就來太和殿猜盲盒。

從前皇后或其他寵妃懷有身孕時，是新人最容易上位的時候，現在懷孕的人成了聖上，別說新人上位，連新人的影子都見不著。

這位女帝不太喜歡男人……應該說，她喜歡大部分貌美的女子，以及皇夫一個男人。

又是一年春，趙瑾二十八歲的生辰剛過了半個月，四月初，她在批閱奏摺時羊水破了，緊接著是各種混亂。

在外面等候的不僅僅有皇夫跟兩個孩子，還有一眾大臣。自古以來生育就是女子的鬼門關，他們怎麼可能不擔心？

幾個時辰後，嬰孩的啼哭聲響起，眾人懸著的心落地。

過了半晌，門開了。

為趙瑾接生的女大夫報喜。「聖上誕下皇子。」

生下二胎後，趙瑾頓時鬆懈了不少。身為堂堂聖上，孩子自然有人照看著，他有奶娘還有一個在別人眼裡不是親生的爹。

孩子哭鬧，別人都不敢將孩子交給趙瑾，深怕孩子擾了她的心緒。

唐韞修倒是將孩子抱給趙瑾看了，有點可愛，但是不多，跟隻小猴子似的。

就連長公主跟小皇子趴在搖籃前瞧了弟弟一眼之後，都陷入了沈默。

「父君，這個真的是兒臣的弟弟嗎？」

第一百一十八章　富國之道

明白閨女話裡的意思，唐韞修沈默了片刻。橫豎母女倆都是這副德行，他不好意思告訴小姑娘，她剛出生的時候，她娘也問了類似的問題。

「弟弟養著養著就好看了。」唐韞修道。

小孩子基本上好忽悠，但是長公主看看身邊的表弟，又看看搖籃裡的嬰兒，顯然不想要一個醜醜的弟弟。

長公主抱著謹慎的態度，有時間便跑去問相熟的大臣們：他們的孩子剛出生時，是否也這般難看？

大臣們平時都將後院交給自家夫人打理，就算夫人跟妾室生了孩子，也不過是大概看了一下，有的甚至只在嫡子女出生時才瞧兩眼，至於孩子剛出生時的模樣，有的人說得上來，有的人不行。

然而……這是長公主提出來的問題。

於是大臣們特地回家問夫人，再將得到的答案整理好告訴趙圓圓。

趙圓圓終於相信大部分的孩子會越長越好看，於是她對弟弟的耐心多了不少，還跑去問趙瑾能不能讓弟弟跟她睡在一起。

說起來，趙瑾是個講道理的家長，所以她跟閨女商量了一下。「等弟弟長大點妳不嫌煩再說吧。」

小姑娘問長大點是多大。

趙瑾回道：「起碼要等弟弟會說話吧，妳也得問問他願不願意是不是？」

長公主趙圓圓一想，也有道理。

新生的小皇子取名趙祈禎，小名滿滿，與他的姊姊連起來就是「圓圓滿滿」。

趙滿滿確實如他姊姊期盼的那樣，一天比一天變得白皙可愛。

他滿月時已經長得胖嘟嘟，一雙眼睛圓滾滾的，可愛到宮女們都忍不住多看兩眼，顯然又是一個專揀爹娘優點生的孩子。

趙瑾就在此時重新上朝。她生完孩子之後稍微胖了些，倒不是身材嚴重走樣，就是長肉了。臉上多了點肉，肚子上也有點。

唐韞修跟她獨處的時候老喜歡捏捏摸摸。每逢這個時候，唐韞修就會貼在她脖子旁邊說：「聖上比之前更美了。」

這算是成熟女人獨有的風韻，然而趙瑾不理解，甚至想將那隻捏著她臉的手給砍了。

可是她身旁的人絲毫沒意識到自己的處境很危險，又道：「聖上真香。」

趙瑾只能心如止水地拍了拍男人的腦袋，說道：「乖。」

在那段不上朝的日子，趙瑾仍舊關心朝堂上的事情，奏摺也一五一十地過目。回到了朝堂上，趙瑾聽下方的人再次提起預防武江洪災一事，她便下令修建水利工程。

不管是從前還是現在，都會有人站出來說趙瑾勞民傷財，但是站在她這邊的人顯然更多。趙瑾對現在的武朝上下來說，基本上是神一般的存在，這種崇拜在去年科舉選拔進來的新官員身上尤其明顯。

她的決策不管是出發點還是行動方向，都是為國為民，過去武朝是沒這個財力跟能力，眼下可不一樣了。

土地更加遼闊，經濟也持續發展，即便搞水利工程的動靜大了些，但是於千秋萬代有利的事，為什麼不做？於是浩大的工程開始了。

趙瑾派工部的江其羽跟楊天作為負責人。這麼大的工程交給一個入朝為官不到一年的年輕人，到底引起了一些不滿，但楊天確實擔得起趙瑾的這份厚愛。

他去年新婚，娶的是京城貴女，今年年初夫人便懷上了，這會兒正是春風得意的時候。

至於工部侍郎江其羽，他算是比較讓趙瑾不省心的，只因他不是頭一次被御史彈劾說早上從嘉平侯府出門了。

趙瑾曾私下問過周玥要不要給他們賜婚，周玥婉拒了。她又找來江其羽，結果他哀怨地說嘉平侯將他吃乾抹淨，壞了他的名節，讓他娶不上別家姑娘了，只能繼續與周玥糾纏。

江其羽倒是想要她賜婚，趙瑾卻不敢。一個是外甥女，一個是忠臣，手心、手背都是肉，於是這位女帝果斷選擇袖手旁觀。

家家有本難唸的經，還是別插手別人家的事。

她有空會勸勸御史別不識年輕人的情趣。一大把年紀了，整天盯著人家從哪個被窩裡出來是幾個意思？

趙滿滿周歲的時候，與趙瑾嘔氣許久的太皇太后總算想開了，她派人來找趙瑾，說是想見外孫一面。

雖然趙瑾與太皇太后的母女情分淡薄了些，但她還是將孩子抱了過去。

太皇太后的身體比一年前虛弱許多，她靜靜看著被趙瑾抱在懷裡、臉色紅潤的外孫。光是用看的，也能辨別出這個孩子肯定比她心心念念的親孫子更適合成為皇位繼承人。

太皇太后不久前才曉得趙詡的身體狀況，尤其是那句太醫斷言他活不過二十歲，實在令人揪心，她終於明白兒子臨終前不將皇位傳給她親孫子的苦心。

看著健康至極的外孫，顧玉蓮渾濁的眼神清明了些。「孩子叫什麼名字？」

趙瑾走過去將孩子放在太皇太后懷裡。「大名趙祈禎，小名趙滿滿。」

軟乎乎的孩子窩在自己懷中，顧玉蓮愣了一下，待她看清外孫的模樣時，忽然道：「和臻兒小時候真像啊。」

趙瑾並不知道便宜大哥小時候長什麼樣，只是太皇太后都這麼說了，她當然不會反駁她的話。

「外甥肖舅，也是正常的。」

太皇太后的身體不算好，沒辦法久抱一個孩子，趙瑾很快就將兒子抱了回來。

「瑾兒，」顧玉蓮說道：「即便皇位不傳給詡兒，也該由這個孩子繼承，武朝的正統，終究得由男子傳承下去。」

「母后……」趙瑾緩緩道：「您說這話時，有沒有想過您自己是女子，兒臣也是女子，若所謂的正統只有男子才能傳承，那您要說如今兒臣坐在皇位上是笑話一場嗎？」

太皇太后沈默了。她待在深宮，身邊都是趙瑾派來的人，他們不曾怠慢她，甚至伺候得比原來的人更好。她想知道什麼消息，自然會有人帶來。

原本要持續幾年的戰爭一年左右便結束了，甚至將一個國家納入版圖，即便是太皇太后，也不得不承認先帝在時不可能做到這種程度。她的女兒，在她看來是生錯了性別。

趙瑾並不與太皇太后生氣，她說道：「母后，男人與女人之間的不同，大部分是教育造成的，您應該記得，兒臣並不愛學您讓嬤嬤教兒臣的規矩，皇位讓女人來坐也沒什麼不好，您看，兒臣這不是坐得挺安穩的嗎？」

太皇太后並未對此有所反應。她被這個時代馴化了一輩子，讓她承認自己是錯的，終究困難。

趙瑾說道：「母后好好養身體，兒臣有空再帶圓圓跟滿滿來看您。」

顧玉蓮愣了片刻才想起來，圓圓是外孫女的小名。「圓圓滿滿……圓圓滿滿好啊……」

趙瑾抱著孩子走了出去，吩咐宮人好生照顧太皇太后。雖說情分一般，但好歹是母女一場，她自然會善待太皇太后。

唐韞修牽著女兒在仁壽宮外面等候。太皇太后沒說想見其他人，趙瑾便沒讓他們進去。

趙圓圓只是年紀小，卻不傻，別人的喜愛與否她很清楚，這會兒她的目光盯著趙瑾懷裡的小團子，問道：「母皇，弟弟什麼時候才會說話啊？」

「等弟弟想說話的時候吧。」趙瑾隨口道。

她扯了扯唐韞修的袖子，唐韞修低下頭，摸摸她的腦袋道：「妳母皇說得對。」

還是坤寧宮的表弟與她之間更有話聊。長公主已經感受到了父母的敷衍。

趙圓圓這個年紀正是好奇的時候，她不煩父母，便去煩朝堂上的大臣們了。

差不多這個時候，有人又提起後宮的事，但這次不是選秀。

封地上的那些侯爵說是送了幾個美男子給聖上，不喜歡便隨她處置，殺了也行。

趙瑾瞧見了送來的美男子，不知道是怎麼挑選的，他們都有股我見猶憐的氣質或勾人的勁兒，比南風館的小倌還行。

不僅如此，趙瑾還看到了一個頗為眼熟的，她盯著瞅了半晌，最後發現這人長得與她的皇夫有幾分相似。

出現了，替身文學。

美男子各有各的特色，看得趙瑾想將他們送去上學，然後她就將人送去學堂了。

這是美男子們從來沒想過的道路，比勾引人來得難多了！

都做到這個地步了，趙瑾還被秋後算帳來著。

「聖上不將他們收進後宮嗎？」

腰被人掐著，後頸被人輕輕咬著，趙瑾身後的男人一邊用力，一邊與她算著美男子的帳。

趙瑾香汗淋漓，說不出話來，男人卻依舊不依不饒。

「聖上喜歡我這樣的，還是那些勾欄款的？」男人附到趙瑾耳邊道：「他們好像都比我年輕，聖上不喜歡年輕的嗎？」

趙瑾咬牙切齒地憋出了幾個字。「只……喜歡你。」

「呵……」她身後的男人輕笑一聲，滿意了，更加賣力。

窗外月華灑落，風情萬種。

趙瑾花了相當長一段時間研究官場，也就是在她之下的所有人。

帝王權術中，講究權衡之道。

若是先帝，估計就是從各家納幾個妃子，之後便看著後宮與朝堂上各種爭執、各自為營。趙瑾將皇帝當成一種職業，上個班還要犧牲個人幸福這種事，她斷然不幹。因此不管其他人怎麼勸說，她的後宮裡始終只有唐韞修一人。

事實上，唐韞修一個就夠了。後宮的人一多，聖上也會成為被算計的人，尤其是她的肚子。

身為聖上，趙瑾的一舉一動都逃不過眾人的目光，要是她哪天真的另外納了一個進來，不知會平添多少麻煩。

現在的皇夫就很好，「貌美如花」還身強力壯，這個程度的熱情對女帝來說已是相當足夠。

小皇子周歲之後，長得那叫一個白嫩可愛。

別說趙瑾這個親娘，就連周圍那些不苟言笑的大臣在御書房看見滿地爬的小皇子時，視線也忍不住一直落在他身上。

小皇子一看就很健康，他們武朝的未來看起來也格外有希望。

很快便有人提出立儲一事，只是趙瑾我行我素慣了，不聽就是不聽。

當初他們在立儲上奈何不了先帝，如今自然也奈何不了趙瑾。

趙瑾這聖上做得那叫一個油鹽不進，就連當初不看好她的幾位王爺，如今也都換了個嘴臉。趙瑾不隨便要人性命，比過去的君王要心慈臉軟得多——前提是不要惹她。

「圓圓妳要明白，很多時候，即便氣極，也要先分析接下來怎麼做才能最大程度地達到妳的目的。母皇希望妳在心中有一根線，知道對錯，不要輕易被表象所蒙蔽。」趙瑾教育自己的女兒道。

旁邊的搖籃裡躺著咿咿啞啞的趙滿滿。小傢伙正處在學說話的階段，時常從嘴裡蹦出些詞來，雖然都是無足輕重的話，但在大人眼裡卻別有趣味。

趙滿滿喜歡他的姊姊遠超過父母，畢竟趙瑾忙著應付前朝跟後宮，唐韞修則忙著在朝堂上盯著那些不入流的東西。曾經不理朝政、瀟灑快活的夫妻，終究淪為打工仔一般的存在，好在趙瑾實質上是個資本家。

在趙瑾生下皇子一年後，耳邊時常有人叨念皇室子嗣不豐的事。

她當然明白，在這個時代，兩個孩子對一個聖上來說是多麼稀少的存在，萬一哪個出了意外，或是爛泥扶不上牆，這個國家很難不內亂。只是不管別人怎麼碎唸，趙瑾始終對生孩子一事敬謝不敏。

勸她不成的人轉而將目標放在唐韞修身上。事實上，沒人希望趙瑾每一個孩子的父親都是唐韞修。

關於小皇子的生父，除了知曉內情的人，沒人認為跟他有關係，這在無形中達到了一種微妙的平衡，所以現在就有人勸唐韞修跟趙瑾再生一個。

「皇夫還年輕，聖上子嗣不豐，小皇子生父不明，即便您視他如己出，可往後呢？倘若聖上變心了……皇夫總得有個倚仗。」

唐韞修像是聽不懂對方說的話一般，他似笑非笑道：「長公主總是我的孩子吧，有她就夠了。」

「長公主終究不同，她說不定會遠嫁，也不是哪個女子都似聖上這般有能耐，能坐上這個位置還坐得穩，不容易。」

「況且當初先帝將皇位傳給聖上，也是有其他原因。」

這是暗示當初先帝沒有合適的繼承人，才將皇位傳給趙瑾，也就是說，但凡先帝那時有個能擔大任的皇子，都不會考慮趙瑾。

兩、三年的時間，還不足以消弭長久以來的偏見。他們說的那些話當然有道理，卻不能毫無顧忌地說出口，畢竟如今坐在龍椅上的人是趙瑾。

唐韞修冷笑一聲道：「聖上看重幾位大人，殊不知你們眼裡只有男女之別，聖上之重，在於江山社稷，而非在生孩子。女子能生孩子，不代表要一直生，你們算什麼東西，也敢在背後置喙？」

之後那幾個臣子家中的一些骯髒事被翻了出來，被御史彈劾，不嚴重的被貶到京城之外做官，嚴重的丟了烏紗帽。

是唐韞修幹的。在女帝的眼皮子底下，做得光明正大。

既然這般瞧不起女子，何必委屈自己侍奉如今的聖上？

趙瑾說他小氣，唐韞修笑了。「不小氣，我如何能獨占聖上一人？」也是歪理。

停戰的兩年時間，趙瑾數次頒布新法令，她重視農耕，在農作這方面成立了一個專屬部門，就像是當初的《朝報》一樣。這是專門用來研究農作物種子的地方，主要的成員是戶部官員以及一些種了幾十年田的百姓。

大概是知曉武朝聖上喜歡農作物，今年武朝旁的一個小國便呈上了武朝人民從未見過的農作物。

趙瑾看到那植物的第一眼便欣喜若狂。她前世跟著爺爺、奶奶長大，老人家喜歡開拓上地種點東西當作消遣，那個小國呈上來的東西看起來像是玉米苗。

既然都有玉米苗了，就意味著還有其他農作物。地瓜、馬鈴薯這些飽腹感強的食物，肯定也存在於這個朝代，只是還需要尋找，或是尚未被發現。

科舉依舊只有男子能參加，但是女子學院以京城為起點，逐漸向全國拓展開來，為女子邁出大門的第一步，已經奠定了基礎。

另外，趙瑾廣招民間有才識之人，不論男女，為官之途不斷拓展。但是在才能之前，品德為先。

民間學醫者遽增，玄明醫館也成了公認的學醫聖地，甚至有不少他國的醫者前來遊學。

武朝的醫學水準明顯勝過這個朝代的許多地方，近些年來武朝境內的疾病死亡率下降不少。

知道情況的人差不多將趙瑾奉為神明了，只是她並非神，而是一個將現代的醫學知識複製貼上、設法將這些內容廣為推行的冤大頭罷了。

每一項改變，都是阻礙與風險並行，而擔得起這種風險並擁有此等魄力的人，普天之下並不多。

正如眾人口口聲聲說的，趙瑾這樣的女子，天下僅此一位。

前無古人，後無來者。

第一百一十九章　一統天下

趙瑾三十歲這一年，太皇太后薨逝。

太皇太后臨終前，床榻邊上跪了不少人，有兒媳跟女兒，有孫子女也有兩個外孫，甚至連安悅公主的孩子也來了。

耳邊響著哭聲，太皇太后想起自己這一生，生了一對兒女，兩個先後坐在了皇位上。兒子在位時，百姓算是安居樂業；女兒在位時，國家繁榮昌盛，達到前所未有的高度。她是兩位帝王的母后，大家都稱讚她生了這樣一雙兒女，她這輩子是何等風光？

「瑾兒。」顧玉蓮喊了一聲。

趙瑾坐在床邊，聞言靠了過來。太皇太后的身體狀況每年都在惡化，趙瑾派人找了許多藥材，又親自診脈寫藥方，為太皇太后針灸，才讓她熬到了現在。

七十好幾的年紀，在這時代是高壽，眾人皆道太皇太后是個有福氣的人。

「母后。」

「哀家……想了許久，妳確實不像是哀家教出來的孩子，反而像是妳皇兄教出來的。」

顧玉蓮說著一頓，又道：「哀家這輩子不曾想過，有朝一日女子坐在龍椅上會是何等場面……」

她的聲音不大，也就靠近床邊的幾個人聽得見。

一位母親向女兒最後的服軟。

她快死了。這輩子沒什麼遺憾，她的女兒像她但又不像，趙瑾不像任何一個人，太皇太后甚至覺得這不是她能生出來的孩子。

女兒小的時候，太皇太后想過要為她挑什麼樣的夫婿，只是這輩子過去了，她才恍然驚覺，這個女兒成長路上的每一步，她這當母后的，幾乎沒能插手。

趙瑾看著眼前衰老的母親，回想起自己剛出生時，她仍舊風韻猶存，想必年輕時更美。這個時代的觀念如此，不是她母親的錯——也不能說是錯，只能說她們之間存在差異，且彼此不認同。

「詡兒……」顧玉蓮接著找了自己心心念念的孫子，她到底是心疼他的。

趙瑾沒再說話，生老病死終究是誰都逃不過的自然法則。她有些惆悵與難過，母女一場，她做不到無動於衷。

唐韞修似乎察覺到她的情緒，悄悄地握住了她的手。

隔天早上，太皇太后走了，那時窗外的一縷陽光正好透了進來，床榻上那位尊貴的女人就在此時沒了呼吸，與世長辭。

太皇太后薨逝，享壽七十六歲。

趙瑾守孝了一段時間，就在這一年，武朝向越朝發兵。

此刻，不管是武朝的官員，還是天下之人，都深深意識到了這位女帝的野心——她想一統天下。

歷代君王沒能力做到、敢想而不敢做、甚至連想都不敢想的事，她正在付諸實行，並且志在必得。

武朝的軍隊正在為他們的君王統一天下，這也是趙瑾打出來的口號。

歷史正在被重新譜寫，屬於武朝的輝煌在這位女帝手上正式展開。

武朝與越朝的戰爭持續了將近兩年的時間。這自然是有原因的，趙瑾的目的是統一，不是摧毀，也不是耀武揚威。

禹朝投降之後，禹都人的生活發生了翻天覆地的變化，兩國人成為一國人，加上趙瑾特地頒布「兩朝子民一律平等」的法令，讓禹都人的反抗心降低很多。

這當然是收攏人心的手段。

趙瑾明白打一棒子、給一顆甜棗的道理，武朝將禹朝收歸囊中，靠的是武力，而要讓他們所有人都心甘情願成為武朝人，要靠日常生活的點點滴滴。

歸降的禹朝人過得越好，正在經歷內憂外患的越朝人才更容易動搖，民心是一國君主非掌握不可的關鍵。

身在高位的人可以輕易用武力解決一切，但趙瑾厭惡隨之而來的爛攤子與不穩定因素。

自古以來，暴君死得最慘，趙瑾還想安穩退休。

越朝的大王年紀並不大，但長久以來沈溺於酒色、御下無方，在打仗期間更是大肆搜刮民脂民膏，朝中有不少臣子全投靠了武朝。

趙瑾暫且不在乎那些人的品行如何，能顛覆越朝內部即可。帝王不是聖人，捷徑在前，趙瑾不介意走這條路；至於收了越朝之後要不要重用這些人，看的終究是才能與品德。

帶兵攻打越朝的主帥是唐韞錦。恢復記憶以後，唐世子在朝廷上每日引經據典地和文官對罵，憑一己之力提升了武將的文化水準。他不打仗時的攻擊範圍不限文武，包括所有自找麻煩的同僚。

當趙瑾下令讓唐韞錦掛帥時，滿朝文武都沒有意見，能遠離他的嘴砲攻擊，何嘗不是一種幸福。

武朝軍隊攻破越朝首都前，越朝起義軍便先一步砍下了他們大王的頭顱，想遷都重新立國。

然而一個國家要穩定，不是幾個有點腦子的人混在一起建立勢力，再一起忽悠百姓，當政者便可高枕無憂。

眾人皆道當聖上是風光的事，大多數推翻舊朝建立新朝的人，只想著在權力巔峰之上尋歡作樂、主宰他人命運。一個毫無系統與合理秩序的國度，稱不上是能長遠發展的國家。

果不其然，用不了多久，一同建立勢力的幾個越朝起義軍首領就因權力分配不均而鬧翻。在風雨飄搖中剛剛準備綻放的花蕾，還沒迎來溫暖的陽光，便因打雷閃電而凋零。

妄想新生勢力能拯救越朝的百姓們，終於意識到自己被騙，那些首領過去大張旗鼓地說要拯救人民於水火之間，到頭來，恣意享受權勢的還是他們幾個。

妻妾成群、滿室金銀、手握權力，被奴役的依舊是百姓。因為那些人膨脹的慾望，百姓甚至被剝削得更多，過得比原本的大王在位時更辛苦。

再看看已經併入武朝領地之內的禹都，武朝聖上為了彰顯大國風範，朝廷中已有不少禹都出身的官員，禹都人更享有跟武朝人一樣的權利。兩相對比之下，還不如讓武朝統治算了。

起義軍的首領們開始自相殘殺，底下的軍師各為其主，等待時機成熟，武朝的大軍便兵臨城下。

曾經信誓旦旦說要保護百姓的越朝起義軍以及自立為王者跑得比誰都快，連尋歡作樂時底下人進獻的美人都來不及帶上，只抱著自己的孩子逃命。

武朝大軍過境，降者不殺，是一貫的原則，至於抗而不降甚至逃走的軍隊，自然沒有放過的道理。起義軍首領死的死、傷的傷，這些人就算投降，也不一定能活下來，畢竟他們代表越朝的反抗勢力，留著便是隱患。

成王敗寇，這個道理還是不變。

至此，三國鼎立的局面變成一家獨大，越朝也成了武朝的一部分。

周圍的各個小國自然見風轉舵，在武朝大軍以及那些殺傷力十足的武器到來之前，就已經修好了降書。

橫豎結局已定，面對這樣一個實力與魅力兼具的國家，他們有什麼好說的？主動投降的君王，還能得到武朝聖上的封賞。

從越朝投降到周邊各國歸順，又過去了一年左右的時間。

誰都不敢相信，這一系列事件的背後，竟是由一個女子主導。她可不是什麼傀儡皇帝，底下那些大臣，總是得追著趙瑾讓她下決策。

短短幾年，從被兩國圍剿到一統天下，這樣的功績放在任何一個君主身上，都是千古一帝，不管是生前還是死後，定受眾人膜拜。

趙瑾這般有野心又有能力，那些曾說她想一統天下是癡人說夢的臣子們紛紛閉嘴，轉而思索怎麼為他們的女帝鞏固皇朝，守護這得來不易的天下。

千秋萬代的功業，誕生在一位女帝手中。

趙瑾也沒閒著，既然天下統一，那麼市面上流傳的各種貨幣與度量衡單位也該一致。文字方面，幾個大國之間大同小異，稍稍修改即可，不過那些小國流傳的文字與方言甚多，需要花點力氣整合。

這些事情吩咐下去，自然有人知道該怎麼做，趙瑾私底下則是被一個纏人精煩著。

三十出頭的女帝並未因為這些年專注於朝政而顯得憔悴，還是公主時，趙瑾就沒在吃穿用度方面委屈過自己，哪怕這些年操心的事多了些，也不妨礙她維持自己的美貌。

雖然生過兩個孩子，但除了長點肉，趙瑾的身形並未改變。她那張臉本就如花朵般豔麗，未登基時是芍藥，彰顯著武朝的興盛，如今則像鮮豔帶刺的玫瑰花，讓人知道武朝不好惹。

「聖上越來越美了……」

女帝身上的人低頭細細碎碎地吻著，他的嗓音微啞，彼此的呼吸交融在一起。一節藕白的玉臂繞過那個人的脖子，指甲微微劃過他的背，她的膚色在朱紅色的指甲點綴下顯得越發白皙。

女帝的聲音嬌媚。「唐韞修，不要了……」

她嘗試推了推，卻無濟於事。

「聖上嫌我煩了？」

趙瑾探手理了一下他的髮，輕聲嘆了一口氣道：「我只喜歡你。」

自從越朝歸順以來，那些小國的君王生怕哪天趙瑾就會攻打他們，趕緊主動表示願意成為武朝的一分子。

送了降書便罷，誰知聽聞她後宮只有一位皇夫，就又送上了幾個滿是異域風情的美少年，得知她疑似有「磨鏡」之好，還順道搜刮了幾位漂亮姑娘過來。

其他國家的人見狀紛紛仿效，於是這位聖上專寵的皇夫便有了危機感。

「聖上，我不夠賣力的話，您去寵幸別人了怎麼辦？」

「這樣喜歡嗎，聖上？」

「聖上……」

趙瑾逐漸迷失在這樣的「豔色」當中。

即便忙於政務，但女帝的夜生活卻從沒有問題，皇夫對聖上的占有慾已經到了時常會被臣子彈劾的程度。

唐韞修很是入戲。「聖上，旁人該說我這個皇夫不及格了……」

他比十八歲的時候更熱衷於伺候趙瑾這位如今身處權力巔峰的女帝。

趙瑾沒有後宮，他們夜夜宿在一起。

那些國家送來的人，趙瑾沒將他們送回家鄉，而是採取了統一的做法：不管男女，全送去唸書。論起折磨人，這世上沒有比這個更有意思的法子。

趙瑾這麼做，那些人卻往另一個方向想，原來武朝聖上喜歡有文化水準的。之後送來的人不僅琴棋書畫樣樣精通，甚至還具備「之乎者也」的能力。

此時，第一批被趙瑾送去讀書的人都已考入朝堂為官，只是抬頭望向趙瑾的目光依舊含情脈脈，彷彿只要趙瑾一聲令下，對方就可以放棄一切入她的後宮，看得趙瑾後背一涼。

戀愛腦，早晚要挖野菜。一個唐韞修已經夠纏人，再來幾個，就是她完成千秋萬代功業路上的絆腳石。

唐韞修依舊在朝堂上活躍。剛開始，朝堂上反對他參政的聲音逐漸消失，然而聖上遲遲不廣開後宮，他們就認定聖上被這個男狐狸精蒙蔽了雙眼，又彈劾起他來。最後，那些「冒死進諫」的臣子，紛紛被趙瑾以升遷的方式調出了京城。

無所謂，她有時候也能當昏君。

朝堂上沒幾個人是完全無法取代的，只要人才搜羅得快，趙瑾永遠不用擔心手下無人可用。

那些曾在茶樓賦詩，說著國將不國的讀書人，如今都寫下了一篇篇頌揚女帝的文章。

就在趙瑾一統天下的這一年，太傅致仕。

他的年紀早就到了可以卸任的時候，然而當初先帝將重責大任託付給他，請他輔助新女帝，他便兢兢業業、不敢懈怠，為此操了許多心。

這兩年，他的身體慢慢變得不好，上朝的時間比不過病休的時間，如今武朝一統天下，太傅總算鬆了口氣。

太傅卸任那日，趙瑾留他在宮裡用膳，她與唐韞修還有一雙兒女都一同出席。

趙瑾一家四口向來一道吃飯，若是趙瑾偶爾忙不過來，便由唐韞修端著餐點到御書房找她一起吃。

這年，皇女趙圓圓十一歲，皇子趙滿滿五歲，姊弟倆的感情好得不得了。

趙圓圓很喜歡這個弟弟，趙滿滿兩歲時，她就將弟弟帶回自己的寢殿一起睡，覺得弟弟可愛，便吧唧一口親上去。

太傅看著這對漂亮又相親相愛的姊弟，實在不敢去想他們長大之後若成為競爭對手，手足相殘起來會多令人心碎；然而看著趙瑾與唐韞修對待孩子的方式，他又覺得姊弟倆應當不至於走到那種地步。

「老師往後若是空閒了，可隨時入宮與朕敘舊。」趙瑾親自為太傅挾菜。

這頓飯，就像是普通的家庭日常，五歲的皇子吃得滿嘴是油，年長他六歲的姊姊拿手帕幫他擦嘴。

誰能料到，皇室親情，也能這樣真切。

趙瑾登基以來選拔了不少人才，當國土面積不斷擴大時，朝廷對人才的需求也不斷增加。

天下統一那年，趙瑾舉行祭祖大典時，打出了「與民同樂」的口號，罕見地讓一些尋常百姓進宮觀禮。

高高在上的女帝貌美如花，舉止落落大方、怡然自得，乍一看像是高門會求娶的宗婦，只是她掌管的是一個偌大的新生國家。

百姓們以及各地趕往京城觀禮的官員看見趙瑾時，都不禁屏住了呼吸。

他們回想起女帝未登基前的各種傳聞，她與世人眼中的皇室女子大相逕庭，任誰都沒想過，先帝臨終前會將皇位傳給這個妹妹，也從來沒想過，這樣一個看起來需要旁人細心呵護的女子，在登基後的幾年內會陸續攻下他國，實現了天下統一。

「聖上……真乃神女！」

「天佑我武朝！」

漸漸的，民間一些算命先生拿趙瑾的命格說事，他們說趙瑾乃真龍之女，生在哪個國家，便意味著哪個國家必定興盛。

趙瑾也聽說了這類傳聞，興致一來，她甚至請了幾個民間的算命先生入宮，不僅算她自己，還想算唐韞修的。

當日丞相剛好也在，趙詡那孩子又來趙瑾這邊匯報自己的功課，於是趙瑾就將三個孩子跟丞相推出去讓幾個算命先生好好算一算。

結果當三個皇子與公主都在面前時，這些算命先生卻不太敢說話了，他們不確定自己說的會不會惹聖上不高興。

「聽說幾位都是民間有名的算命先生，給朕的皇夫跟兒女以及姪子看看面相如何？」趙瑾緩緩道。

幾個算命先生戰戰兢兢。面相當然能看，但他們畢竟是肉體凡胎，哪是真的能預言未來的聖人？

若他們是，早在趙瑾還身為公主，或是禹、越兩朝聯手攻打武朝時，這種言論就該出來了。如今打著為趙瑾論命的旗幟在各處搜刮錢財，還以為天高皇帝遠，趙瑾不會找他們的麻煩，誰知他們卻被請進了宮裡。

如果趙瑾是個想聽好話的聖上便罷，那麼他們隨口胡謅，她說不定還會給他們一筆賞賜，再將人送出宮去。

然而趙瑾的意圖並不明顯，別說是他們，就是丞相也看不太清楚。

「不說話是什麼意思？」趙瑾的聲音再度響了起來。「看不了，是想向朕承認，你們打著朕是真龍之女的旗幟擺算命攤不過是種手段？只是一群江湖騙子？」

這話說出來是要命的。

當場有人立刻跪了下去，道：「聖上饒命，草民學藝不精，怕是難以看破皇子殿下們與公主殿下的命格！」

第一百二十章　落實理想

一個人跪下了，就會有第二個、第三個。

趙瑾冷冷地看著跪在地上的幾個人。

只有她的小兒子是真的好奇算命這種技能是不是真的，他走過去問了其中一人。「你真的會算命嗎？能不能給本皇子算算，本皇子的素描何時才能畫得比姊姊跟表哥好？」

小皇子才五歲，剛剛開始拿畫筆，就想著一步登天了。

這麼個簡單的問題卻將算命先生嚇了一跳，忙道：「殿下饒命，草民一時鬼迷心竅，對皇室不敬，還請聖上與殿下饒命！」

生活在父母恩愛、兄姊疼愛環境中的小皇子，絲毫不明白跟前的人在怕什麼。

唐韞修嘆了一口氣，隨手將五歲的兒子撈了起來。「滿滿，你好好練習，以後總能畫好的。」

當爹的，連安慰都不算走心。

幾位算命先生在趙瑾面前說不出話來，不過三言兩語，他們便能感受到女帝身上的氣勢與給人的壓迫感。

唐韞修將兒子抱走了，丞相看著被唐韞修抱在懷裡的小皇子，眼神有些說不出的閃爍。

他沒忘記，當初聖上懷上這個孩子的時候，皇夫並不在京城。

也就是說，這孩子依舊父不明，就連孩子的爹活著與否，也是個問題。

按照唐韞修對聖上的占有慾，若能接受不是自己生的孩子，那就表示孩子的親爹不會構成威脅，或是唐韞修已經解決掉了這個威脅。

唐韞修跟趙滿滿離開之後，趙瑾重新將目光落在下方幾個人身上。

「既然打著這個招牌，朕又大張旗鼓地將你們請入皇宮，總不至於只說得出『饒命』兩個字吧？」

趙瑾慢悠悠地說著，有鑑於她的身分，即便語氣再尋常不過，聽起來也像是閻王在索命。

算命先生當中有個比較年輕的，看上去最不靠譜，然而據趙瑾所知，他的攤位生意最好——因為嘴甜，加上長得不錯。

於是她點了那個年輕的，說道：「你叫申明吧？」

被點名的年輕人滿臉惶恐道：「草民在。」

「給朕的女兒與姪子看一下相，看得準的話，朕就不再追究你們幾個。」

此話一出，申明立刻說道：「草民遵命。」

隨後他站起身來，一雙炯炯有神的眼睛落在這兩個含著金湯匙出生的少年與少女身上。

「可否請兩位殿下攤開手掌？」

兩個孩子不知道趙瑾葫蘆裡賣的是什麼藥，但還是將掌心攤開。

申明看了半晌，終於轉身對趙瑾道：「回聖上，草民斗膽，公主殿下命格貴不可言，有龍鳳之貌，福壽綿延……」

他說著一頓，又緩緩道：「皇子殿下命格上同樣尊貴，但壽命一線時隱時現，若熬過弱冠之年的大關，日後定是王侯貴卿。」

這番話，倒是誰都不得罪。

趙瑾扯了一下嘴角道：「繼續。」

申明馬上跪下去道：「聖上恕罪，草民方才斗膽觀了三位殿下的面相，草民學藝不精，只看到三位殿下皆是明君之相，但真龍之命尚未降臨。」

因為如今坐在龍椅上的人，才稱得上是真龍天子。

趙瑾將人給放了。她不是什麼當暴君的人才，這些不過是幾個打著她名號招搖撞騙的江湖人士，不至於讓他們丟了命。

這件事情過後，武朝境內的算命先生便低調了許多，畢竟沒人想找死。

趙瑾改年號「歸一」。中秋前夕，宮裡迎來了一位稀客，安悅公主趙潔。

自從先帝駕崩、趙瑾登基以來，安悅公主入宮的頻率便大幅降低，偶爾入宮，也是為了探望德太妃。

原本當姪女的來看姑姑合情合理，但安悅公主求趙瑾辦的事就不是那麼好辦了。

「安悅想與駙馬和離，望聖上成全。」

趙瑾沈默了。這事情棘手啊，「清官難斷家務事」可不是沒道理。

「安悅，朕聽聞妳與駙馬感情甚篤，成親二十餘載，育有一雙兒女，郡主差不多是及笄的年紀，妳卻要與駙馬和離，是什麼原因？」

「小姑姑。」

這一聲，將趙瑾喊得一個激靈。

安悅公主這個姪女是她皇兄剩下的唯一的女兒，某種程度上，她跟在宮裡精心養著的趙翊一樣矜貴。

「小姑姑身處高位，但您也是女子，應當懂我的處境。」

真要說起來，也沒什麼大不了，無非曾是年少情深，最後生了嫌隙。

安悅公主是真正按照皇室規範培養起來的貴女，下嫁給勛貴人家的公子，起初兩人確實恩愛，安悅公主也不像她那個妹妹一般膽大妄為，沒有養面首的意思。

成婚後好幾年，安悅公主的肚皮都沒動靜，之後好不容易才生下一個女兒。

駙馬的母親，也就是公主的婆母，背著公主給兒子塞了通房，甚至幫忙讓兒子養起了外室。

皇室公主自然不是婆母能戲耍的。當時那外室已經挺著大肚子，安悅公主發現此事之後，二話不說灌了她一碗湯藥，孩子因此沒了。

婆母為此動手打了安悅公主，之後駙馬為了安撫公主，曾經跪著向她求饒。當初先帝還在，安悅公主若是回宮告這一狀，駙馬全家上下都得完蛋。

公主與駙馬，君與臣。之後駙馬一家老實了許久，過了一段時間，安悅公主生下了兒子。

趙瑾聽著這個比自己年長十餘歲的姪女訴說婚姻生活的不易。

「小姑姑，母妃曾對我說男人要自己掌控，像拴著狗鏈子一樣偶爾讓他喘口氣便行，我這麼做了，與駙馬卻漸行漸遠……」

直到前兩年，安悅公主才曉得自己的駙馬原來早就有外室了，是駙馬的遠房表妹，還生下了一男一女，孩子記在駙馬大哥的正妻名下，名義上是嫡子女。

那個女兒的年紀竟然與安悅公主的女兒差不多大，駙馬前些日子還來讓她給自己的「姪女」挑門好親事，卻不曉得她早就知道了那些齷齪事。

「他這般疼愛與自己表妹所出的孩子，卻不知將我的孩子置於何地，過去沒兒子的時候，他甚至提議將那個男孩過繼到我名下，想讓他當世子。」

趙瑾這個人有時候是幫親不幫理的，何況她沒從這件事看出駙馬家占了什麼理。

「妳是鐵了心要和離是吧？」趙瑾問道。

「是，望小姑姑成全。」

趙瑾在心裡嘆道，便宜大哥如果還在，這會兒都該砍人了吧。

於是這一日，安悅公主的駙馬還有他們一家，全沒想到自己的好日子就這樣到頭了。先是聖上作主讓安悅公主休夫，再以他們一家不敬公主為由抄家。抄的不僅僅是駙馬的家，還包括他的兄弟們。

這事來得太過突然，駙馬一家根本沒反應過來，再想向安悅公主求救時，她已經帶著兒女搬回宮裡住了。後宮沒幾個人，挪個地方給公主跟她的孩子住不成問題。

這下駙馬他們家還有什麼不明白的，駙馬甚至求到了兒女跟前，尤其是兒子。

趙瑾瞧見兩個姪孫跑到自己面前時笑了。她只說道：「你們的母親不忍心說出口，可是朕忍心。你們父親有個外室，替他生了一兒一女，他們全家可都幫著將你們母親蒙在鼓裡呢。」

當她說完這些話之後，郡主便牽著弟弟的手站起身來，向趙瑾告退後離去。

外室生下子女，父親還讓人幫忙瞞著，不僅有辱皇室顏面，更將他們母親的臉按在地上踐踏。這樣的父親，不要也罷。

有的人快活太久，便忘了自己的榮華富貴是拜誰所賜。

趙瑾沒要他們的命，也沒將他們驅逐出去，卻吩咐《朝報》刊登前駙馬一家幹的「好事」。

原本的嫡子女，變成了見不得光的外室子女；本來養尊處優的駙馬，淪為庶人，連累全家。

皮肉之苦還是得受，趙瑾讓人給那對「苦命鴛鴦」一人各打了三十大板。百姓也需要吃瓜，這點皇室八卦由官方宣布，大家都很喜歡。

按照趙瑾曾在法治社會生活多年的經驗，前駙馬一家只是算計了一個女人的一生而已，罪不至此。不過可惜的是，她如今是封建朝代的君王。

安悅公主的遭遇，已不僅僅是她個人的不幸，在天下統一、武朝皇室為民心之所向時，那位前駙馬的所作所為，便是對皇權的挑釁。

當然，此事並非發生在趙瑾登基之後，而是在十幾年前；然而十幾年前便敢如此，更讓人認定他們不將先帝放在眼裡。

那家子最大的依靠便是安悅公主，當初她還能忍，如今她不想忍了，倒楣的就是他們。

安悅公主看著比自己小了十餘歲的小姑姑坐在龍椅上，不管她怎麼看，都覺得這個小姑姑從登基以來便是這般游刃有餘。

說實話，若當初登基的是自己那個不過幾歲的幼弟趙詡，安悅公主也會認為「本該如此」；可看著意氣風發的小姑姑，她心中也毫無牴觸。

安悅公主循規蹈矩了大半輩子，華爍公主則是超過半生都活得自由自在。

一樣是公主，有人坐上皇位，她卻眼睜睜地看著枕邊人算計自己，連她女兒的婚事都不放過。

她那位前婆母竟想將她的女兒許配給自己娘家的姪子，一個遊手好閒且未娶正妻就已經有了妾生子的蠢貨。

安悅公主知道自己沒有指點江山的魄力，但她好歹是當今聖上的親姪女，也是先帝的長女，她的娘家總會為她撐腰。

趙瑾也沒讓安悅公主失望。

安悅公主這位前駙馬自她下嫁以來便得到不少好處，一個日漸衰微且沒有新人才的家族，靠著女人穩住自己的地位，居然還敢看不起她。

趙瑾沒將他們逐出京城，便是要那一大家子看清楚得罪皇室的下場，看著自己遠離權貴的圈子，再讓他們互相埋怨。至於曾幫忙前駙馬養外室子女的大哥一家，如今又是什麼心情？

儘管趙瑾剝奪了安悅公主前駙馬一家的財物，但可沒喊打喊殺；何況這樣將一位皇室公主玩弄於鼓掌之間又無用的家族，趙瑾殺了也不會有人說什麼，她饒他們一命，人家還會稱讚她一聲「心慈」。

日子就這樣過去，這件事也告一段落。

安悅公主與她的兒女後來回到公主府生活，沒了前駙馬那一大家子，不說心情平不平靜，至少眼睛不會總是看到髒東西，日子也清靜許多。

據趙瑾所知，在安悅公主休夫後過了一段時間，有人為了巴結她，送上一個身強力壯的面首。

乖巧聽話，長得不錯，在床上為公主帶來前所未有的體驗。

趙家的人生了一張好看的臉，安悅公主也注重保養，就算她離異又帶著兩個娃，可這樣一位貌美的單身富婆，想當她面首的年輕才俊可多了。

聽聞前駙馬一家悲慘的現狀後，趙瑾很滿意，繼續低頭批閱奏摺。這世間不是只有老百姓才愛吃瓜，聖上也愛。

門外傳來動靜，皇夫端著兩盅湯走了進來，原本等著隨時侍奉聖上的李公公見狀，毫無聲息地退了出去，還領著其他人一起離開。

誰不知道皇夫的專房之寵？聖上甚至懶得給他賜宮殿，直接像從前在公主府一般，兩人吃住都在一起。

按道理來說，兩人成親十餘年，最大的孩子都十一歲了，偏偏這兩人就是不膩。

提起皇夫這個人，以前在外打仗，現在閒下來了，開始搶宮人們的活兒幹，畫眉的技術比大宮女還要好；不僅如此，就連李公公的活兒有時候也會被搶。

皇夫還真不會做人。

關於這些事，眾人口中的紫韻姑姑早已看淡，某人還是駙馬時就一度讓她瀕臨失業邊緣，現在這樣已經算收斂了。

「聖上，喝點東西嗎？」唐韞修坐到了趙瑾身邊。

他倒是不怎麼愛看那些奏摺，就是喜歡盯著趙瑾的臉不放，趙瑾先敗下了陣來。

「最近覺得很無聊嗎？要不要給你安排點事做？」

當初唐韞修凱旋回京後負責過朝廷幾樁大事，他身為男人，拋頭露面再自然不過，但朝臣確實因為這點事給趙瑾打了幾次小報告。

只不過唐韞修辦事確實俐落，最後趙瑾只給出一句話——若不想讓後宮之主出去奔波，他們這些當官的便設法提高解決問題的效率。

唐韞修憑一己之力就讓整個朝堂的官員個個卯足了勁做事，他們偏不信自己比不上一個「以色侍人」的。

「聖上，您最近忙著政務，疏忽了圓圓、滿滿，還有我。」

最後一個字的音調特別加強，顯然這才是重點。

趙瑾笑了一聲，終於將目光落在他身上。「今日不是去看你晨練了嗎，怎麼還是這麼一副哀怨的小媳婦模樣？」

大概是察覺到自己對趙瑾的吸引力有所下降，唐韞修昨夜極力邀請趙瑾今早看他在御花園晨練，光著膀子的皇夫在御花園裡舞著刀槍，汗水從背上緩緩流淌而下，一招一式都動人心魄。

皇夫的臉在武朝境內算上乘，又允文允武，這樣的男人並不算多，也怨不得趙瑾的眼光高。

這些年來想爬上她那張床的人無一不生得好看，有長得像唐韞修的，也有與他截然不同的，更別說那些滿是異域風情的青年。

說實話，倒不是唐韞修比他們所有人都強。人的感情是很奇妙的東西，當它成為一種牽絆時，兩個人就會成為彼此的唯一。

趙瑾是愛唐韞修的，儘管那些情話通常只在夜深人靜纏綿時才訴諸於口。

「聖上只是去看了晨練，可今晚依舊在批閱奏摺，想來是我的美色留不住聖上了。」唐韞修嘆了一口氣。

這位三十歲的皇夫，模樣比十八歲時更加勾人，隨著歲月累積的魅力跟慾念寫在他臉上，還有深夜的喘息聲裡。

趙瑾湊過去親了他一口，雙方的氣息交纏，案前的奏摺被她掃落在地。

龍袍被壓在黑色的桌面上，雪白的肌膚泛著緋色，空氣中瀰漫著情慾與曖昧，被端進來的那兩盅湯仍舊好端端地放在一旁，無人問津。

外面的李公公將守在門口的侍衛喊遠了點，自己也跟著退開一些。

聖上與皇夫，確實恩愛如常。

御書房從前可不是什麼尋歡作樂的地方，事情若是傳出去，還不知道聖上要被多少迂腐的臣子彈劾呢。

不過這種事，聖上應該已經習慣了。

趙瑾用身體力行證明她並未厭棄自己的皇夫，那些灑落在地的奏摺，後來還是唐韞修收拾的。他饜足地為懷裡的女子重新穿上龍袍，確保她依舊保持著威嚴的帝王形象。

接下來，趙瑾沒再批閱那些奏摺，倒不是耽於情愛，只是聖上也是需要放假的。大半夜的，還是秀色可餐的皇夫更加誘人。這男人，得勁兒。

趙瑾在位的第十年，武朝百姓與其他國家的百姓在生活習俗方面融合了不少，通婚並不少見，尤其是在過去的國境交界處。

當年趙瑾下令修建的水利工程基本竣工，「南水北調」的概念頭一次頻繁地出現在百姓口中。這項工程耗費了巨大的民力與財力，由於一路上都在摸索，修建過程中不免折損一些人，付出了一點代價。

就跟之前炸開大山、修築前往邊疆的路一樣，在水利工程的修建過程中，趙瑾不知多少次收到請求停止工程的奏摺，早朝在那段時間又成了鬧市。

第一百二十一章 革新求變

趙瑾就像是歷史上記載的那些昏庸無道的君王一樣，執意要修建這些大工程。武朝就此出現了許多新玩意兒，像是肥皂、玻璃之類的，甚至連水泥都有了。

趙瑾當然無法憑一己之力將這些東西都做出來，她需要人才，需要那些能將她所說所想的變成實物的人才。

天下統一後才是趙瑾這個聖上的戰場，她與那些臣子各持己見。她知道自己不一定是對的，但一國之君的身分幾乎能讓她為所欲為。

臣子們說趙瑾的想法過於天馬行空，然而正因為她見識過，所以才能堅定地表示自己的計劃可行。就算眼下不切實際，那些東西也終將於未來出現。

若她活著時不能達成目的，那麼她死後，也一定會有人將那些看上去離譜至極的設想變為現實。

在這些年的勞民傷財下，武朝擁有了一條貫穿南北的大運河，武江夏季洪澇的問題基本上得到了解決。

水運迅速發展起來，接著帶動的便是造船業。造船業順利地發展下去，就意味著出海不再是夢想，能探索這個世界上更為遙遠的區域。

趙瑾派人組建了船隊，希望船隊能推廣武朝的物品，也將她想要的東西帶回來。那條在各種阻礙之下修建起來、通往邊疆的路，也成為日後主要的官道與商道，投入大工程裡的錢，在未來十年內有望補回國庫。

趙瑾這位聖上，憑藉著天下統一跟這些大型工程，便足以流芳百世。翰林院的人不斷地努力編寫這位女帝的傳記，此時，趙瑾已三十七歲了。

前太傅致仕以後，太傅這位置空懸了一段時間，最後趙瑾點名莊錦曄接下這個職務。當初站對隊伍的高祺越，後來升到謝統領的位置，也算是御前紅人一個。

臘月飛雪，又是一年冬。女帝跟年紀相仿的太傅於雪地上步行，先是說起長公主最近的表現，後面又換了話題。

「聽聞太傅的兒子前幾日出生了，朕還沒來得及賀喜。」

那文質彬彬的男人始終走在她身後半步。「臣謝過聖上，犬子於小年夜出生，讓他母親受了不少苦。」

莊錦曄娶妻時已經三十歲了，在那之前他是京城中少有的大齡黃金單身漢。

當年幾個公主與王爺都盯上了他這個御前紅人，想為家中小輩作媒，若不是趙瑾尊重這位人才的想法，早就賜婚了。

莊錦曄娶的是一位德藝雙馨的夫人，比他小了十歲左右，出身不算很好，但勝在有一顆七竅玲瓏心。

他確實娶妻娶得晚，就連孩子也是三十多歲了才抱上。

在這一點上，趙瑾多少有點愧疚，她實在給人家派了太多的活兒。

「太傅夫人著實辛苦了，朕庫房裡有些藥材，正適合她服用，等一下便讓人送過去。」

莊錦曄拱手跪下道：「臣謝聖上賞賜。」

趙瑾扶起他道：「愛卿乃國之棟梁，務必好好保重身體。」

莊錦曄走後，一道身影忽然落於雪地之上。

「聖上心疼莊大人三十幾歲才抱上孩子，怎麼不心疼卑職三十幾歲還未娶妻？」

是的，高祺越，京城另一著名黃金單身漢。他妹妹改嫁後孩子都長大了，他這個舅舅還沒娶妻。

趙瑾冷聲道：「高大人不娶妻是看不上京城各家貴女，朕有什麼辦法？」

「那臣看得上誰，聖上知曉嗎？」他又問。

寒風吹來，趙瑾並未裝作聽不清他的話，只道：「高統領喜歡誰，朕不在意，若是不該喜歡的，便早點斷了念想吧，你還有大好的前途。」

說著，趙瑾往前走了，不再理身後的人。

高祺越看著那道紅色的身影，忽然扯了一下嘴角。

所謂的命運，有時不過是一念之差。

當初兩人在上書房一起學習的場景此時越發清晰起來。

高祺越年少時，不管爭奪什麼東西都習慣留三分力，然而有的人卻喜歡凡事竭盡全力。他本來就沒付出足夠的努力，也不該惋惜這麼久，只是多少有些不甘心罷了。這麼多年過去，沒想到他連放下身段的機會都沒有，而她這樣的人，竟專情至此。

朝中那些年輕官員不知有幾個妄想能得到她的青睞，不過此時高祺越反而釋懷了些。

既然不是他，那也不會是別人。

太和殿內，趙瑾一進去便被人壓在門上。

「聖上，方才是不是又有人向您薦枕席了？」

趙瑾笑著推開面前的男人道：「說過多少次了，皇夫這般貌美，該有些自信。」

「聖上這般好，誰不想得您青睞？」男人埋在她脖頸間道：「當年幸好我夠不要臉。不然現在不知便宜了哪個人。」

趙瑾輕笑了一聲，轉頭便被人吻了上去。

一度住進太和殿的長公主與皇子一致覺得母皇與父君過於虐狗，之後便隨便找個宮殿搬了出去。

這一年，海晏河清，武朝的雪，是瑞雪。

趙瑾的威名傳遍大江南北，他們的女帝成為安穩與繁榮的象徵。武朝的大好江山就在那畫卷之上，等著縱情描繪。

歸一第八年，天下太平，武朝境內各族人安居樂業，族與族之間的分歧變小，變得更加融洽。

這年，女帝已四十歲。

趙瑾勉強算得上是個敬業的聖上，但這麼些年來，被臣子批評的次數還是太多了。事情的起因是，趙瑾將上書房寅時晨讀的規矩給廢了。寅時，雞還沒起呢，哪個小身板禁得起這樣的摧殘？

趙瑾將晨讀的時間定於卯時，等到晨讀結束後，老師才能開始授課。再來就是上書房的節日跟假日，原本只有幾個特定日子能休息，她卻定下每個月可額外多兩日休假。

這番改變，讓她在朝堂上跟臣子們吵了好一段時間的架。最後她硬是把幾個當初跟她一起去上書房的臣子身體狀況列了出來，表明過於早睡早起會危害孩子的身體健康，這件事才真正如了她的願。

針對修改上書房的晨讀時間這件事，也不是沒人支持趙瑾。朝堂上的皇室子弟跟當過伴讀的人不少，大家曾都受到上書房荼毒，此時還沒有「自己淋過雨也要將別人的傘撕爛」這種概念，心想早起的苦不必延續到自己孩子身上，便投了贊成票。

何況像趙瑾這種手中有權勢、腦子又有料的聖上，朝中並不乏她的腦殘粉。她也早就具備了一呼百應的能力，只要她堅持這個規矩，早晚能改。

孩子上學的問題解決了，之後便是上朝的時間。

一般情況下，上朝的時間差不多也是在卯時，但趙瑾覺得自己受不了這個苦，將上朝時間往後推遲了半個時辰。這位威名在外的女帝為了健康地上班，實在付出了太多。

皇室這邊都帶頭調整作息了，久而久之，民間也跟著模仿起來。

時間就這麼過去。聖上每年都會找時間微服尋訪民間，只是到底不夠自由，趙瑾每每回宮都會唉聲嘆氣許久，似乎非常捨不得外面的新鮮空氣。

朝臣無語，心想得設法讓聖上將心收回來。

然而，他們眼裡那位多年來決策沒出過什麼大錯的女帝，已經想退休了。

長公主趙聆筠十八歲，先帝留下來的獨子趙詡十七歲，這兩人已經到了可以出宮建府的年紀。

宮外的公主府跟王爺府幾乎是同時開工的，只不過長公主很是懷念兒時的生活，請求母皇將他們從前居住的公主府賜給自己。於是這兩年，王爺府做的是新建工程，而公主府則是在不斷修繕。

兩人已入朝為趙瑾分憂，可讓她憂慮的卻是趙詡的身體。

十七歲，距離當初太醫預言的二十歲不遠了，這些年來趙瑾跟太后一直想辦法給他吊著這條命。即便如此，趙瑾最疼愛的這個姪子，依舊越來越虛弱。

太后近日正在張羅兒子的婚事。

許久之前她確實動過念頭，若登基的是自己的兒子，她或許能讓趙瑾的女兒為后，表姊與表弟聯姻並不算稀罕，太后也實在喜歡趙聆筠。

只是那個念頭不過存在於一瞬間，如今更是沒有成真的可能。

前朝其實有人拉攏她這個兒子，那些人的位置不如丞相與太傅等人顯赫，他們私下向趙詡表忠心，不斷朝他灌輸一種觀念——他才是應該坐在皇位上的那個人。

太后明知這一切，卻不曉得該說些什麼，因為皇位確實原本就該由她的兒子坐。

然而當今聖上是先帝親口立的，她也是名正言順；更何況，憑趙瑾的功績，誰能說出一句她配不上？

太后早就不在乎坐在龍椅上的人到底是誰，不管那些人慫恿自己兒子的目的是什麼，她最關心的還是他的身體與子嗣。

最近趙詡與太后鬧了矛盾，問題的根源就是太后為他張羅親事。他一個被判定活不過二十歲的人，身體已是這般孱弱不堪，何必再去禍害人家姑娘？

太后在這方面是自私的，她想讓兒子留個後，也希望自己百年後能有人為她兒子守牌位。

母子倆為了這種事鬧彆扭，倒也沒什麼大不了，只是太后過於心急了。

趙詡去他的聖上姑姑那兒尋了個清淨，就是姑父多少有點嫌他礙事。

得知情況以後，趙瑾拍了拍個子比自己高上不少的姪子，輕聲說道：「姑姑在找名醫了，若不想太早成婚，便和你母后好好說，別怕。」

趙詡生得玉樹臨風，是京城貴女都喜歡的那種類型，然而這麼些年下來，趙詡數次病重，他身體不好已是公開的秘密，要說親也不容易。

「姑姑的好意姪兒心領。」趙詡苦笑一聲。「可是這世間，還有比姑姑更好的大夫嗎？」

趙瑾身為聖上，就算知道她醫術高明，可誰敢使喚她？

只有這個患有心疾的姪子才有這種待遇，就連她一雙兒女生病了也是讓太醫院的人看診。

趙詡長得像先帝，而趙瑾的兒子看上去也與先帝有幾分相似，外甥肖舅，趙祈禎跟他的表哥更像是親兄弟，這也導致至今沒人認為他與皇夫有半點關係。

「詡兒，心疾很難治，但只要好好養著，不會要命的，這點你相信姑姑。」趙瑾說道。

趙詡在太和殿住了幾日，期間一度受到了表弟的熱情邀約，他請表哥到自己的宮殿小住。

然而這裡唯一能護住趙詡不受自己母后嘮叨的，只有趙瑾一個，他勢必要在姑姑這裡多待些時間。

這些年來，皇宮倒像是尋常人家一般，長幼有序，既有溫情，賞罰也分明。

趙瑾在幾個孩子很小的時候就樹立了一個很重要的觀念：良性競爭。

皇位在很多人眼裡確實是個香餑餑，但趙瑾不希望所謂的「成王敗寇」四個字最後落在孩子們身上。

她不敢保證自己一定能一視同仁，可起碼她不允許他們當中的哪一個成為爭奪皇位的犧牲者。

奪嫡的鮮血，絕不能濺在她的兒女與辛辛苦苦費了大把精力才養大的姪子身上。

長公主在十八歲這年被她的母皇扔進朝堂，由看著她長大的老師與丞相等人安排了個明白。

她的弟弟還小，聖上又只生了這兩個孩子，能有一個、是一個，先磨練一番再說。

十九歲那年，長公主藉口替她母皇南巡，將扎根江南一帶多年的貪官連根拔起，京城內給予那些貪官的保護傘也遭到了掃蕩。

母皇說她年輕，看起來好糊弄，能降低那些人的警戒心，這話的確是真的。

然而返京途中長公主遭遇了好幾波暗殺，最後是她父君派來的暗衛出手，她才平安回宮。

母皇讓她總結這次的教訓，於是長公主連夜寫下三千字的報告。

女帝看完後，沈默良久才道：「這孩子不像我，像我哥……」

活活累死的命。

同一年，長公主搬出宮，住進了自己的公主府。小她幾個月卻依舊生活在家長庇護下的表弟，不禁流下了羨慕的眼淚。

之後長公主負責的事務越來越多，朝中漸漸有了偏向她的人。

又過了兩年，小皇子十五歲。

大概是趙祈禎活得太無憂無慮了，他親愛的姊姊親自上奏，請母皇批准弟弟上朝——第一個貫徹撕傘行動的姊姊出現了。

也就是這一年，本該在朝堂上為聖上分憂的趙詡躺在了病床上，他不僅沒搬到自己的王爺府，甚至快死了。

十五歲的小皇子瞞著所有人偷偷出宮，去尋找他母皇一直想找的、一位名為「白青」的大夫。

聽聞那是個雲遊四海的民間大夫，名氣沒有他母皇資助設下的玄明醫館名氣大，不過對方在治療心疾方面頗有建樹，他母皇便派人尋找。只是那白青是個江湖人士，多年來不見蹤影。

皇宮內，趙瑾想盡辦法吊住姪子的命，太后哭了好幾日，自己也病倒了。

唐韞修派人去追那個不讓人省心的小兒子，要不是他實在放心不下趙瑾這邊，肯定自己追過去揍那小子一頓，他簡直是皮癢！

小皇子在外餐風露宿，穿著尋常的衣物、頂著漂亮的臉蛋，竟然真的跟一群江湖人士混成了哥兒們。

找到小皇子的暗衛看著自家小主子眼裡透出一股清澈的愚蠢，不覺沈默。

小皇子在那些江湖老大哥面前塑造出兄長身患重病且家境貧寒的形象，表明他出來就是為兄長尋找神醫的。

他的形象塑造之成功，從老大哥聽完他的遭遇後手抹淚花就能看出來。這個小皇子，比他母皇還會忽悠人。

站在聖上跟皇夫想給孩子吃點苦頭的出發點上，暗衛沒強硬地將人帶回去。

小皇子不但懂得忽悠人，運氣也好得出奇。他結識的江湖老大哥碰巧有消息管道，得知了白青的所在之處。

於是一個月後，小皇子拉著一個白衣飄飄的年輕女子回到皇宮。「母皇、父君、表哥，我將白青神醫帶回來了！」

虛弱至極的趙謭就這樣被救回了一條命。由於白青得貼身照顧趙謭，且對京城的玄明醫館深感興趣，她便選擇留了下來。

身體養好了些以後，趙謭時常與自己的大夫待在一起。白青這江湖俠女對他講述起了自己在外雲遊的經歷，而趙謭這養在深宮的皇子，便揀些話本上的故事跟她分享。

就這樣，兩人居然日久生情，白青也成了安王趙詡的王妃。

安王成親當日給他表弟送上了一份大禮，據趙祈禎本人所說，這是表哥給他的媒人禮，後來表嫂也給了他一份。

趙瑾四十五歲的這一年，不顧朝臣們阻攔，將皇位傳給了長公主，自己當了太上皇。

此時趙祈禎已封王，為祈王。

部分臣子想擁戴他時，趙祈禎不解地問道：「皇姊的能力比本王出眾，若說聰明才智，她與表哥不相上下。相信你們過去也曾攛掇過表哥吧，見表哥體弱，便轉過頭來挑撥本王與皇姊的關係，這是何意？」

其實趙祈禎不是沒爭過，自從他有印象以來，皇位就是一個香餑餑，尤其是他母皇登基以來，幾乎沒人敢說她半句不是。

即便母皇推行的一些措施對臣子們而言難以接受，可一旦習慣了，也沒什麼過不去的。

像趙瑾這樣的君王，一個國家就算從上到下每日燒香禮佛，都不一定能盼到。

第一百二十二章　溘然長逝

趙祈禎崇敬自己的母皇。

他出生時便是皇子，哪怕在這種情況下，他依舊享受了濃濃的親情。

在任何人看來，他的母皇都是個極其了不起的人，趙祈禎自然也希望自己能成為她。然而自從趙祈禎懂事開始，母皇便讓他知曉何為「有能力者居之」，就算他有過想法，可是跟自家姊姊一比，也曉得那個位置不該由他坐。

趙瑾對孩子只有一個要求：不可以為了權勢而不擇手段。她只有一雙兒女，不想當了這麼多年聖上之後還成為冤大頭。

面對趙祈禎的反問，那些臣子沈默片刻，最後領頭者說道：「殿下，太上皇在位多年，民間皆傳女子不比男子差，可天底下哪能再有太上皇這樣的人？長此以往，女子便要爭奪男子手中的權勢，對你我的地位豈不是有損？」

「荒謬！」年輕的趙祈禎眸色沈沈地看著他們道：「這與男女有何關係？你們有人自詡是孝子，難道見不得自己的母親擁有權勢？有人自詡為慈父，難道不樂見自己的女兒手握實權？何況，是誰說權勢必須屬於男子的？」

「殿下，這自然是老祖宗說的……」

「是男的祖宗還是女的？」趙祈禎冷笑道：「自己沒本事還怪女人。」

雖然沒當成聖上，但祈王成了一個能在京城橫著走的人，他這輩子都可以啃姊。

新登基的女帝開了選秀大典，她要挑選自己的皇夫。

唐韞修與趙瑾一世一雙人，但是對兒女卻沒這個要求。嫁娶一事，全憑他們自己心意。

趙聆筠登基之前，眾人皆道她不可能延續她母皇的輝煌，江山說不定還會因此動盪。只不過在她在位期間，武朝諸事皆順。

這位後來登基的女帝一生中有過三個男人，共生育了三個孩子。

有一位年少相識的皇夫，兩人一同走過五、六年風風雨雨，然而皇夫不幸死於一場破傷風。

幾年過去，一位仰慕她已久的武將入了女帝的簾帳，她給了他妃位。

後來女帝又從世家中選了一位溫潤如玉的公子，比她年輕很多，但很有活力，也將後宮諸事處理得井井有條。

那位早早退位的太上皇，在與自己的皇夫遊歷了大江南北之後，返回京城頤養天年。

趙瑾死在六十歲那年，那時她已經兒孫滿堂，就連趙詡生的孩子都守在她的病榻前。

當時趙詡三十七歲，從幼時被太醫斷言活不到二十歲，到撐到了這個年紀，已經是個有福氣的人。他一生中只有一位王妃，替他生了一兒一女，他的孩兒皆在趙瑾床前盡孝，只是趙詡的身體也不好了，同樣躺在病榻上。

趙瑾回首自己這一生，不知是虛幻還是真實，唐韞修握著她的手，坐在床邊不說話。

她其實還有些事想跟他說，但話一到嘴邊，觸及那道目光時，忽然就頓住了。

做了幾十年的夫妻，不過一個眼神，他們就能讀懂彼此。

歸一第十三年，趙瑾退位；正興第十五年，趙瑾辭世。

她這一生，轟轟烈烈。

太上皇一朝離去，武朝境內，五洲同悲、萬民相送，親近之人肝腸寸斷。

同一日，身體還算健朗的唐韞修自盡於趙瑾身側。

他這一生啊，何其有幸，得卿之愛。願奈何橋上等一等他，來生再遇。

武朝歷史上第一位女帝登基時，最受器重的皇親國戚，莫過於嘉成侯跟靖允世子，這兩個人都是聖上的晚輩。

彼時宸王府的靖允世子趙景舟二十七歲，剛成親不到一年，娶的還是越朝的和親公主。

在越朝隨禹朝攻打武朝那段時間當中，阿緹公主這位來自敵國的世子妃遭受了冷遇，這是不可避免的事，宸王府還擔心因為她的緣故而遭受聖上厭棄。

然而出乎意料的是，聖上對和親公主顯然不錯，同樣來和親的禹朝念公主就獲得了她的幫助。賜給敵國公主宅子這種事，也就趙瑾做得出來。

在這個時候，大多數的人根本沒意識到這位初登基的女帝，究竟在打什麼算盤。

宸王府上，宸王妃正在張羅為兒子納妾的事，不說貴妾，那些身世一般的女子，總是能納。

成親大半年，她的兒子根本就沒宿在阿緹公主的院落一次，也就是說，他們至今依舊沒圓房。

沒圓房，那就是沒有夫妻之實，既然如此，那麼日後休妻也不至於有太多瓜葛。

當幾個年輕貌美的女子被送進了靖允世子的院落時，阿緹公主身邊的侍女先按捺不住了。

「殿下，他們實在是太欺負人了，憑您的身分，越朝什麼樣的男子都隨您挑，您跟世子當初也是相識相知，他怎能任由他母親這般欺負您?!」

阿緹公主如今的穿著已是武朝女子的裝扮，在這方面，趙景舟從來沒對她指手畫腳過，一切隨她的心意。

然而嫁人之後，阿緹公主身邊並非只有她的夫君，還有婆母與見風轉舵的下人。

整體來說，阿緹公主的日子並不好過，她剛開始不習慣武朝的飲食，但是府廚聽了她的要求之後，便吹鬍子瞪眼道：「愛吃不吃，不吃就滾回越朝去！」

這話當然不是直接對著阿緹公主跟她的侍女說的，可是既然都在背後說了，那麼態度顯然不會太尊敬。

靖允世子在聖上登基後變得忙碌起來，他確實深受趙瑾器重。雖然他對阿緹公主並不差，只是公主身在他鄉，眼下兩國又是這種關係，讓她的處境很是尷尬。

兩、三個小妾就這樣被送了過來，宸王妃擺明了不容任何人拒絕。

阿緹公主看著那些女人，沈默片刻後，收下了。她算是這個院子的女主人，自然要負責安排她們的去處。

當晚，忙碌了一整天的靖允世子回來以後，便將整個府邸鬧翻了。

「這幾個人哪裡來的就給本世子送回哪裡去！」趙景舟對著滿院不敢吭聲的下人發火，連剛剛被送進來、妄想著飛上枝頭變鳳凰的幾個女子都嚇得瑟瑟發抖。

靖允世子在聖上身邊待了一段時間，身上的氣勢與從前大不相同，先不說開不開口罵人，光是眉頭一皺都能唬得人不敢靠近。

大晚上的，這些動靜終究將宸王和宸王妃鬧醒了。

靖允世子根本不想留一些亂七八糟的人在他的院子裡過夜，任憑那幾個女子哭得我見猶憐，世子也不理會，最後將人送回了他母親的院子。

宸王與宸王妃披著衣服出來看見這一幕，宸王妃的心梗了一下，隨後緩緩問道：「舟兒，你這是在做什麼？」

趙景舟說道：「母親，兒子將人給您送回來了，如果您實在閒得發慌，大可以往父親的後院塞人，而不是塞到兒子這邊來。」

宸王趙恆什麼事都不知道，忽然聽他兒子說了這麼幾句話，一下子就火了，怒道：「臭小子，怎麼和你母親說話的?!」

過去向來聽話的靖允世子這會兒倒是沒有低頭的意思。他長大了，已經有能力和他的父母叫板。

趙景舟的語氣是恭敬的，可做起事來的態度卻不是如此。

宸王妃見趙景舟身後並未跟著阿緹公主，突然開口道：「是不是那個小丫頭片子讓你來的？她一個敵國公主，能嫁入王府當世子妃已經是至高無上的榮耀，她怎麼敢不讓你納妾?!」

「是兒子自己來找您的，與他人何干？」趙景舟道：「聖上善待所有來武朝和親的公主，即便目前兩國關係不佳，可未來的一切誰都說不準，望母親切勿再為難阿緹。」

「舟兒，你們都成親大半年了，你既然喜歡她，那為何她的肚子半點消息都沒傳出來？聽聞你們新婚至今仍未……」

剩下的話不用說出口，大家都明白，就是仍未圓房。

阿緹公主去年來武朝時還是十五歲的小姑娘，如今不過二八年華。

雖然這個年紀不少姑娘都當母親了，但是趙景舟被自己同齡的小姑姑「教育」過的後遺症有點嚴重。

如果不是和親一事勢在必行，趙瑾又強硬地將阿緹公主塞給他，趙景舟並不會主動娶年紀這麼小的妻子。

娶都娶了，欺負他的世子妃做什麼？小姑娘身在異國他鄉，既未惹事，平時也不出門，乖巧得很。

此時的趙景舟還不明白，正如同「心疼男人是女人倒楣的開始」，心疼女人，也是一個男人淪陷的開端。

在這個婚姻幾乎全憑父母之命、媒妁之言的年代，不知多少對夫婦是在新婚之夜才初次見面，而阿緹公主與趙景舟的結合，卻稱得上是郎情妾意。

「你幾個弟弟的孩子都滿地跑了，而你身為王府世子，竟是快三十歲了還無後，母親著急不行嗎？」

儘管宸王妃生下的孩子不多，可她認定他們的家世擺在這裡，孩子又都長得算好看，親事方面怎麼挑出花來都無所謂，豈知她的長子卻讓她憂慮極了。

世子之位，向來是屬於嫡長子的，但若是嫡長子無後，又是另外一回事了，她怎麼能不急？

聞言，趙景舟說道：「是兒子讓母親擔心了，既然如此，那明日兒子便跟世子妃搬出王府，不在府上礙您的眼。」

這一晚，宸王與宸王妃注定無法安心入睡。

隔天一大早，靖允世子就進宮了。當日，聖上便賜給宸王府的靖允世子一座府邸。

已經成家的兒子搬離王府不是什麼稀奇的事，然而趙景舟是嫡長子，情況跟其他庶子或嫡次子可不同。

根據武朝的承襲制度，趙景舟以後能繼承宸王的爵位，今天鬧了這一齣，等於把家醜搬上檯面，挑戰了宸王身為封建大家長的威嚴。

宸王先是打了兒子一頓，之後便急忙進宮了。他除了找趙瑾，甚至還妄想找太后或太皇太后來管管這個膽大妄為的新帝。

然而在趙瑾登基之後，能管住她的人基本上沒有；換作是從前，她也就偶爾聽聽先帝的話。

如今先帝與皇夫都不在，太后只守著自己體弱多病的兒子，太皇太后之前還與新帝鬧了矛盾，誰制得住她?!

宸王無功而返。他的兒子眼下比他更得聖心，只要趙瑾能坐穩這個皇位，那麼以趙景舟的能耐，宸王府往後未必沒有前途。

如此這般，靖允世子終究帶著自己的世子妃與院裡一部分人搬了出去，氣得宸王妃病了幾日。

自從搬去新府邸之後，阿緹公主的日子便清靜了許多。

跟著她一起搬過來的侍女感嘆道：「殿下，世子倒是對您挺好的，他肯定喜歡您！」

阿緹公主的神情卻少了許多過去的張揚與肆意。她當然明白自己的處境，兩國交戰，若是她的母國占優勢，武朝的人會憎恨她；若處於劣勢，也不會有人將她的性命放在眼裡。

橫豎她只是一個被母國送來當犧牲品的公主，她的父王再疼愛她，也是看在她有利用價值的分上。

「他若是喜歡我，為何成婚至今從未宿在我房中？」阿緹公主輕聲問了這麼一句。

她不是傻子。見識過唐韞錦的風姿後，她便仰慕他。千里迢迢前來和親時，指名道姓要嫁給他，不過是明白她根本無法改變和親的命運，既然改變不了，那她就得挑一個夠好的。

只是唐韞錦已經娶妻生子，當時還沒登基的女帝派了這位世子來「誘惑」她，阿緹公主其實是知曉的。

那短短的幾日，哪裡夠愛上一個人或是移情別戀？她是用那幾日的時間來確認，趙景舟究竟是不是能託付的人。

不需要愛，起碼善待。

阿緹公主賭對了，她的夫君甚至為了她搬出王府，自立門戶；只不過這也讓她被冠上「狐狸精」的稱號，雖然世子的初衷，不一定是為了她。

不過夫妻一場，有些體面還是要給的，這一點，阿緹公主算是滿意。

還有，新婚之夜至今一直躲著她，但又好像面面俱到……這也是一種體貼吧。

侍女回答不了阿緹公主的問題，而阿緹公主很快便讓她出去了。

新搬進去的世子府人不多，也不算很大，以至於晚上時相對安靜了些。

趙景舟進來的時候，阿緹公主正準備休息，她已經卸下髮上的簪子在梳頭，轉頭一瞧見他，不禁愣了一下。

「世子。」

室內光線昏黃，穿著單薄的世子妃臉上素淨，儘管如此，她身為越朝人，五官跟臉上的線條都格外細膩精緻，那股異域風情在她身上展現得淋漓盡致。

才十六歲，一張臉仍舊稚嫩。

「新府邸可還住得習慣？」趙景舟走近阿緹公主，拿走了她手上的木梳，看著鏡子裡的她緩緩問道。

阿緹公主從鏡子裡望著為自己梳頭的男人。說實話，她身邊不缺伺候的人，只是如今替她梳頭的人是她的夫君。

自從新婚之夜之後，他就沒在夜裡踏入過自己的房門，一直都睡在書房。

「世子體恤，妾身住得很好。」

阿緹公主說的這些話並沒有問題，卻像是有所保留。

雖然貴為公主，可她若是在這裡受了什麼委屈，也不會有所謂的娘家人來為她討公道，老老實實地待著，是最好的做法。

趙景舟蹙眉。

他將阿緹公主的頭髮梳順，放下木梳，輕聲道：「早些歇息吧，以後早上也不用去給母親請安，睡遲些無妨。」

趙景舟想表達一個意思：這個世子府只有一個女主人。

阿緹公主的年紀到底還是太小，她有點參不透趙景舟的話，於是在趙景舟轉身那一刻伸手抓住了他的袍子。

在趙景舟詫異的目光下，雙頰緋紅的世子妃小聲問道：「世子今晚不留下嗎？」

趙景舟沒接觸過什麼女人，但他是個男人，還是一個快三十歲的男人，怎麼可能不明白阿緹公主這句話的意思？

半晌後，趙景舟喉頭微動，低聲道：「阿緹，再等等。」

阿緹公主不明白這句「再等等」究竟意味著什麼。那晚之後，世子依舊很忙，甚至可以說比之前更忙了，但是幾乎每日都會來看她。

有時是一起用膳，有時是來送點簪子跟糕點，甚至是聖上賞賜的那些稀罕玩意兒。他有時間便親自送過來，沒時間便派身邊的人呈上。

沒多久，戰爭迎來變局，武朝大獲全勝，她的國家與禹朝輸了。

兩國求和，聖上只放過了越朝，但是阿緹公主總覺得事情還沒完。

越朝的人私底下找到她，希望她去接近聖上，再下毒手。只是阿緹公主始終覺得武朝這位女帝是個好君王，她回憶了一下自己來武朝之前，越朝那些百姓過的日子，再看看武朝的現狀，果斷地將這件事告訴了趙景舟。

趙景舟聽完之後，笑著摸摸她的腦袋說：「別擔心，聖上不會因為越朝而對妳有不好的印象。」

差不多兩年過去了，還有兩個月，阿緹公主才滿十八歲。這個時候，靖允世子已經快三十歲了。

宸王妃上門的次數明顯多了些。雖然搬離了宸王府，但是做母親的想去兒子的府邸看看或者小住，誰都不會有意見。

這天，宸王妃再次上門時，趙景舟不在，她要找的是阿緹公主。

關上門之後，經過再三詢問，宸王妃問出了兩人尚未圓房的事實。

第一百二十三章　恍若隔世

病急亂投醫的宸王妃拿出了一包藥粉，撂下了今年一定要抱上孫子或孫女的狠話。

「本宮不管你們感情如何，既然嫁來武朝，要是抓不住男人的心，妳日後在這後院會是什麼地位，還需要旁人告訴妳嗎？」

宸王妃說的話不好聽，卻是話糙理不糙。

阿緹公主在武朝最大的依靠便是靖允世子，可兩、三年下來，她還是處子之身，世子也尚未有孩子，時間一久，難免會有各種聲音傳出來。

趙景舟那些弟弟的孩子，再過幾年說不定都能談婚論嫁了，就他，孩子都還沒個影。

宸王妃怎麼可能不急？連宸王都急了。

然而聖上厚待和親公主，宸王府這邊實在沒什麼好說的，橫豎靖允世子已經是聖上身邊的紅人，他本人才是別人需要攀附的權貴。

當晚，靖允世子回到自家府邸，院子內格外安靜。平時還能看見幾個下人在忙碌，結果今晚卻都不知去了何處，唯獨主院的燈亮著。

他走了進去，在門口喚了聲。「阿緹。」

半晌沒等來回音，倒是聽見裡面有些小動靜。等了一會兒，趙景舟忽然有種不太好的預感，於是推門而入。

入眼，是阿緹公主在床榻上翻滾。

趙景舟以為她出了什麼事，於是大步走了過去，語氣難掩焦急。「阿緹？」

下一刻，他看著小姑娘從床上起了身，直接撲進他懷裡，臉色酡紅，語調帶著哭腔道：「趙景舟，我難受。」

見她不斷地往他懷裡鑽，溫熱的氣息噴灑在自己的脖子上，趙景舟的嗓音不禁發啞。「阿緹，妳怎麼了？」

趙景舟看她的臉色，覺得她像是吃了什麼不該吃的東西，於是耐心地問道：「妳吃了什麼？」

小姑娘窩在他的懷裡，自己扯開身上的衣服，露出了雪白的肌膚跟水藍色的肚兜，一雙小手還不老實地在他身上亂摸。

她委委屈屈地說道：「母親今日來了，讓我給你吃藥，說一定要圓房……」

趙景舟的臉黑了，問道：「藥呢？」

「我吃了。」小姑娘抓著他的手，一雙漂亮的眼睛裡滿是迷茫。「你喜歡我，便給我解了藥性，不喜歡的話就任由我這般好了。」

趙景舟臉色更黑了。

懷裡的小姑娘熱得像暖爐。他想出門喊大夫，卻被小姑娘一把抓住，他一個閃神，小姑娘就吻上了他的唇。

靖允世子愣住了。

「趙景舟，你喜不喜歡我？」阿緹公主的哭腔中有一股她自己察覺不到的情慾。

半晌後，阿緹公主聽見有人在她耳邊咬牙切齒道：「老子不喜歡妳還花心思養妳幾年？平時看見什麼新鮮玩意兒都往府裡給妳捎，妳說我不喜歡妳？」

他側過頭看向她，卻見那雙眸子迷離得很，彷彿聽不懂他在說什麼。

趙景舟牙一咬，將人扔回床上。

迷迷糊糊中，阿緹公主在自己的哭聲裡，隱約聽見身上的人低聲道：「阿緹，再等等，還有兩個月，乖……」

一夜過去，等阿緹公主再醒來時，身邊還有另一道氣息。

她輕輕掀了一下眼簾，看到一張熟悉的臉，腦子裡忽然浮現昨晚的情景。

沒有到圓房的最後一步。可一想起趙景舟的手指與唇舌的溫度，還有壓抑著情緒的那些話，她的臉蛋逐漸變得滾燙。

那俊美的人閉著雙眸，阿緹公主看著他，接著一頓，想往旁邊挪，誰知被一條手臂撈回來了。

「去哪兒？」

阿緹公主對上那雙眼睛，緩緩開口道：「世子今日不上朝嗎？」

「不上朝，休沐。」

聞言，阿緹公主不說話了。

片刻後，她身旁的人輕嗤一聲道：「傻瓜。」

阿緹公主知道他說的是她昨晚吃藥的事，一時之間有些羞憤，伸手捂住他的嘴，但輕笑聲仍從她指縫間漏了出來，她乾脆放下手。

趙景舟問道：「昨晚吃了多少藥？」

小姑娘整個人蔫了，吶吶道：「一半……」

「剩下的扔了，」趙景舟哄道：「咱們不用那東西。」

「母親說，那個是給你用的……」

「我也不用。」

當日靖允世子難得回了越宸王府，不知跟宸王妃說了什麼，總之是黑著臉出來的。

兩個月後，阿緹公主生辰當天，侍女送來了她成親那日的喜服。

「殿下，世子特地讓您今日穿上這套嫁衣。」侍女的語氣裡是不加掩飾的欣喜。

這些日子來，世子不再夜宿書房，反而在世子妃的房間內就寢，兩人的關係顯然親密了不少。

看到這身嫁衣時，阿緹公主似乎明白了趙景舟那句「還有兩個月」到底是什麼意思，她忍不住紅了臉。

當夜，同樣一身紅喜服的世子踏入房中。「阿緹，生辰快樂。」

阿緹公主抬眸，對上一雙飽含柔情的眼睛。

趙景舟端來合巹酒，說道：「雖然之前已經喝過，但今日意義不同。」

交杯酒喝下肚，小姑娘雙頰一片緋紅。

趙景舟的目光緊緊鎖在她臉上，他抬手用指腹抹去阿緹公主嘴角的酒漬，輕聲道：「阿緹，三年了，妳喜歡我嗎？」

這個問題其實早就有了答案。趙景舟年紀比她大許多，待她向來溫和，過去兩人雖未有夫妻之實，但感情一直都有在培養。

「喜歡……」

她的話音還未落，唇就被堵住。

三十歲的靖允世子如狼似虎，從前不斷忍耐，如今不用再壓抑了。

半夜，嬌滴滴的小姑娘想爬下床，被人抓著雪白的腳踝拖了回去。

門窗緊閉，滿室曖昧。

以往不近女色的靖允世子幾乎夜夜不休，連續幾日下來，世子妃一看見他便腿軟，招架不住那滿腔的熱情。

這一年，武朝出兵攻打越朝，女帝的野心展露無遺，靖允世子府上兩位主子的感情卻不受影響。

經過兩年，武朝拿下了越朝。從皇宮源源不斷地賜到世子府的名貴珍寶，足以證明趙景舟並未失了聖寵，其中有不少顯然是送給阿緹公主的。

那一年，阿緹公主懷上身孕，來年生下第一個孩子，是個男孩。相貌上結合了爹娘的優點，生得精緻可愛，趙瑾還為阿緹公主封了誥命。

又幾年過去，阿緹公主生下一個女兒，兒女雙全的世子便說不再生了。橫豎有他的小姑姑當前例，有皇位要繼承的都不生了，他生那麼多幹麼？

話說得冠冕堂皇，其實是孩子影響他跟自己的小娘子貼貼。不過孩子們偏生長得像他們母親，他一看到就心軟，一雙兒女再怎麼胡鬧，他都捨不得大聲訓斥。

天下統一後，越朝出身的世子妃已經能大大方方地帶著孩子上街，雖然依舊有好奇的目光，但並不是都帶著惡意。

京城裡出現不少穿著外邦服飾的人，作為武朝經濟最繁榮的地帶之一，天子腳下在文化兼容方面同樣地驚人。

大街小巷流行著不少他國的特色美食跟首飾衣物，趙景舟下朝歸府的路上，還時不時會給自己的小世子妃買點她家鄉的東西。

再久一點，京城跟其他繁榮地區都出現了從前其他國家的表演節目，有些節日被保留了下來，大夥兒一起慶祝。這些舉動在凝聚民心方面，格外使得上力。

趙景舟偶爾會回憶起年幼時的女帝，他的小姑姑——肉乎乎的一團，小小隻的，說起話來卻一副小大人的模樣，愛偷懶，被老師當成負面教材不知多少次。

然而，趙瑾非但成就千秋功業，就連他的婚姻，還得謝她當初的威逼利誘，要不然，他的小娘子還不知道上哪兒找。

．

趙瑾再有意識時，身邊鬧烘烘的一片，還沒睜開眼睛，她就蹙起了眉來。

周圍的光線實在過於刺眼，趙瑾能感覺到胸口處傳來刺痛，分不清自己如今身在何處。已經不知道多久沒人敢在她身邊這樣不知分寸地大聲說話了，而那些吵鬧聲，既熟悉又陌生。

趙瑾勉強睜開了雙眼。

「趙醫師，妳醒了！」有人察覺到趙瑾這邊的動靜，驚喜地走上前來。

來人穿著一件白色大褂，胸前的口袋插著兩枝筆，趙瑾覺得這個裝扮有點眼熟，但不多。

趙瑾迷茫地看了四周一眼，眼前那人拍了她的肩膀一下道：「趙醫師，妳還好嗎？」

此時旁邊的人紛紛靠了過來，七嘴八舌地說道——

「不會是之前倒下去的時候摔到頭了吧？」

「哎喲，這可不行，趙醫師是咱們醫院好不容易請來的人才，要是怎麼了，院長得瘋吧？」

「趙醫師，妳還有哪邊不舒服？」

趙瑾只覺得頭非常疼，眼睛的痠澀感還沒完全消失，她不太敢相信自己現在所處的狀況。

在武朝重生時的前幾年，趙瑾不是沒嘗試過尋找回到現代的辦法。

經過千百年發展而來的人類現代社會，總歸對趙瑾有吸引力，即便她明白自己穿越的契機興許是「死亡」，就算回到原來的地方，她的身體也不能供她存活。

然而趙瑾沒因此放棄，不僅僅是探索回到現代的方法，同時也探索起時空裂縫是否存在的可能性。探尋不得後，她又在想，那個時空會不會有人跟她一樣來自未來。

後來她研製出許多不屬於那個時代的東西，可依舊沒人找上門來認老鄉，趙瑾便放下了。

死去那一刻對她來說沒有很痛苦，只是有些捨不得。她算是一個兒孫滿堂、得以善終的聖上，只是看著再活十年也沒問題的唐韞修，還是有種說不出的心疼。

她知道自己若死了，他不會獨活。想勸，卻想起從前唐韞修深夜呢喃時說過的話。

他說：「這世間若無聖上，對我來說才是最殘忍的事，盼聖上晚於我離開，又捨不得留聖上一人孤獨。」

趙瑾知道自己愛他，但愛摻雜了許多感情，喜愛、心疼與惱怒都是愛的一部分，尊重也是。她不曉得哪種感情占得比較多，不過終究是愛。

說起來，趙瑾萬萬沒想到自己還有回來的可能。

在一個陌生的朝代降生到死亡，總共六十年之後，她回到了自己本該存在的時代。

太陌生了。趙瑾完全不知自己該有什麼反應，她不說話的模樣，在同事眼裡有種說不出的壓迫感。

「趙醫師……」有位醫師走近看著她，眼神裡添了些疑惑與凝重。

趙瑾終於朝他們看過去，艱難地問了一句。「我……怎麼了？」

旁邊那些人總算鬆了一口氣，說道——

「趙醫師，妳可把我們嚇死了，前兩天晚上妳手術結束之後就倒下，期間一度休克，送了ICU才救回來的。」

「就是說啊，趙醫師，妳帶的那兩個實習生哭得好慘，好在妳救回來了，院長說得讓妳好好休養幾天，手術都先交給別人。」

趙瑾還想說句什麼，外面就撲進來了兩個淚人兒。

「老師您終於醒了，嗚嗚嗚……」

「嚇死我了，老師您快點好起來……」

趙瑾勉強擠出對這兩人的記憶，她確實帶過兩個實習生，是她經手的第一屆。

學生挺活潑的，只是她想不起他們的名字了。

武朝那些年的點點滴滴都在趙瑾的腦海裡，所有的細節都相當鮮明，她堅信那不是一場夢。

趙瑾隨口應了些話，等葡萄糖液輸入完畢，她按照印象找到主任室跟主管打了聲招呼，便離開醫院。

所幸手機的臉部跟指紋辨識都還能用，趙瑾按照手機裡的資訊找到了自家的地址。

回到這個家，趙瑾還有些心神不寧。

爺爺、奶奶過世後，她便獨居。雖然父母生下她不久之後便又各自組建家庭，卻依然健在，一年不見幾次面，見面時能保有對客人的禮貌即可。

趙瑾的心態已不年輕，也早就不在乎那點親情。她那對雙親說起來，還真沒她的便宜大哥會疼人。

一倒下再醒來，那六十年彷彿是場夢，不夠真切，但又蕩氣迴腸。

看著空盪盪的房子，趙瑾的一顆心也是空的。她扯了一下嘴角，眼淚忽然落了下來。

其實沒什麼遺憾，然而一想到從前種種，終究捨不得。

趙瑾花了好幾天才重新適應這個時代。

不管是當上聖上之前還是之後，她已經很久沒正式動過一場手術了。

身為醫生，趙瑾沒忘記經驗有多重要。利用幾天假期的時間，她翻出不少手術影片溫習，同時在網路上跟圖書館查詢了不少資料，甚至翻閱不少史書；可即便她再怎麼查，都從未見過半點關於武朝的訊息。

武朝就像趙瑾一開始想的那樣，是個架空的朝代，或者說，不屬於她這個時空的歷史。沒人能證明趙瑾曾經有過另一段人生，甚至連她自己也不能。

前塵往事，就這麼過去了。

趙瑾這些日子過得有些迷迷糊糊，她需要重新適應這個世界。在這裡，她已經二十八歲，不像在武朝時從呱呱墜地帶著前世的記憶一路成長。

不論是她獨居的家，或是過去跟現在的人際關係，對她而言都是陌生的。

趙瑾又請了幾天假，之後才回到自己的工作崗位上。

院長大概是被她進ＩＣＵ那一齣搞怕了，正在號令醫院上下的員工進行全身檢查，趙瑾更是他們特別留意的對象。

工作是忙碌的，醫院人手不夠，大大小小的事經常找上門。趙瑾從起初的不適應，到後來的得心應手，花的時間比她想像中短。

在武朝，趙瑾自從接生趙詡後便沒再碰過手術刀，不過從玄明醫館出來的大夫裡並不乏膽大心細的天才。

趙瑾死前，武朝的醫術已經有了很大的進步，按照那個節奏發展下去，說不定開刀動手術能成為再尋常不過的風景。

這算是她留給那裡的一樣寶藏吧。

醒來以後的第二個月，趙瑾的生活已經跟「原本的她」沒什麼區別了。

武朝階級森嚴，她坐在最高的那個位置上，哪怕是親生兒女都講究禮節，如今回到人人平等的年代，倒也不會難以適應。

「趙醫師，今天晚上有空嗎？」急診室的一位年輕男醫生向趙瑾搭話。

趙瑾回憶了一下自己的行程安排，等會兒要動一場手術，晚上倒是有空，只是……她抬眸笑了聲道：「約了朋友見面，怎麼了？」

對方稍稍頓了頓，隨後笑著說道：「沒什麼，趙醫師明天中午有空嗎，想請妳吃頓飯，順便請教手術的問題。」

趙瑾想起來了，以前是有個同事向她獻過殷勤，在眾人眼裡看來，他算是一表人才。

沒記錯的話，醫院裡有些上司想作這個媒，只是趙瑾原本就對婚姻沒什麼想法——雖然她後來跟某個人共度了一生。

「陳醫師有什麼問題現在就可以討論，不用等到明天。」

那男人輕笑道：「趙醫師真是敬業，連吃一頓飯的時間都不能空出來嗎？還是說，不能為我空出來？」

趙瑾在心裡嘆了一口氣，有些話她本來不想說得太明白的。「陳醫師，其實昨天我看到你跟兒科的護理師在樓梯間了。」

此話一出，那位一表人才的陳醫師臉就僵了，趙瑾沒說他們在樓梯間幹麼，不代表她沒瞧見。

昨天去樓梯間想摸魚思考一下人生，結果撞見人家小情侶打啵兒。如果不是男主角現在就站在她面前，趙瑾還懶得管是誰的八卦。

第一百二十四章　現世重逢

「恭喜啊，之前聽院長說陳醫師還單身，沒想到這麼快就有對象了。」趙瑾大大方方地說道，說完就轉頭離開了。

在成年人的世界裡，知所進退算是基本禮儀。

趙瑾已經表明了自己的態度。對她來說，那一世興許不過是黃粱一夢，但那個眼裡永遠只有她一個的人，似乎也就那麼一個。

上司有意幫趙瑾跟那位陳醫師湊對的事不知怎麼的傳開了，反正這件事沒成，也不是什麼問題。

趙瑾這張臉完美地遺傳自己那對不太負責的父母的優點，他們兩人都長得不錯，不然不會一個離婚了之後嫁給富豪，一個離婚了之後娶了包租婆。

大學的時候，趙瑾曾被星探搭訕，在醫院裡也會被患者或患者的家屬追求，但是她從來沒動心過。

關於自己在醫院內的「緋聞」，趙瑾倒是不太在意，只不過兒科那位護理師似乎有些傷心。趙瑾有一次下班時，看見那護理師特地到她的部門外等候，大概是想看看她長什麼樣吧。

後來陳醫師跟護理師的戀情曝光了，然而沒多久便分手，護理師傷心了一段時間後，也交了新男友。

八月的一個雨夜，趙瑾正在值班，那晚路上濕滑，發生了好幾起事故。急診那邊送來一個年輕男人，車禍導致他的頭部受到撞擊，神經外科的醫師被臨時叫來動手術，他的助手趕不及，只能由趙瑾頂上。

當趙瑾看見手術檯上的那張臉時，便愣住了。雖然是黑短髮，但是那張臉像極了初見時的他。

趙瑾愣在原地片刻，旁邊的主刀醫師喊了她一聲，她才回過神來。

手術過程中傷患數次休克，不過最後他的手術很成功地結束了，沒有生命危險，只是人還沒能清醒過來。

出了手術室之後，趙瑾才知道那個年輕男人根本沒親屬到場。

她問了情況，同事說這個傷患身上沒證件，手機裡也找不到親屬的資料，但是已經聯繫上了他大學的教務主任。

大學的教務主任？趙瑾愣了一下。

他還是個大學生啊……

趙瑾的思緒變得混亂，但她心裡明白，光憑一張長得差不多的臉，還不足以讓她投入感情。

當趙瑾再次聽說那個年輕男人的消息時，是從同事口中得知他失憶了。

因為車禍時頭部遭到撞擊，繼而引發記憶混亂或失憶的情況，並不少見。

對方送來醫院時，身上不只一處地方受傷，肇事司機沒逃跑，但是除了一開始墊付醫藥費，之後的事情都是由保險公司代理。賠錢這方面不含糊，卻不見得有多上心。

趙瑾聽聞對方失憶之後，心裡一直放不下，趁午休時間去他的病房那邊看了兩眼。

這個住院的男大學生很受歡迎，畢竟那張臉俊得很，趙瑾沒少聽護理師談論他。

趙瑾出現在病房外的時候，男大生的教授正領著幾個同學出來，看見趙瑾這個醫師，又一副要進病房的樣子，教授便關心地問了一句。「醫師，我們這個同學有沒有機會恢復記憶啊？」

聞言，趙瑾的目光越過眾人，看向躺在病床上的年輕男人，對方沒看他們這邊，像是沈浸在自己的世界裡。

趙瑾不是他的主治醫師，自然對他的病情不是特別清楚。她說了幾句醫師常用的客套話，卻沒察覺到，當她開口說話後，病床上的年輕男人猛然轉頭看向她。

等趙瑾送那批人離開之後，便轉過身看著病床上的年輕男人。

他的長相跟十八歲時的唐韞修很像，不過眉眼與神態，更像是趙瑾後來認識的唐韞修。

趙瑾原本平靜的內心，生出了一絲荒謬又讓她生出幾分期盼的波瀾。

她緩緩朝那男大生走了過去，對上他望著自己的雙眸。

眼神能夠傳達許多訊息，趙瑾開口之前，就聽見躺在床上的人喃喃喊道：「阿瑾……」

趙瑾的身體猛然一震，先是難以置信，隨後才緩緩張口，聲音隱隱有些顫抖。「是你嗎？」

在趙瑾退位後，唐韞修對她的稱呼便成了「阿瑾」，那個他們第一次一起去賭場時隨口一叫的暱稱。

確認眼前的人真的是唐韞修時，趙瑾的心情有種說不出的複雜，心底湧上的情緒梗在胸口，慢慢填滿她空盪盪的一顆心。

床上的人雙眼亮了。即便知道他擁有唐韞修的靈魂，趙瑾也沒見過如同溺水般抓住了一根浮木的他。

她剛走到床邊，便被床上的人一把撈入懷裡，趙瑾低下頭，只看到那顆腦袋埋在自己懷裡。

趙瑾推了兩次都沒能推開他，也不曉得一個幾天前才接受緊急手術的人怎麼有這般力氣。

「阿瑾，這裡便是妳曾經說過的另一個世界嗎？」

武朝的女帝在位多年，偶爾會有人問起那些稱得上是驚天地、泣鬼神的發明從何而來。

那些人當然得不到答案，然而唐韞修是趙瑾唯一的枕邊人，他多少知道一些事。

在一個深夜，趙瑾對他談起了自己的前世。當時她並未說得太清楚，不過唐韞修是個聰明的人，他能猜到趙瑾曾在其他世界生活過。

當初武朝眾人稱這第一位女帝為神女，唐韞修覺得這個稱呼很是貼切。

在意識到自己的身體快要不行時，趙瑾將自己的一雙兒女還有一直養在身邊的姪子都喊了過來；只是安王趙詡的狀況也不好，來的人是安王妃白青。

趙瑾將自己的財產分成三份留給他們。即便那時她的女兒是聖上，兒子是王爺，姪子夫婦也不缺錢，卻仍舊被趙瑾留下來的財產給嚇到了。

他們無論如何都沒想到，那些風靡武朝、日金斗金的店鋪，幕後主人竟然都是他們敬重的太上皇。

有些店鋪開始營業的時間甚至能追溯到趙瑾十幾歲時，而她接觸朝政，是在二十幾歲之後的事。

明知道唐韞修不會獨活，趙瑾還是留給唐韞修不少東西，不過現在看來全都是白搭。

在唐韞修住院期間，趙瑾承擔起了照顧他的責任。現代社會的一切需要趙瑾手把手地教唐韞修，包括各種物品跟電子產品。

由於趙瑾頻繁地往來唐韞修的病房，醫院裡也傳出了八卦。人人都說，趙醫師將那隻長相堪比明星的二十歲小奶狗拿下了。

是的，唐韞修如今的這具身體二十歲，雖然已經成年，但若真吃了他，還是會讓人良心不安。

趙瑾提過年紀的問題，唐韞修卻開心地說道：「從前比妳小兩歲，結果有一堆小十幾二十歲的人往妳跟前湊，如今我比妳小八歲，很好。」

這個時代不需要他「您」來「您」去，趙瑾也放鬆很多。

唐韞修提起曾有個長得不錯的世家公子仗著自己父親官位大，明裡暗裡挑釁過他，無非是說他年老色衰、身體不行之類的話，然後跑到趙瑾面前想引起她的注意，甚至勾搭她，只是當時趙瑾壓根兒沒給對方機會。

在武朝，唐韞修明明是個已經活了幾十年的人，可眼下聽他說起此事，趙瑾還是能感受到他的委屈。

接唐韞修出院那一天，趙瑾在醫院門口碰見了那位陳醫師，對方的目光在她跟唐韞修身上流轉，不知道是懷了什麼心思，他嗤笑一聲道：「我說趙醫師怎麼看不上我，原來是愛吃嫩草，喜歡大學生？」

趙瑾不會隨意評價別人的私生活，之前撞見陳醫師跟護理師親近的事，她也懶得理會，但是若是舞到她面前來就不行。

「陳醫師說的什麼話，我只是看不上習慣腳踏兩條船的男人而已。」

按照這位陳醫師私底下的作風，不至於讓趙瑾冤枉他。

陳醫師的臉黑了。他確實看上趙瑾有幾分姿色，即便她不化妝，那張臉放在人群裡也相當耀眼。

他看向了唐韞修，不懷好意地說道：「看來趙醫師很捨得給你花錢啊，比你大了七、八歲，你也不介意。」

唐韞修抬眸看向對方，對方長得不算很高，模樣白淨，就是嘴巴不太乾淨，不難看出他對趙瑾懷有齷齪的心思。

從前哪有人敢這樣和她說話？只是趙瑾不只一次跟他強調過，現代文明社會沒有明顯的階級，也不存在皇權，封建帝制早就滅亡了。

唐韞修記住了，於是他看向站在自己對面的男人，理直氣壯道：「她的錢不給我花，難道給你花嗎？她這麼漂亮，找個小十歲的也行，要你管！」

趙瑾說過，這個時代男女未婚便能住在一起，但是無論男女，找的對象都不宜小於十八歲。他已經二十歲了，這個人未免管得太多。

陳醫師沒想到唐韞修會擺出這種態度，他冷哼一聲道：「那就看看你們能在一起多久。」

等那人離開了之後，趙瑾笑出了聲，摸了摸唐韞修的腦袋說：「什麼時候變得這麼幼稚了？」

唐韞修惱怒道：「他羞辱妳。」

趙瑾說：「法治時代不可傷人，更不能害人性命，有事就找警察叔叔。」

「警察？」

「就是報官。」

趙瑾將唐韞修帶回自己獨居的房子，那是她爺爺、奶奶去世前拿積蓄為她買的，不大，就一房一廳。

唐韞修住進來，只能跟趙瑾同床共枕了，而且她懷疑就算多一個房間，他也不一定願意自己睡一間。

目前唐韞修這具身體的主人無父無母，從小在孤兒院長大，過得很辛苦。高中時曾被星探挖掘，但後來為了參加學測，還是沒加入經紀公司。與其投身演藝圈，原主選擇踏踏實實地唸書。

原主上的大學不算好，可這已經是一個少年努力改變命運的成果。

不過，除去奪走原主性命的這場車禍，趙瑾聽主治醫師說，這具身體有自殘過的痕跡。

因為唐韞修的靈魂正住在這身體裡，趙瑾特地調查了原主的情況，發現對方患有嚴重憂鬱症，曾看了一段時間的心理醫生，後來大概是缺錢之類的因素，已經很久沒再接受心理諮商。

至於他患上憂鬱症的原因，應該是從前在學校遭受霸凌，以及生活長久以來過度艱辛。這導致唐轀修住院期間一度是醫師與護理師特別關心的對象，在他們眼裡，連唐轀修「失憶」也跟「逃避現實」扯上了那麼一點關係。

趙瑾為一條年輕的生命惋惜，但同時，她也很自私地感謝上天將唐轀修送來她身邊。她花了不少時間教唐轀修適應現代的生活，之後又將他送回大學。

唐轀修對此沒有異議。他已經曉得「學歷」在這個年代是很重要的東西，擁有好的學歷才能找到好工作，才能賺錢。

他是個窮光蛋，而他的聖上，是個學歷非常高的人。

這具身體的原主以前打了不少工，但是唐轀修現在還不熟悉這個社會，趙瑾不讓他亂來，所以他現在只能靠她養，妥妥的小白臉一個。

趙瑾這天下班時接到了一通出乎意料的電話，要不是認得來電顯示上的名字，她差點忘了自己還有爸爸呢。

她接了電話，但是沒喊人，話筒另一邊的人也不太在乎她有喊還是沒喊。

「小瑾，你們醫院的精神科怎麼樣？」對面傳來一道對她來說很陌生的聲音。

趙瑾淡淡地問道：「有事？」

那男人意識到他們不是什麼常有來往的父女，這會兒聽到趙瑾疏離的語氣，頓了一下。

「妳大伯家的堂哥上星期落水醒來後就瘋瘋癲癲的，天天說自己是什麼聖上、別人是奴才的。妳大伯打算帶他去醫院瞧瞧，剛好妳在醫院工作，幫妳大伯約個特約門診可以嗎？」

當家族裡出了個醫生，不少不熟的親戚都會找上門來。趙瑾所在的醫院，特約門診確實難掛，但精神科應該不會太難。趙瑾跟他們沒什麼感情可言，但掛個號不過是舉手之勞。

「什麼時候來？」趙瑾問。

手機另一頭的男人明顯鬆了口氣，說道：「明天中午。」

幫不知道幾年沒見過面的親戚掛號不是什麼大不了的事，然而當趙瑾發現她那親爹直接將自己的聯繫方式交給大伯後，她是有些不開心的。

不管從前的身分是什麼，趙瑾現在就是個普通人，她有自己的生活，實在抗拒跟不熟的親戚社交——說真的，在武朝那段時間，她也是直到被逼著接觸朝政，才真正試著跟不同的人接觸，不然她可是連宴席都不太參加的。

趙瑾還是去接她的大伯跟堂哥了，今天沒手術，閒著也是閒著，她願意去見見那個落水後腦子就不太好的堂哥。

關於這個堂哥，趙瑾以前便有所耳聞——是從她爺爺、奶奶嘴裡聽來的，畢竟那是他們的長孫。

這個堂哥名叫趙真，從小就是不學無術的主，勉強唸了個專科後就在家啃老，談了幾個對象，沒一個能成的。人家嫌棄他不思進取，找工作一開口就要好幾萬元的月薪，也不知道自己能給公司帶來什麼收益。

說實話，趙瑾有些記不清那些親戚長什麼樣了。去武朝過了另外一段人生，早已看淡許多事，不過剛回來這邊不久，這些事情對她而言還是有些新鮮感的。

趙瑾在一樓大廳的某個角落找到了她的大伯跟堂哥。

他們趙家算是小康，趙瑾過去也沒碰到什麼親戚占便宜的事，可她依舊不怎麼待見那些人，因為他們對爺爺、奶奶照顧得並不算周到，看護是請了，人卻很少出現。

「大伯，」趙瑾打了招呼，順便對另外一個年輕男人喊道：「哥……」

話音還沒完全落下，她便瞪大了眼睛。

趙瑾確實不記得大伯家的堂哥長什麼樣，可她記得自己那個聖上哥哥的長相。

眼前的男人，除了比記憶中的趙臻三十歲時胖了點、不修邊幅了些，臉倒是跟他長得一模一樣。氣質是最難模仿的東西，尤其是一個曾經為帝將近三十年的男人，若不壓抑一下他的氣勢，連他如今的親爹都不太敢喝斥他。

趙瑾不知道現在該不該認這個哥了，誰知她還沒開口，對方卻先一步喊出一聲「瑾兒」。

破案了，這人哪裡是落水後腦子不好，完全是換芯了。

趙瑾的大伯絲毫沒意識到問題的嚴重性，他看見她時的態度不曉得比幾年前熱絡了多少。

「小瑾，今天麻煩妳了，妳堂哥這腦子不知怎麼回事，一醒來連爸媽跟弟弟、妹妹都不認了，你們小時候一起玩過的，妳看他還記得妳這個堂妹呢……」

聞言，趙瑾沈默了。有一種可能，叫做「此妹非彼妹」。

趙瑾還是原裝的趙瑾，趙真可不一定是原裝的趙真。

大伯還在絮絮叨叨地說些什麼，大概是趙瑾已非當年被父母拋棄的小可憐了，她這位大伯便不擔心她會纏上自己家。

趙瑾早就被大伯的父母養大，而且比他自己花心思培養的那些孩子要有出息得多。

不知這位不熟的大伯心裡在想什麼，趙瑾沈默地在前面帶路。

聽她的便宜爹說，這個堂哥是在上週落水的，前三天才清醒過來，大伯還沒來得及高興，他就胡言亂語起來，口中盡是「朕」跟「你們這些刁民」。

第一百二十五章　再續前緣

趙瑾至今仍好奇趙臻臨死前為什麼將皇位傳給她，既然重逢了，倒是能乘機問問；只是她這便宜大哥嘴巴一向挺緊的，不見得願意說就是了。

儘管來自不同的時空，但趙臻畢竟不是傻子，經過這幾天，他大概已經明白，如今的世界與他從前所處的時代大不相同。

趙瑾默默地將大伯與堂哥帶進診間，自己也留下來聽醫師問診。只是醫師才問了幾句話，大伯就被一通電話給叫走了。

是他另一個兒子在學校惹事，等著他這個家長去收拾。權衡情況之後，他選擇先去學校那邊，將大兒子這個爛攤子留給一點都不熟的姪女。

趙瑾倒是無所謂，既然這具身體裡面的人是趙臻，她肯定不能撒手不管。兄妹一場，對方又新來乍到，她有責任照顧他。

雖然有很多話想跟聖上哥哥講，但趙瑾並不急，眼下還是「趙真」跟醫生的對話比較好笑……哦不，比較重要。

醫師問道：「你知道自己是誰嗎？」

「趙臻。」

「記得你父母是誰嗎？」

「趙烜、顧玉蓮。」

醫師看著患者的個人資料表，父母那一欄顯然對不上，他看向趙瑾，又問道：「這個人認識嗎？」

「趙瑾，妹妹。」

醫師皺眉，不太能理解為什麼眼前的患者記錯自己父母的名字，卻認得一個堂妹。

趙瑾與這位醫師有點交情，已經說過這是她的堂哥。

醫師問趙瑾。「有沒有帶去神經內科看過？」

趙瑾想起大伯說的話，點了點頭道：「說沒檢查出毛病。」

醫師不禁蹙眉。「這必須好好測試一下才行，說不定是人格分裂。」

趙瑾無語。事情其實沒這麼嚴重。

將人帶出來時，趙瑾手上拿了一張藥單，得去批價拿藥。不是人格分裂的藥，是醫師覺得患者有被害妄想症，開了點鎮靜劑——雖然趙瑾認為完全沒必要。

她將趙臻安置在值班室，她還沒下班，不好讓趙臻胡亂走動，她從口袋掏出紙筆，寫下自己的手機號碼塞給他。

「拿著，我還有一個小時才能走，你在這兒待著，有什麼事可以打電話給我，不會的話就找別人幫忙。」

她心想自己這哥哥不是什麼普通人，就算忽然換了個環境，也不會胡來。

趙臻一直在觀察她。這個妹妹像是他的瑾兒，又不太像。這個叫做「醫院」的地方，跟印象中的醫館差不多，只是比醫館更大，還分了許多科別。

還在武朝時，他就對他的妹妹趙瑾抱有很多疑問，眼下來到這個世界，他覺得似乎能解開她身上一些說不清的謎團了。

他安安靜靜地待在值班室，期間有些護理師跟醫師看見他，問了兩句，得知他跟趙瑾的關係，便未多說什麼。

趙臻身上掛著趙瑾做的牌子，不是工作證，只有她的名字跟照片。

在趙瑾去「打工」的這段時間，她堂哥盯著手中的牌子不知看了多久。事實上，他對所有東西都好奇極了，只是沒表現出來而已。

趙瑾下班時來值班室接人，被同事告知她的小男友已經在醫院樓下等了。

二十八歲的趙瑾跟二十歲的男大生談戀愛，這件事情在醫院是很大的八卦，不少小護理師都將趙瑾視為楷模。

趙瑾帶著趙臻下樓跟唐韞修碰面，彼此的臉色都很「精采」。

回到了趙瑾那個一房一廳的小房子，三人一起坐著，過了半晌，趙臻率先開口道：「這是何處？」

趙瑾解釋道：「皇兄可以理解為千年以後，你在別人的身體裡借屍還魂了。」

趙臻第一個反應便是想知道他駕崩之後的武朝如何了。

很快的，趙瑾便讓他明白，這裡不是延續武朝發展出來的世界，此處的歷史上沒記載過「武朝」這一朝代，但是他們的存在卻是真實的。

趙瑾費了許久的口舌才解釋清楚這一切，她過去從未想過，瞞了這麼久的事，在今時今日得全盤托出。

讓趙臻接受封建帝制已經消失、人人生而平等此事花了不少時間，但借屍還魂在一具跟自己長得差不多的身體裡，還有現代社會的種種，都令他好奇不已。

趙瑾這小房子住不下趙臻，她提議在外面替他找一間飯店暫住。

聽到趙瑾這麼說，趙臻蹙起眉頭，指了指唐韞修說：「他是怎麼回事？你們在這裡也成親了？」

趙瑾搖頭道：「哥，咱們這裡，男女通常要等到大學畢業才會成親，成親除了辦酒席，還會去戶政事務所登記。」

「無媒苟合算什麼？」趙臻冷下了臉。「他得搬出去。」

趙瑾與唐韞修兩人一時無言。

好消息是接受現實了，壞消息則是沒完全接受。

唐韞修當晚是打地鋪睡的，至於趙臻，趙瑾去飯店給他開了個房間。

這個時代的生意不像前世那麼好做，趙瑾沒辦法像從前那樣揮金如土，不過她手頭上還是有些積蓄。

由儉入奢易，由奢入儉難，這是眾所周知的道理。

偶爾想起武朝種種，趙瑾還是覺得有些虛幻，但轉念一想，這可是平白活了兩世，算她賺到了。

她想著新來乍到的另一半跟哥哥，開始憂慮他們的未來。曾經的權貴人士、人中龍鳳，如何適應得了憑自己的雙手賺五斗米的日子？

趙臻現在「失憶」，不記得家裡的人，他現代那個爹之前便費心地為他介紹了一番。

原來的趙真和弟弟、妹妹的感情一般，他都三十歲了，弟弟還在唸高中，年齡介於兩人之間的妹妹唸了所三流大學畢業後就結婚生子了。

那兩個弟弟、妹妹對他這個哥哥厭惡得很，尤其是妹妹，大概是因為趙真曾說過她是女人，家裡的東西注定沒她的分。

按照趙臻的認知，確實沒有家產留給女兒的說法，大多是「嫁出去的女兒，潑出去的水」，所以這才搞得他這個將皇位留給妹妹、不留給兒子的聖上格外不倫不類。

正因如此，趙臻特別在乎他死後的武朝究竟變成什麼樣。若是沒落了，他日後也沒臉去見列祖列宗。

針對這個問題，趙瑾沈默了一會兒，而後才道：「沒滅國。」

唐韞修補充了一句。「阿瑾後來一統天下了。」

趙臻先是一愣，接著以一種全新的目光打量起了趙瑾，再來又問起自己的皇后跟孩子，也就是後來的太后和安王。

太后在安王娶妻後幾年過世了，至於安王——

「我死的時候，詡兒還活著。」趙瑾是這麼說的。

趙臻聽了武朝後來發生的事情，在飯店住著的時候便不斷沈思。

如今的他，能做些什麼呢？

過了一陣子，趙臻如今的爹，也就是趙瑾的大伯聯繫上了他，但是他回家沒多久就又跑了出來，說要去打工，手裡拿著他便宜爹給的幾萬塊。

趙臻已經明白，這個年代家中兒女皆可繼承父母財產，還有法律上的優先繼承順位這些事。

身為曾擔任一國之君多年的人，趙臻不屑跟弟弟、妹妹爭搶那麼點家產，重新回到三十歲，對他來說還很年輕，既然如此，自己掙自己的家產又何妨？

趙瑾跟唐韞修教他學會用現代電子產品，包括手機、電腦跟平板，還有最基本的家電，之後的一段時間，這位當過聖上的人透過網路與影視作品來了解當今的世界。

在嘗試自己點外送、上網購物好幾次之後，趙瑾這個聖上哥哥便說要自己出去闖蕩一番了。

他臨走前，趙瑾不太放心地再三叮囑這個世界的法律，像是不能動不動就要人跪下、開口就說要拖出去砍了這些。

後來趙瑾看趙臻的貼文跟動態，才知道他去片場當了臨時演員。說起這個，趙臻之前還要她帶著他去改名，從「趙真」改成了「趙臻」。

趙瑾已經很清楚改名的流程，之前她就帶著唐韞修改了一次名，原本他身分證上的名字是唐小修——唐韞修從此多了一個暱稱。

醫院的工作很忙碌，唐韞修在大學裡忙自己的學業，但是趙瑾閒下來的時候會去學校看他，打扮方面則是照二十歲出頭的小姑娘那樣來。

穿著青春靚麗的短裙，吊帶外面加件開衫，加上化了妝，沒人覺得她不是大學生，甚至還有人過來搭訕問她是哪個系的學妹。

只是話還沒說兩句，一顆籃球便脫手朝他們飛了過來，沒砸到趙瑾，也沒砸到別人，顯然方向控制得不錯。

一道黑色的身影小跑過來，撿起了球，對趙瑾對面的年輕男人露出了抱歉的神色道：「同學，實在不好意思，沒砸到你吧？」

對面的男同學還沒反應過來，唐韞修便看向趙瑾道：「寶貝，妳沒事吧？」

學習能力強的人走到哪裡都不抱怨環境，這才過了多久，唐韞修什麼話都學會了。

認為自己還有幾分「姿色」的男同學意識到趙瑾已名花有主，沒說什麼便走了。

趙瑾笑了一聲，看向身旁穿著黑色球服的人。「喜歡打籃球？」

唐韞修苦著一張臉說：「以前體育課選了籃球，現在還在學呢。」

趙瑾瞥了籃球場旁邊的小姑娘們一眼，意味不明地說了句。「還挺受歡迎。」

如今不是封建年代，有的人可不管什麼道德底線跟潔身自好，喜歡什麼樣的男孩就去追。

唐韞修咧嘴一笑。「哪有，只受妳歡迎。」

趙瑾看唐韞修打完那場比賽，比賽結束後有女同學想遞水給他，唐韞修沒接，小跑到趙瑾身邊，要她喝過的礦泉水。

趙瑾挑眉道：「怎麼不喝別人買給你的水？」

唐韞修笑著說：「哪有女朋友的水甜。」

他已經完全融入了現代的生活。

趙瑾去唐韞修的學校逛了一圈以後，幾乎所有人都知道了，這個相貌不錯的大二學生，已經有了女朋友。

有的人知難而退，有的人還想著自己能撬牆角。然而唐韞修在男德方面沒話說，趙瑾從來不需要懷疑他的忠誠度。

用一句比較俗氣且中二的話來說，談過這樣的對象，其他人都會變得索然無味——這個道理適用於他們兩個人。

唐韞修大四那年說要考研究所，趙瑾表示支持——包括精神上與金錢上的。畢竟是年輕她八歲的小奶狗，花錢養著也是應該的。

當了皇夫許多年，趙瑾覺得唐韞修這個人應該早就習慣吃軟飯了，結果後來卻發現他不僅拚命學英文，還偶爾會兼職，有時是當模特兒，有時是當武打替身演員。

武打替身演員這份兼職……還是趙臻介紹的，賺錢速度算快，也有星探找上門，但是都被唐韞修拒絕了。

值得一提的是，趙瑾回到現代的第二年，她的聖上哥哥出道了。

趙臻在一部宮鬥劇裡指出各種衣物、物品形制以及禮儀方面的問題，成為導演的知心人——他在戲裡演一個活不到三集的炮灰聖上，憑演技跟知識征服了劇組。

後來透過這個導演引薦，趙臻簽了經紀公司，試鏡後又接了一個演聖上的角色，這個聖上活得久了一些，但依舊不是主角。

「我正在劇組裡面呢。」

趙臻演戲演上了癮，過年沒回家，趙瑾的大伯打手機找人，於是趙瑾就看著正跟她一起涮火鍋的趙臻語氣平靜地扯謊。

掛了電話，趙臻淡淡地說道：「那老頭子整日不是讓我娶老婆、生孩子，就是讓我匯錢回去，匯錢可以，但我不想見他們。」

在趙臻的潛意識當中，不認為他們是一家人，因此過年也在趙瑾的小窩待著。平時懶得住飯店了，他就睡趙瑾家客廳的沙發床——是他買的，看來早有預謀。

研究所放榜以後，唐韞修一個私立大學生考上了一間一流大學院校，他大學的母校還特地在校門口掛上紅色橫幅恭喜他。

唐韞修讀研究所期間，趙瑾升職了，而他則跑去創業，在歷經一次失敗後，又開了一間小公司，等唐韞修賺了點錢，又將公司賣掉，再次轉換跑道。

研究所畢業後，唐韞修留在學校擔任歷史講師。他對歷史十分感興趣，因為出色的外表以及各種因素，唐韞修的課堂選修率十分高。

他本人在研究歷史方面毫不含糊，像是有某種執念一般，他不斷挖掘不同於現存歷史的資料。

唐韞修二十八歲這年，親自進入一個古墓，在那裡找到一本類似話本或野史的文物。封面上的文字為《武朝傳》，讓人震驚的是，明明是記載千年以前的事情，內容竟囊括「火炮」、「火槍」、「玻璃」、「水泥」等物品，而且裡面有個讓人無法忽視的存在——被撰寫此書者稱為千古一帝的「武懿帝」，她是個女人。

上面記載的種種是現存的任何歷史資料都無法考究的，然而「火炮」等物品在後世的確被製造了出來，這點實在無從解釋。

縱觀武懿帝的事蹟，簡直有如現代的「小說女主角」。

難不成是古人已經能寫出這樣的小說了？還是像網友戲稱的那樣，有哪位仁兄穿越了，並留下了這樣的小說？

大部分人都不相信武懿帝真的存在過，但也有一部分人認為，這是歷史傳承的過程中缺失的一段。

更有人說，武懿帝確有其人，只是不存在於這個次元中，《武朝傳》顯然不只一冊，而這一冊，是從時空裂縫中被捲進來的。

身為發現者，唐韞修堅定地認為武懿帝存在過，並極力證明這個女人所創的豐功偉業。

唐韞修在考古學界嶄露頭角，後來有知識類綜藝節目邀請他參加，他參與一期節目之後，便一炮而紅。

這位國內最年輕的歷史教授的資訊被挖了出來，從孤兒出身到考上私立大學，從私立大學進入一流大學研究所，再到後來種種，他成了個勵志人物。

此時，唐韞修正忙著求婚。

他攢錢買了間大房子，又將家裡布置成求婚現場，最後掏出一枚鑽戒，對趙瑾說：「阿瑾，妳願不願意跟我再成一次親，我們辦一次現代的婚禮？」

趙瑾看著眼前這個男人，他已不像剛穿過來時那般懵懂，即使面對眾多誘惑，對她的情意卻始終堅定不移。

他是趙瑾在那個時空裡獲得的最大寶物，遠比證明她這個聖上是否存在過重要得多。

「好。」趙瑾點了頭。

兩人蜜月旅行時，趙臻第一部飾演男主角的電視劇播出，演的還是聖上。

這一次，趙臻憑藉那張透過鍛鍊身材而恢復「美貌」的臉龐與演技，徹底打響了名號。一個三十歲開始接觸演藝圈，快四十歲才紅了的神話在娛樂圈留下屬於自己的印記。

趙臻包了很大一筆結婚禮金給趙瑾——從銀行直接轉帳。

她擁有了一個明星哥哥，以及一個歷史教授老公。

趙瑾的前世與今生或許並非全然真實，卻不枉她各走了一遭。

——全書完

2024年1月出版

長嫂好會算

文創風 1227～1228

穿到這個奇特的朝代，身為女子倒不是一件壞事，
只是原主被父母嫁到這窘迫的紀家，弟妹幼的幼、小的小，
她攤上這一家子，能用現代的會計長才發家致富嗎?!

女子有才更有德，
攜幼顧小拚發家／藍輕雪

穿越就算了，沒想到她衛繁星穿到一個如此奇特的朝代——
在這個乾元朝，沒有主僕制度、沒有三妻四妾，
更重要且關鍵的是，女子也可以出門做事，不必依附家人或婚姻！
而原身便是考上了酒坊女帳房，正要展開新人生之時，
親生父母為了弟弟的前途，硬是把她嫁到毫無家底的紀家……
於是她一穿來，面對的便是夫君成親次日就趕回邊關，二弟妹離家；
紀家幼小如今全仰賴她這個大嫂，看著空空的家底，真是頭大無比～～

娘子安寧，閨房太平／途圖

2024年1月出版

小虎妻智求多福

她的婚事是不能輸的賭注，押錯寶都得贏，
且夫妻同船而渡，她絕不允許這條船翻了！
既嫁之則安之，以後請夫君多多指教嘍～～

文創風 1220 1

為讓東宮成為家人的靠山，寧晚晴決定嫁給草包太子趙霄恒，
孰料備嫁時又起風波，前世身為律師的她連上山燒香都能遇到案件，
她當場戳穿神棍騙局，再搬出太子的名號，將犯人送官嚴辦！
這些大快人心的事全傳到趙霄恒耳裡，他挑著眉問她一句——
「還沒入東宮就學會拉孤墊背，以後豈不是要日日為妳善後？」
趙霄恒不呆耶！她幫百姓主持公道，他替她撐腰豈不是剛剛好～～

文創風 1221 2

嫁進東宮後，寧晚晴迎來春日祭典最重要的親蠶節，
她奉命依古禮採桑餵蠶，代表吉兆的蠶王卻被毒死在祭臺上。
幸好趙霄恒及時請來長公主鎮場，助她揪出幕後黑手，才還她清白。
他分明是稀世之才，又穩坐太子之位，為何要偽裝成草包度日？
接下來，因趙霄恒改革會試的提議擋人財路，禮部尚書率眾鬧上東宮，
不過身為賢內助的她沒在怕的，當然要陪著夫君好好收拾這些貪官啦！

文創風 1222 3

「別的人，孤都可以不管。但妳，不一樣。」
趙霄恒的偽裝和隱忍，是想暗暗查清當年毀掉外祖宋家的冤案，
她豈能任他獨自涉險？兩人抽絲剝繭下，真相即將水落石出，
但一道難題又從天而降——皇帝公爹要太子削去當朝太尉的兵權！
寧晚晴滿頭黑線，太尉跟此案亦有牽連，這差事可是燙手山芋，
而且皇帝公公只傳口諭，連聖旨都不肯頒，如何讓太尉乖乖就範呢？

文創風 1223 4 完

朝堂之事塵埃落定，可寧晚晴和趙霄恒的閨房不太平了——
「妳不能一生氣就離宮！妳走了，孤怎麼辦？」
她只是要回娘家探親，忙於政務的他居然以為她是負氣出走，
這誤會大了，可他的在意讓她心中泛甜，他在的地方才是她的家。
但北僚來使又讓大靖陷入不安，還要求長公主和親換取休戰，
北僚狼子野心，這婚約分明是個坑，他倆要怎麼替長公主解圍啊……

文創風 1267

廢柴么女勞碌命 5 完

國家圖書館出版品預行編目資料

廢柴么女勞碌命 / 雁中亭著. --
初版. -- 臺北市 : 狗屋出版社有限公司, 2024.06
冊 ; 公分. --（文創風 ; 1263-1267）
ISBN 978-986-509-530-7（第5冊 : 平裝）. --

857.7 113006130

著作者 雁中亭
編輯 連宓均
校對 沈毓萍
發行所 狗屋出版社有限公司
地址 台北市104中山區龍江路71巷15號1樓
電話 02-2776-5889～0
發行字號 局版台業字845號
法律顧問 蕭雄淋律師
總經銷 知遠文化事業有限公司
電話 02-2664-8800
初版 2024年6月
國際書碼 ISBN-13 978-986-509-530-7

本著作物由北京晉江原創網絡科技有限公司授權出版

定價290元

狗屋劃撥帳號：19001626

網址：love.doghouse.com.tw E-mail：love@doghouse.com.tw